IJskoud

Van dezelfde auteur

All-inclusive
De vlucht
Zomertijd
Cruise
Après-ski
De suite
Zwarte piste
Bella Italia
Noorderlicht
Bon Bini Beach
Het chalet
Route du soleil
Winterberg
Goudkust
Mont Blanc
Costa del Sol
Sneeuwengelen
Hittegolf
Lawinegevaar
Het paradijs
Winternacht
Super de luxe

Volg Suzanne Vermeer op:
Facebook.com/SuzanneVermeerFanpage
www.suzannevermeer.nl
www.awbruna.nl

Suzanne Vermeer

IJskoud

A.W. Bruna Uitgevers

Omslagbeeld
Wil Immink Design
Omslagontwerp
Wil Immink Design
ISBN 978 94 005 1006 7
NUR 332

Vierde druk, januari 2019

Disclaimer
Dit verhaal is fictie. Namen, personages, plaatsen en gebeurtenissen zijn een product van de fantasie van de auteur of zijn gebruikt in een fictionele omgeving. Elke gelijkenis met bestaande personen of organisaties berust op toeval.

Deel 1

1

Zware deuren die gesloten werden, gevloek, geschreeuw, bonkende vuisten tegen een muur. Mick van Wezel probeerde de dagelijkse gevangenisgeluiden buiten te sluiten. Elke dag hetzelfde gezeik, hij was het meer dan zat. Tijdens het luchtmoment waar hij net van was teruggekeerd, was zijn verlangen naar de buitenwereld weer verder aangewakkerd. Hij snoof de geur van zijn laatste sigaret op, die nog in zijn kleren hing, en hij had nu alweer behoefte aan een nieuwe. Op het bureautje in zijn cel lag een stapeltje post. Opengemaakt, natuurlijk. Niets was hier privé.

Hij pakte de eerste envelop en haalde de brief eruit. Herkende meteen het handschrift. Anita, een scharrel van vroeger die ervan droomde hem te redden. Die brief interesseerde hem niet zoveel, hij had alleen belangstelling voor de foto in verleidelijke pose die ze altijd bijsloot. Hij was benieuwd wat voor lingeriesetje ze deze keer weer droeg en floot tussen zijn tanden toen hij de push-up zag die haar borsten nog groter deden lijken. Rood met zwart kant. Misschien moest hij Anita toch maar eens vragen om op bezoek te komen. Tot nu toe had hij de boot altijd afgehouden; vrouwen konden zo zeuren en zeiken, wilden altijd de 'enige' zijn. Echt niet! Monogamie kwam niet voor in zijn woordenboek. Natuurlijk was hij weleens verliefd geweest, maar nooit zo hevig dat hij zijn ogen sloot voor een wereld vol met mooie vrouwen. Daar waren zijn 'relaties' ook altijd op stukgelopen en in de loop der tijd had hij een indrukwekkende lijst aan boze exen verzameld, en de nodige kinderen verwekt met wie hij geen contact had.

Hij hing de foto van Anita op het magneetbord en scande de volgende enveloppen. Shelly, Cynthia, Kimberly, ook allemaal met foto. Hij had zijn kwartet voor de komende week weer compleet.

Onder de laatste envelop lag nog iets. Hij pakte het op en fronste. *Cold Case Kalender 2018*? Wat was dat nou weer? Hij sloeg het ding open en zijn blik viel meteen op het woord 'beloningen'. Interessant. De kalender was een initiatief van speciale coldcaseteams en nabestaanden van onopgeloste moord- en vermissingszaken, en betrof tweeënvijftig zaken. Beloningen werden toegekend op basis van de gouden tip. Hij begon door de kalender te bladeren en op de pagina waarop foto's van tweeënvijftig slachtoffers stonden, bleef zijn blik meteen op de eerste foto hangen, maar vooral ook op de beloning van €20.000,- die erboven stond. Hij bekeek de foto aandachtig. Het was een meisje en op de een of andere manier kwam haar gezicht hem bekend voor. Best een lekker ding. Hij bladerde naar de eerste week van januari, waar een beknopte beschrijving stond van de zaak.

De Rotterdamse Johanna van Vliet wordt sinds 1 januari 1993 vermist. Het destijds zestienjarige meisje is op oudjaarsavond van huis vertrokken naar een feestje van een vriendin in de Delistraat. De ouders van Johanna hebben hun dochter die nacht niet horen thuiskomen, maar gingen ervan uit dat ze in de vroege ochtend naar haar kamer was geslopen. Toen ze aan het begin van de middag wilden kijken of alles goed met haar was, troffen ze haar niet aan. Haar bed was onbeslapen. Volgens vrienden heeft Johanna rond 2.00 uur in haar eentje het feestje verlaten 'omdat ze het wel gezien had'. Getuigen hebben haar rond 2.10 uur nog zien lopen in de Sumatrastraat en daarna is tot op de dag van vandaag niets meer van haar vernomen. Nadat de ouders en broer van Johanna

haar in de middag van 1 januari eerst zelf hebben gezocht, is de jonge vrouw aan het begin van de avond als vermist opgegeven. Verdere zoekacties van de politie hebben geen sporen of aanwijzingen opgeleverd.
De familie van Johanna van Vliet wil graag dat er een einde komt aan de onzekerheid over haar lot. Uw tips kunnen hun de rust bieden waar ze al vijfentwintig jaar naar op zoek zijn.

Onder de tekst was de foto van Johanna, die ook voor in de kalender stond, nogmaals afgebeeld. Voor tips konden mensen bellen met 0800-6070 of mailen naar coldcase@politie.nl.

Mick wreef nadenkend over zijn kin terwijl hij in zijn geheugen groef. 1993, toen was hij zelf achttien jaar oud en woonde net als dat meisje in 'De Kaap', zoals de wijk Katendrecht door veel Rotterdammers werd genoemd. De straat waar dat feestje had plaatsgevonden kende hij maar al te goed – hij was in die tijd een fervent bezoeker geweest van tattoo- en piercingkoning Tattoo Bob, wiens shop daar al sinds 1968 was gevestigd. Zijn blik gleed naar de tatoeage van de wezel op zijn rechterbovenarm. Hij was er nog steeds trots op.

Toen keek hij weer naar de foto. Johanna van Vliet. De naam zei hem niets, maar dat gezicht... dat kende hij toch? Had hij haar weleens ontmoet? Misschien tijdens het stappen, of zo? Met wie was hij rond die tijd eigenlijk bevriend geweest? Johan, natuurlijk, en Ruud Puistenkop. Kees, Chris... en dat vage vriendje van Ruud, die stille jongen. Zo'n onzichtbaar type dat hij zich zijn naam niet eens meer kon herinneren. Hij sloot zijn ogen, masseerde zijn slapen en pijnigde zijn hersenen. Zijn kaak begon te tintelen. Langzaam maar zeker vulde zijn hoofd zich met flarden van herinneringen aan die tijd. Zijn geblow, zijn alcoholgebruik, zijn eerste aanraking met de politie voor winkeldiefstal, openbare dronkenschap en vandalisme. Gespijbel, de meisjes achter wie hij toen aan zat, zijn blauwe maandag als vakkenvuller bij de plaatselijke supermarkt. Dealen was meer zijn ding gebleken.

Hij pakte de foto van Johanna van Vliet er weer bij. 'Wij hebben elkaar ooit gezien, maar wanneer en waar?' Voor het eerst had hij spijt van zijn overmatige geblow en gezuip in die tijd. Er was zoveel langs hem heen gegaan of diep weggezakt in zijn geheugen. *Kom op Mick, twintigduizend euro beloning!* Hij keek het meisje in haar groene ogen, signaleerde de lichte sproetjes op haar neus en wangen, streelde met zijn vinger over het halflange bruinrossige haar, volgde haar kaaklijn. Zijn ogen bleven uiteindelijk rusten op de ketting die ze om haar nek droeg, met een hanger. Het was een ongebruikelijk symbool. Tenminste, dat was het toen geweest. Om zijn lippen vormde zich een brede grijns toen de herinneringen terugkwamen. Twintigduizend euro! Hij had een telefoontje te plegen.

2

Enkele weken eerder

Ben de Groot parkeerde zijn auto en wachtte even voordat hij uitstapte. Het had al sinds de vroege ochtend onophoudelijk gesneeuwd en de stormachtige wind had gedurende de hele rit aan het stuur van zijn Mercedes getrokken. De ruitenwissers maakten een schrapend geluid op de ramen. Hij zette ze uit en haalde de sleutel uit het contact. De wasem van zijn adem hechtte zich vrijwel meteen aan de binnenkant van het glas. Hij pakte zijn paraplu van de achterbank en zette de grijze gebreide muts met pompon, die in de winter zo kenmerkend voor hem was, op zijn hoofd. Met die muts zag hij er een beetje belachelijk uit, maar dat interesseerde hem niet. Mevrouw De Groot, zoals hij zijn vrouw altijd noemde, had hem met liefde voor hem gebreid en hij wilde haar niet teleurstellen. Hij trok zijn leren handschoenen nog eens goed over zijn handen en stapte met tegenzin de kou in.

Met de paraplu opengeklapt liep hij stijfjes naar het bureau. 's Winters speelden zijn gewrichten altijd meer op, zeker op ijzige dagen als vandaag. Tegen de tijd dat hij bij de schuifdeuren kwam, had de kou zich al vastgezet in zijn neus en wangen en hadden witte sneeuwvlokjes zich aan zijn lange, zwarte jas van scheerwol gehecht. Hij schudde zijn paraplu uit voordat hij het gebouw waar hij al ruim veertig jaar werkte binnenging en zette hem in de bak. De aangename warmte tintelde op zijn gezicht en bezorgde hem een loopneus. Hij werd echt een oude man! Maar in zijn kop voelde hij zich nog steeds dertig; dat had hij altijd de mooiste leeftijd gevonden en dat vond hij nog steeds. Rijp genoeg om weloverwogen beslissingen te nemen, wilde haren kwijt en vol energie.

'Morgen, Linda,' begroette hij zijn collega achter de balie, terwijl hij de muts van zijn hoofd trok.

'Goedemorgen, Ben.'

Nog een jaar en dan hield het op. Tot zijn eigen verdriet en tot grote vreugde van zijn vrouw. Hij zou het ontzettend gaan missen. De spanning als er een nieuwe zaak op zijn bureau lag en de opwinding als de oplossing in zicht kwam. Het ter verantwoording roepen van daders. De typische politiehumor. Ja, zelfs de smerige automatenkoffie. Met zijn handen in zijn zakken liep hij door naar de lift en hij drukte op de knop voor de tweede verdieping. Toen besefte hij dat hij zich weer vergiste. Hij moest naar de kelder, waar het coldcaseteam was gevestigd. Hij drukte op de goede knop en zoefde even later naar beneden.

Sinds een paar weken was Ben aangeschoven bij het coldcaseteam Rotterdam. Ze zaten te springen om een ervaren inspecteur met een olifantengeheugen die destijds betrokken was geweest bij het gros van de zaken die ze nu opnieuw bekeken. Hij had er goed over nagedacht voordat hij ja had gezegd. Wilde hij een jaar voor zijn pensioen nog een verandering in zijn werkzaamheden? De actieve dienst bood meer actie en opwinding, cold cases waren meer ouderwets speur- en graafwerk. Samen met kilometers aan dossiers opgesloten zitten in een stoffige kelder, in de hoop een eurekamoment te beleven dat tot een concreet spoor leidt dat gevolgd kan worden.

Er waren uiteindelijk twee dingen geweest die de doorslag hadden gegeven bij zijn keuze. Allereerst was het misschien gemakkelijker om volgend jaar definitief afscheid te nemen als hij zijn werk het komende jaar rustig afbouwde in die kelder, in plaats van in de hectiek van alledag. Maar de voornaamste reden was dat hij in zijn carrière een aantal zaken onder zijn hoede had gehad die onopgelost waren gebleven, en dat knaagde. Toen hem gevraagd werd of hij nog zaken had die wat hem betreft moesten worden opgenomen in de nieuwe coldcasekalender, was er dan ook één zaak die hem meteen te binnen was geschoten: de vermissing van Johanna van Vliet. De zaak was hem altijd bijgebleven. Er waren nauwelijks sporen geweest en als ze er al waren, liepen ze dood. De zweem van mysterie rond haar verdwijning en de summiere aanwijzingen hadden hem destijds een akelig gevoel gegeven. En nog steeds was er iets aan de zaak wat hem niet losliet. Het was moeilijk te omschrijven. Iets onheilspellends.

Met haar familie was hij destijds niet veel verder gekomen, maar dat het in het gezin Van Vliet niet alleen maar pais en vree was, had voor Ben als een paal boven water gestaan. Hij had er alleen nooit de vinger op kunnen leggen. Johanna's vader was een stugge, gesloten man, haar moeder onderdanig en nerveus, en geen van beiden was erg mededeelzaam geweest. Er was ook nog een oudere broer, Jeroen, maar die had evenmin veel bijgedragen – hij was die bewuste nacht op pad geweest met vrienden en had zijn zus niet gezien. Ergens had Ben het gevoel gehad dat Johanna misschien met ruzie van huis was vertrokken, dat ze was weggelopen. Maar niemand verdween zomaar en het leek wel of het meisje in de oudjaarsnacht van 1992 in rook was opgegaan.

De zaak had hem jaren achtervolgd en het had hem moeite gekost het dossier uiteindelijk ergens in een la te gooien, maar op een gegeven moment had hij geen keus meer gehad. De stapel urgentere zaken met een grotere oplossingskans bleef destijds maar groeien op zijn bureau en er moesten keiharde keuzes gemaakt worden. Maar nu? Nu bood het coldcaseteam hem een uitgelezen kans om de zaak van Johanna van Vliet weer op te pakken, in een laatste poging om meer te weten te komen over de verdwijning van het meisje. Om de zaak alsnog op te lossen.

Ben kon zich niet voorstellen dat Johanna nog leefde en haar familie zou de hoop inmiddels ook wel hebben opgegeven. Toch was hij ervan overtuigd dat de onzekerheid rond Johanna's lot na al die jaren nog steeds aan haar nabestaanden vrat. Hij had maar al te vaak gezien dat bloedverwanten die niet wisten wat er met hun geliefde was gebeurd altijd hoop hielden dat diegene op een dag weer op de stoep zou staan. Dat ze het verdriet, het gemis en de onbeantwoorde vragen nog elke dag met zich meedroegen, meestal tot aan hun dood. En dat zou in dit geval niet anders zijn. Ergens op deze aardbol liep iemand rond die meer wist over Johanna's verdwijning en haar uiteindelijke lot en Ben zou alles uit de kast halen om die persoon te vinden. De ervaring leerde dat getuigen, en soms zelfs daders, op een dag toch de behoefte kregen om met hun geweten in het reine te komen, zeker als het – zoals in het geval van Johanna – al vijfentwintig jaar geleden was.

Het belletje van de lift klonk en de deuren schoven open. Het geroezemoes en gelach van zijn collega's kwam hem tegemoet. Op weg naar zijn bureau stopte Ben eerst bij de koffieautomaat, want zonder koffie geen begin van de dag. Hij had zo zijn principes en hechtte aan rituelen. Nippend aan het gitzwarte goedje liep hij vervolgens op zijn gemakje de hectiek van de kantoortuin in. Dat moderne gemeenschappelijke gedoe vond hij maar niks – hij gaf nog steeds de voorkeur aan een eigen kamer waar hij zich rustig kon terugtrekken – maar soms moest je bereid zijn om water bij de wijn te doen en met je tijd meegaan. Dat hield je jong van geest, zei zijn vrouw altijd. Hij zetelde dus net als de rest van het team in deze open ruimte, waar niemand officieel een eigen bureau had. Officieus had hij er als enige wel een. Die stoelendans, daar deed hij niet aan mee. De plek in de verste rechterhoek was van hem en dat werd door al zijn collega's gerespecteerd.

'Morgen, heren en dame,' bromde hij.

Of moest je tegenwoordig 'mensen' zeggen? Hij haalde een plastic zakje met vier gesmeerde bruine boterhammen uit de binnenzak van zijn jas en gooide het boven op de stapel papieren op zijn bureau. Hij hing zijn jas en muts aan de kapstok.

'Heeft mevrouw De Groot weer goed haar best gedaan vanmorgen?' vroeg Carmen. 'Wat schaft de pot vandaag?'

Ben trok het zakje stuk en bestudeerde het beleg. 'Smeerleverworst en salami,' mompelde hij.

'Salami...' Carmen haalde haar neus op en stak hem een rol pepermunt toe. 'Wilt u misschien...'

Ben pakte hem niet aan en nam in plaats daarvan een hap brood. Carmen haalde haar schouders op.

'Iemand anders wel behoefte aan een pepermuntje? Handen in de lucht graag.'

Ze gooide wat pepermuntjes richting alle uitgestoken handen en stak het restant in haar broekzak. Ben liet het allemaal een beetje langs zich heen gaan. Hij hield niet zo van dat jolige gedoe van zijn jongere collega's. Grappen maken deed je maar thuis. Daarvoor was het werk veel te serieus. Hij klaagde regelmatig tegen mevrouw De Groot dat het arbeidsethos tegenwoordig ook niet meer was wat het geweest was. Dan klopte ze hem met een bedenkelijk gezicht op zijn knie en antwoordde steevast: 'Soms mag je de zaken best eens wat luchtiger bekijken, lieverd. Het hoeft niet altijd zo zwaar op de hand. Een grapje op zijn tijd kan de druk van de ketel halen en dingen in perspectief zetten. Het kan een manier zijn om de dingen beter vol te houden.' Dan knikte hij, stond op en schonk voor hen beiden een portje in.

'Op de humor,' zei ze dan met een knipoog, voordat ze een

eerste slokje nam. Daarna begon ze te fantaseren over de cruise die ze met hem wilde maken. Haar horen praten, haar ogen zien die enthousiast oplichtten, haar blozende wangen... Hij kon er geen genoeg van krijgen. Nog steeds niet. Hij glimlachte en spoelde de eerste happen van zijn brood weg met koffie. Vanuit zijn ooghoeken zag hij teamleider Robbie naar het whiteboard lopen. In zijn keurige leesbare handschrift begon hij wat dingen op te schrijven. Ben ging er, achteroverleunend in zijn op maat gemaakte bureaustoel, eens even goed voor zitten.

'Goed, mensen, over tot de orde van de dag.'

Robbie was klaar met schrijven en tikte met de stift tegen het whiteboard om de aandacht van zijn collega's te vragen. Zijn natuurlijke leiderschap en overwicht brachten iedereen tot stilte en alle ogen waren meteen op hem gericht. Gretig en vol goede moed dat ze vandaag met zijn allen weer een stap zouden zetten die tot een nieuwe doorbraak zou kunnen leiden.

'De selectie voor de coldcasekalender van 2018 is bijna rond. Er zijn nog vijf zaken die eerst met de nabestaanden moeten worden besproken voordat ze definitief worden opgenomen. Ons doel is om, naast het oplossen van de zaken, vooral de nabestaanden zekerheid en rust te geven. Daarom is het heel belangrijk dat ze erachter staan dat we "hun" zaak weer onder de loep gaan nemen, maar vooral ook dat ze goed voorbereid zijn op de eventuele gevolgen. Het zal hoe dan ook weer een boel oprakelen, de hoop aanwakkeren en wellicht ook teleurstelling en nieuw verdriet geven. Helaas zijn we nog steeds niet in staat om garanties te geven. Ik wil zeker weten dat de nabestaanden die emoties aankunnen, zodat we kunnen inschatten of het uiteindelijk, alles meegewogen, voor hen beter is om de boel permanent in het archief te stoppen of niet.'

Ben knikte goedkeurend. De empathie waarmee Robbie elke zaak benaderde en zijn vaardigheid om altijd de grote lijnen in de gaten te houden, dwongen respect af.

'Ben, wat zou je ervan zeggen als jij de gesprekken met de betrokkenen deze week voert, zodat we aankomende maandag de definitieve keuze voor de inhoud van de kalender kunnen maken? Twee zaken op het lijstje heb je in elk geval zelf aangedragen.'

Robbie was de enige in het team die hem tutoyeerde. Nadat Ben had gemerkt dat het geen gebrek aan respect was maar Robbies stijl, had hij het maar zo gelaten.

'Goed plan. Doe ik.'

'Nog even een beetje de stramme benen strekken, voordat u met mevrouw De Groot op dat cruiseschip stapt,' zei Peter met een grijns op zijn gezicht, en Ben lachte een tikje zuur mee met zijn collega's – hij had spijt dat hij hun ooit over die cruise had verteld. Hij slikte de laatste hap van zijn tweede bammetje door en keek naar het lijstje met namen van slachtoffers op het whiteboard.

Johanna van Vliet prijkte bovenaan.

3

'Pa, jij ook een stuk taart?' brulde Olivia vanuit de keuken van haar grootouders. 'Je kunt kiezen uit appelkruimel- of kersenvlaai.'

'Appel, graag,' klonk het uit de woonkamer.

'Met slagroom?'

'Uiteraard.'

Olivia grinnikte en spoot een dikke toef op het gebak. *En maar klagen over dat groeiende buikje, hè, pa.*

Haar oma keek of de laatste druppels water door de koffiefilter waren gelopen en vulde de blauwe thermoskan die al sinds Olivia's jeugd in de familie was. Zowel in het dagelijks leven als op feesten en partijen werd er veelvuldig gebruik van gemaakt, en vanavond hield hij de koffie warm die ter ere van haar opa's vijfenzeventigste verjaardag was gezet. Vijfenzeventig, wat een leeftijd. Het beangstigde Olivia dat de tijd maar doortikte en alles uiteindelijk vergankelijk maakte, maar het intrigeerde haar net zo goed. Ze kon zich niet anders herinneren dan dat ze zich hierover had verwonderd, van jongs af aan, en haar fascinatie voor dit proces had uiteindelijk ook de doorslag gegeven bij haar studiekeuze – ze had getwijfeld tussen Engelse literatuur en geschiedenis en uiteindelijk voor dat laatste gekozen. Dit jaar hoopte ze af te studeren als bachelor aan de Erasmus Universiteit.

Het onderwerp van haar afstudeerscriptie kreeg steeds concretere vormen in haar hoofd. Ze wilde de opkomst en ontwikkeling van forensisch onderzoek tegen het licht houden, en dan met name het belang ervan voor een rechtvaardig rechtssysteem. Forensisch onderzoek werd immers gezien als een van de belangrijkste ingrediënten van een rechtvaardig rechtssysteem, maar was dat wel zo? De technieken werden steeds verfijnder en boden steeds meer mogelijkheden om zaken op te lossen, maar tegelijkertijd boden ze ook de mogelijkheid om niet of nauwelijks van echt te onderscheiden bewijsmateriaal te creëren. Criminelen konden immers ook over die nieuwe inzichten en technieken beschikken. Ze vroeg zich af of dat leidde tot meer *framing* en gerechtelijke dwalingen. Hoe makkelijk was het om iemand erin te luizen met wat zorgvuldig geplaatst DNA-materiaal, of vooringenomen standpunten met 'gezocht' bewijsmateriaal te ondersteunen? Ze was benieuwd of met de voortschrijdende ontwikkeling van forensisch onderzoek in de loop der jaren ook de gerechtelijke dwalingen evenredig waren toegenomen, of dat de moderne technieken juist hadden geleid tot een vermindering daarvan. De kernvraag zou kunnen zijn of het voordeel van technologische ontwikkelingen en verfijndere methoden teniet werd gedaan door de toegenomen mogelijkheden om mensen misdaden in de schoenen te schuiven. En wat konden de steeds groter wordende onderzoeksmogelijkheden bijdragen aan het oplossen van oude zaken waar men bij gebrek aan technieken in het verleden niet verder mee kwam?

Ze had binnenkort een afspraak met haar scriptiebegeleider om haar ideeën met hem door te spreken, maar voor die tijd moest ze wel iets laten doorschemeren aan haar familie. In haar hoofd was ze het gesprek hierover met haar vader al honderd keer begonnen, maar na een paar zinnen stokte het omdat ze de juiste woorden steeds niet wist te vinden. Forensisch onderzoek, misdaad, speurwerk en gepuzzel hadden haar altijd al mateloos geboeid, maar helaas kon ze deze fascinatie niet delen binnen haar familie. De raadselachtige verdwijning van haar tante Johanna was een belangrijke trigger geweest om voor dit onderwerp te kiezen. Het politieonderzoek had destijds niets opgeleverd en tot grote teleurstelling geleid bij haar familie. Over de verdwijning werd binnen de familie dan ook bij voorkeur niet gesproken; de keren dat ze haar vader of grootouders ernaar had gevraagd, had ze steevast te horen gekregen dat ze het onderwerp moest laten rusten omdat het al genoeg ellende had veroorzaakt. Bij het steeds weer oprakelen ervan was niemand gebaat en 'oma wordt er zo verdrietig van.'

Olivia had grote moeite met de gesloten houding van haar familie. Met het doodzwijgen van de verdwijning voelde het alsof Olivia de kans werd ontnomen om Johanna beter te leren kennen. Alsof er een zwarte bladzijde uit haar familiegeschiedenisboek was gescheurd en ze daardoor niet helemaal compleet was. Geschiedenis bestond nou eenmaal uit mooie maar ook minder fraaie momenten, en als geschiedenisstudente had ze juist geleerd haar ogen niet te sluiten voor de tragedies. Dat haar familie haar vroeg dat wel te doen, voelde tegennatuurlijk. Het voelde ook niet eerlijk ten opzichte van Johanna; dat de zestien jaren die ze had geleefd en waarin ze een stempel op de wereld had gedrukt, werden uitgewist door de mensen die als enigen haar herinnering levend konden houden. Nu was het net alsof ze nooit had bestaan.

Haar oma stootte haar aan. 'De slagroom wordt warm en de koffie koud.'

'O ja, sorry, ik was even in gedachten.' Olivia glimlachte verontschuldigend, pakte het gebaksbordje en de gevulde koffiemok op en bracht ze naar haar vader. Ze had ze amper op tafel gezet toen de deurbel ging.

'Verwacht je nog iemand, pa?' vroeg haar vader.

'Nee. Ik heb verder niemand uitgenodigd.'

'Ik doe wel even open,' zei Olivia.

Ze verliet de woonkamer en liep door de gang naar de voordeur. Toen ze die opendeed, zag ze op het besneeuwde stoepje een oudere man staan met een grijze ijsmuts met pompon op zijn hoofd en een zwarte lange jas aan. Hij keek haar aan en in zijn ogen lag een blik van herkenning, maar Olivia had geen idee wie het was.

'Goedenavond,' zei ze, terwijl ze hem vluchtig bestudeerde. Hij had geen bloemen of cadeautje in zijn handen. 'Komt u voor mijn opa?'

'Wat lijk je op haar,' hoorde ze de man mompelen.

'Pardon? Kan ik u ergens mee helpen?'

De man trok een leren handschoen uit en stak haar zijn hand toe. 'Ben de Groot. Ik zou graag even spreken met Leendert en Hendrika van Vliet. U bent hun kleindochter, de dochter van Jeroen?'

'Olivia van Vliet,' antwoordde ze en ze schudde zijn uitgestoken hand. 'Inderdaad de dochter van Jeroen. Waar wilt u mijn grootouders over spreken?' Ze nam een afwachtende houding aan. Deze man mocht dan wel doen alsof hij haar familie kende, maar ze was niet van plan hem zomaar binnen te laten. Ze had geen idee wat hij kwam doen.

'Ik ben van het coldcaseteam Rotterdam en ik wil graag iets bespreken over de zaak-Johanna van Vliet.'

Olivia was meteen alert. 'Hebt u nieuws?'

'Dat nog niet direct, maar ik wil een paar dingen doorspreken met uw familie.'

'We vieren de vijfenzeventigste verjaardag van mijn opa...' zei Olivia aarzelend. 'Ik weet niet of vanavond nou zo'n goed moment is. Als u niets concreets te melden hebt...'

Het liefst had ze de politieman naar binnen gesleurd om hem het hemd van het lijf te vragen, maar ze vroeg zich af of haar familie diezelfde behoefte had.

'Sorry dat ik u 's avonds kom storen,' verontschuldigde de man zich. Hij wreef over zijn kin en oogde vermoeid. 'Door drukte lukte het niet eerder... maar er is wel enige urgentie bij wat ik wil bespreken.'

Hij zette een stap naar voren om Olivia aan te sporen hem binnen te laten, maar dat had niet het gewenste effect. Ze keek naar zijn voet op de drempel en toen weer naar zijn gezicht.

'Ik wil eerst uw identificatie zien.'

Met haar armen over elkaar blokkeerde ze de deuropening. De man zette een stap terug en toonde haar zijn ID. De gegevens die Olivia zag, kwamen overeen met wat hij haar verteld had.

'Olivia, doe die voordeur eens dicht! We stoken niet voor de buitenwereld,' riep haar opa vanuit de woonkamer.

'Oké, ik zal u binnenlaten, maar ik kan u niet garanderen dat u hartelijk ontvangen wordt. De verdwijning van mijn tante is hier een beetje een no-go-onderwerp.'

'Ik ben zo weer weg, ik zal mijn jas aanhouden.'

Olivia ging de man voor naar de woonkamer en toen ze de deur opendeed, draaiden alle hoofden zich naar hen om. Haar oma werd bleek en stopte met kauwen op het stuk taart dat ze net in haar mond had gestopt. Haar vader greep krampachtig naar de leuningen van de stoel waarop hij zat en leek volledig te verstijven. Haar opa, daarentegen, vloog meteen met een rood hoofd overeind. 'Wat moet jij hier?' viel hij uit tegen de politieman. 'Daar is het gat van de deur.'

Olivia schaamde zich voor de reactie van haar opa. Ze had de politieman weliswaar gewaarschuwd, maar niet verwacht dat haar opa hem bijna zou aanvliegen. Ze wierp hem een verontschuldigende blik toe, die hij met een begripvolle knik beantwoordde.

'Meneer Van Vliet, mag ik u allereerst feliciteren met uw vijfenzeventigste verjaardag? Een prachtige leeftijd. En u met uw man.' Ben de Groot knikte vriendelijk naar haar oma, die nog steeds als bevroren in haar stoel zat, maar eindelijk in staat was om de hap taart door te slikken. 'Mag ik misschien even gaan zitten?'

'Nee, ik wil dat je vertrekt,' zei haar opa.

'Leendert!' sprak haar oma hem vermanend toe. 'Geef die man een stoel, Olivia.'

Ze deed wat haar oma vroeg en pakte een eettafelstoel, die ze vervolgens zo ver mogelijk bij haar opa vandaan neerzette. De politieman ging zitten.

'Ik begrijp dat ik zo ongeveer de laatste persoon ben die jullie vanavond verwacht hadden.'

'Dat klopt, want de allerlaatste persoon die we verwachten is Johanna,' zei haar opa cynisch.

Olivia keek naar haar vader. Het verbaasde haar dat hij nog niets had gezegd. Hij zat nog steeds volledig verkrampt in zijn stoel en Olivia bespeurde iets in zijn ogen wat leek op angst. Toen zag ze vanuit haar ooghoeken dat haar oma met trillende hand haar gebaksbordje op tafel zette en wankelend opstond. Heel even was er niks anders te horen dan het tikken van de klok en de zware ademhaling van haar oma.

'Hebt u haar gevonden?'

4

Ben bekeek de woonkamer waar hij ruim twintig jaar geleden voor het laatst voet in had gezet. Er was in al die jaren niet veel veranderd. Dezelfde donkere houten meubels, hetzelfde grijze tapijt op het inmiddels versleten parket. Zijn blik ging naar het dressoir. Ja, er was toch iets veranderd. De foto van Johanna die destijds tussen de andere familiekiekjes had gestaan, was verdwenen – een foto van Olivia was ervoor in de plaats gekomen. Hij scande de andere foto's. Een aantal herkende hij nog van toen, sommige waren later toegevoegd, maar nergens was een zilveren lijstje met Johanna te bekennen. Toen verlegde hij zijn blik naar de mensen in de kamer. Leendert leek nog steeds dezelfde onmogelijke man die Ben vijfentwintig jaar geleden had leren kennen. Jeroen, die destijds een slungelige puber was geweest, had er in de loop van de jaren wel wat kilootjes bij gekregen. Ook Hendrika was wat uitgedijd en het lijden om het verlies van haar dochter had zich in diepe rimpels vastgezet op haar gezicht.

'Het spijt me dat ik na al die tijd weer kom binnenvallen. Mijn gezicht roept ongetwijfeld nare herinneringen bij jullie op.'

'Inderdaad. Wat mij betreft mag je meteen weer vertrekken.'

'Leendert, wil je niet horen wat ik te zeggen heb?'

'"Meneer Van Vliet" voor jou en nee, ik heb geen interesse.'

'Maar ik wel.' Het klonk haast fluisterend, maar het was de eerste keer dat Ben Hendrika zag opstaan tegen haar man. Alsof ze er niet zeker van was dat ze haar mening had geuit, sprak ze opnieuw. 'Ik wil wel graag horen wat meneer De Groot te vertellen heeft.'

'Ik weet niet hoe ik dit voorzichtig kan brengen, dus ik zeg het maar direct: ik werk tegenwoordig bij het coldcaseteam Rotterdam en we overwegen om de zaak van Johanna weer op te pakken.'

Leendert van Vliets ogen spuwden vuur. 'Zo, en waarom dan wel? Denk je nou echt dat jullie Johanna nog levend zullen terugvinden? Vijfentwintig jaar, inspecteur De Groot! En mocht ze nog in leven zijn, dan hoeft ze hier wat mij betreft niet meer aan te kloppen.'

'Leendert, zo praat je niet over onze dochter!' Hendrika's stem klonk schril.

'Waarom niet? Als ze nog leeft en in die vijfentwintig jaar niet de moeite heeft genomen om ons dat te laten weten, dan hoeft dat nu ook niet meer.'

'Johanna is hier altijd welkom.'

Ben voelde de spanning in de kamer toenemen en hij besefte dat hij moest doorpakken voordat de boel escaleerde. Hij richtte zich opnieuw tot Hendrika, bij wie hij vermoedelijk de grootste kans op succes had. Het meisje dat hem had binnengelaten was naar haar oma toe gelopen en had zich letterlijk achter haar geschaard. Jeroen zelf had nog altijd geen woord gesproken.

'Johanna's verdwijning heeft me nooit losgelaten, het is een van die zaken in mijn carrière die maar aan me blijven knagen. Over een jaar ga ik met pensioen en ik wil nog een laatste poging wagen om te achterhalen wat er destijds is gebeurd. Met alle nieuwe opsporingstechnieken en de sociale media is er tegenwoordig heel wat meer mogelijk dan destijds.' Hij haalde even diep adem. 'Hebben jullie weleens gehoord van de coldcasekalender?'

'Nee,' zei Hendrika.

'Ja,' zei haar kleindochter tegelijkertijd.

Ben vertelde in het kort wat de kalender inhield en met welk doel hij werd gemaakt. Daarna haalde hij het exemplaar van het jaar ervoor uit zijn jas. Hendrika pakte hem aan en bladerde hem door, terwijl Olivia over haar schouder meekeek.

'We zouden de zaak van Johanna graag in de nieuwe kalender opnemen en ik wil van u weten of u daar bezwaar tegen hebt. U moet zich goed realiseren dat het kan betekenen dat er voor u weer een spannende tijd aanbreekt. Er kunnen tips binnenkomen, misschien wel de gouden tip, maar het is natuurlijk goed mogelijk dat we ook deze keer niet verder komen en we nooit zullen weten wat er met Johanna is gebeurd.'

'Ik wil niet dat alles weer wordt opgerakeld.' Het waren de eerste woorden die Jeroen sprak sinds Ben de kamer was binnengestapt. 'En ik denk dat dat ook voor mijn ouders geldt.'

'Precies,' reageerde Leendert. 'Geen behoefte aan, dus het antwoord is nee.'

'Het antwoord is ja.' Het kwam ongekend fel uit Hendrika's mond en de hele familie keek haar verbaasd aan. 'Jullie mogen haar misschien doodzwijgen, ik kan dat niet. Niet meer. Dit is misschien wel de laatste kans om erachter te komen wat er met mijn dochter is gebeurd en die laat ik me door niemand afnemen, ook niet door jullie.' Ze keek haar man en zoon verwijtend aan. 'Ik snap niet hoe jullie zo hard en kil kunnen reageren.'

'Ik ben het met oma eens,' mengde Olivia zich nu ook in het gesprek. 'Zo ken ik je helemaal niet, pa. Als Johanna mijn kind of zus was geweest, dan zou ik hoe dan ook geen kans voorbij laten gaan om erachter te komen wat er met haar is gebeurd. Zolang je geen zekerheid hebt, kun je het nooit echt afsluiten. En dat is toch wat jullie allemaal willen? Het afsluiten?'

'Ik kan me gewoon niet voorstellen dat er na vijfentwintig jaar nog iets wordt gevonden.'

'Dat is iets waar ík me druk om moet maken.' Ben voelde

dat hij het gevecht aan het winnen was. 'Als ik zou denken dat het geen enkele kans had, dan zat ik hier vanavond niet. Maar we hebben vorig jaar goede resultaten geboekt met de kalender en echt zaken kunnen oplossen. Ergens loopt iemand rond die meer weet over Johanna's verdwijning. We moeten die persoon alleen weten te vinden en ik geloof dat de kalender daar een belangrijke rol bij kan spelen.'

'Doet u het alstublieft,' zei Hendrika. 'Wilt u alstublieft Johanna's zaak weer op de kaart zetten?'

'Kalender,' corrigeerde Jeroen zijn moeder, en Ben zag dat Olivia hem een geërgerde blik toewierp.

'Dank u voor uw vertrouwen.' Hij stond op. 'Dan zal ik u nu weer met rust laten. Nogmaals excuses voor alle commotie.'

'Olivia, laat jij meneer De Groot even uit.'

Ben liep naar Hendrika toe en gaf haar een hand. 'We gaan ons uiterste best doen, daar kunt u op vertrouwen. Verwacht niet binnen een week na verschijnen van de kalender al resultaat. Soms kan het heel lang duren voordat er een bruikbare tip komt, en soms komt er geen enkele reactie op een zaak. U moet met alle scenario's rekening houden.'

'Dat begrijp ik.'

Hij liet zijn andere hand even op haar schouder rusten. De hoop die hij zag opflikkeren in haar ogen sneed hem dwars door zijn ziel. Hij wilde, nee, hij mocht haar niet teleurstellen. Van Hendrika liep hij naar Jeroen. Johanna's broer stond op uit zijn stoel en gaf hem een slap handje. Op zijn voorhoofd stonden kleine zweetdruppeltjes en in zijn ogen las Ben wat hij destijds ook al had gezien: Jeroen liet niet het achterste van zijn tong zien. Op een rustig moment zou hij nog eens met Jeroen gaan praten om een beter beeld te krijgen van hoe de verhouding met zijn zus was geweest. En misschien wel om te weten te komen wat er nou precies in dat gezin speelde. Wellicht kon Jeroens dochter hierbij als breekijzer dienen, kon zij hem helpen door te dringen tot haar gesloten vader. Van alle familieleden leek zij hem de meest toegankelijke persoon.

Ben liet Jeroens hand los en liep naar Leendert. De man weigerde zijn uitgestoken hand te accepteren. Van papa Van Vliet hoefde hij, net als toen, niet veel te verwachten en ineens werd Ben overvallen door een extreme vermoeidheid. Het was een lange dag geweest vol intensieve gesprekken met nabestaanden. Hij had sinds die ochtend niets meer gegeten en het werd tijd dat hij naar huis ging. Hij zou bijna gaan verlangen naar die lelijke grijze pantoffels die mevrouw De Groot hem symbolisch eens voor zijn verjaardag had gegeven. Gewoon voor één avondje, met een borreltje erbij.

Ben knikte naar Olivia dat hij klaar was voor vertrek en de jonge vrouw ging hem voor naar de deur. Hij gaf haar zijn visitekaartje, tikte als groet tegen zijn grijze muts en stapte naar buiten, waar de sneeuw nog steeds gestaag viel.

'Mijn excuses voor de ongastvrije ontvangst. Zo zitten we normaal gesproken niet in elkaar.'

'Het is ook een ongebruikelijke situatie,' stelde Ben haar gerust.

'Ik heb u niet eens een kop koffie aangeboden.'

Hij moest glimlachen. 'Die had ik waarschijnlijk toch afgeslagen. Ik zit vandaag alweer ruim boven mijn cafeïnetaks.'

'Is het misschien mogelijk om een keer met u af te spreken? Ik zou graag van u horen over toen. Uw versie van mijn tantes verdwijning. Van mijn familie word ik niet veel wijzer en ik zou zo graag meer willen weten over het onderzoek van destijds. Wat u te weten bent gekomen. Welke opsporingsmethoden er zijn gebruikt. Ik ben erg geïnteresseerd in forensisch onderzoek, de nieuwe technieken die er zijn en de hulp die het kan bieden bij cold cases. Ik overweeg mijn scriptie over dit onderwerp te doen.' Ze keek naar de grond, alsof ze plotseling leek te beseffen dat ze had staan ratelen. 'Eigenlijk wil ik mijn tante gewoon wat beter leren kennen. Lijk ik op haar, waar hield ze van, hoe was haar karakter?'

'In dat opzicht kan ik je helaas niet veel verder helpen, vrees ik, want ik heb je tante nooit ontmoet. Net als jij ken ik haar alleen van foto's. Maar wat betreft de "technische" kant van het verhaal en hoe het onderzoek destijds is verlopen, kan ik je wellicht wel wat antwoorden geven.' Ze keek haast verrast op. 'Je hebt mijn visitekaartje, dus geef me maar een keer een belletje. Ik ben heel druk, maar er is altijd wel ergens een gaatje te vinden voor een kop koffie.'

'Ik ga u bellen. En ik hoop dat u verder komt met die kalender; voor mijn oma zou het goed zijn als er rust komt.'

'Ik ga er alles aan doen om haar die te geven.' Hij keek haar aan en zag de hoop in haar ogen. 'Luister, je moet begrijpen dat ik geen harde beloften kan doen, maar je kunt ervan op aan dat het niet aan mijn inzet zal liggen.'

'Het leven geeft geen garanties, inspecteur.'

Olivia's kleine slanke hand verdween bijna volledig in de zijne toen ze hem schudde en opnieuw moest hij glimlachen. Johanna's nichtje mocht dan niet groot zijn, haar handdruk was er eentje waar je niet omheen kon. Stevig en vastberaden. De manier waarop ze de wereld in keek beviel hem en deed hem denken aan mevrouw De Groot. Die had met dezelfde nieuwsgierige en gretige blik de wereld in gekeken toen hij veertig jaar geleden als een blok voor haar was gevallen.

En ineens had Ben de Groot haast om thuis te komen.

5

'Nou, ik denk niet dat opa zijn vijfenzeventigste verjaardag snel zal vergeten,' probeerde Olivia voorzichtig, om de stilte te doorbreken. Haar vader zat met een afwezig gezicht achter het stuur van de grijze Volkswagen Passat en manoeuvreerde deze voorzichtig door de besneeuwde straten. Hij had de hele weg nog geen woord gezegd.

Nadat de politieman was vertrokken, was de ijzige sfeer in de kamer niet meer bijgetrokken. Haar opa was het huis ontvlucht voor een stevige avondwandeling en haar oma had zich huilend teruggetrokken in de slaapkamer. Olivia was met haar vader achtergebleven in de woonkamer. Om maar iets omhanden te hebben, had ze alle vuile vaat naar de keuken gebracht en de overgebleven taart en de vers gemaakte gevulde eitjes in de koelkast gezet. Het restant koffie was in de gootsteen beland en de nootjes, toastjes en chips lagen weer keurig in de voorraadkast. Daarna had ze zich op de vaat gestort, want ze kon het niet over haar hart verkrijgen om haar oma alleen achter te laten met de troep. Haar opa wilde nog altijd niet aan een vaatwasser, maar stak nooit een poot uit om haar oma te helpen. Zijn ideeën over de rolverdeling in het huishouden waren nog steeds hopeloos ouderwets en Olivia had de hoop opgegeven dat dat nog zou veranderen. Oma leek zich erbij neergelegd te hebben en zich te schikken in haar rol van vrouw achter het aanrecht. De emancipatie had haar deur duidelijk overgeslagen.

Olivia's vader Jeroen had er vroeger ook een handje van

gehad om huishoudelijke klussen aan zijn vrouw over te laten, maar die had hem al snel kennis laten maken met haar moderne visie op het huwelijk. Man en vrouw waren gelijk en huishoudelijke taken werden eerlijk verdeeld. Jeroen had zijn best gedaan Marian zo veel mogelijk tegemoet te komen, maar het was uiteindelijk niet genoeg geweest om haar liefde vast te houden. Ze had ruim twintig jaar geleden uiteindelijk gekozen voor een wetenschappelijke carrière in de Verenigde Staten, en Jeroen en Olivia waren in Nederland achtergebleven. Jeroen vond destijds dat hij het niet kon maken om zo ver van zijn ouders vandaan te gaan wonen, omdat de verdwijning van Johanna nog zo vers was. Zijn moeder zou eraan onderdoor zijn gegaan, omdat ze dan het gevoel zou hebben nóg een kind te verliezen. Bovendien vond hij het belangrijk dat ze haar eerste en enige kleindochter zou zien opgroeien.

Van haar vader had Olivia gehoord dat Marian schoorvoetend had toegegeven dat ze eigenlijk wel opgelucht was geweest toen hij vertelde dat hij het niet zag zitten om haar naar de *States* te volgen met de kleine Olivia. Olivia's ouders hadden nooit echt goed bij elkaar gepast en van grote passie was ook nooit sprake geweest, als ze haar vader mocht geloven. Na wat een onenightstand had moeten zijn, was Marian meteen zwanger geworden. Zij was amper twintig, hij net negentien. Marian had een abortus serieus overwogen, maar onder druk van Jeroen en zijn ouders had ze er uiteindelijk toch van afgezien. Toen die beslissing eenmaal was genomen, waren Olivia's ouders zo snel mogelijk getrouwd. Marian had wel geëist dat ze haar studie mocht afmaken en dat Jeroens ouders zouden bijspringen bij de opvoeding van hun kleinkind, en het eerste jaar na de bevalling ging alles goed – iedereen leek zijn draai te hebben gevonden. De zorg voor Olivia gaf haar opa en oma de kans om af en toe ook aan iets anders te denken dan aan hun vermiste dochter. Vader Jeroen vond een baan als installatiemonteur en moeder Marian pakte zoals afgesproken haar studie weer met succes op. Dat was volgens Jeroen ook het moment waarop de problemen begonnen. Marian begon zich steeds sterker te verzetten tegen haar nieuwe leven als echtgenote en moeder; ze miste haar vrijheid en voelde steeds meer weerstand tegen de verantwoordelijkheden die hoorden bij het gezinsleven. Ze voelde zich beperkt in haar eigen ontwikkeling, en in het kleine flatje waar ze vlak voor de geboorte van Olivia in waren getrokken, kwamen de muren steeds vaker op haar af. Toen ze na haar afstuderen dan ook de kans kreeg om in Amerika te gaan werken voor een grote farmaceut, was er voor haar eigenlijk maar één optie. Ze ging. Het was een *once-in-a-lifetime*-kans die ze niet kon laten lopen. *Niet kón laten lopen of niet wílde laten lopen?* had Olivia zich weleens afgevraagd.

Olivia, die al grotendeels door haar vader en grootouders werd opgevoed, had niet het idee dat ze er destijds echt onder had geleden. De band met Marian was nooit heel hecht geweest. Dat had ze nooit als een probleem ervaren, maar de laatste tijd begon het toch meer te knagen. Haar oma had door de vreselijke omstandigheden van Johanna's verdwijning nooit de kans gekregen om de band met haar dochter verder uit te bouwen en leed daar nog elke dag onder. Dat deelde ze sinds een jaar of zo op haar somberste dagen ook weleens met Olivia en tijdens die gesprekken kwam de magere band tussen Olivia en haar eigen moeder ook altijd ter sprake. Olivia voelde zich na die gesprekken altijd bezwaard omdat ze niet meer energie stak in het beter leren kennen van haar moeder, terwijl ze daar wel alle mogelijkheden toe had. Marian had haar het afgelopen jaar al een aantal keren uitgenodigd om een paar maanden naar Amerika te komen als ze klaar was met haar studie, maar Olivia had tot nu toe nog niet veel sjoege gegeven. Onzekerheid en angst voor teleurstelling hielden haar tegen. Stel dat bleek dat ze niet goed met haar moeder kon opschieten? Dan zat ze daar een beetje verloren te wezen in Amerika. Hoe goed kenden haar moeder en zij elkaar nou? Verder dan oppervlakkige Skype-gesprekken en wat mailtjes waren ze de afgelopen jaren niet gekomen.

Hoewel haar vader vond dat ieder kind een vader en een moeder verdiende, had hij er ook nooit heel hard aan getrokken om het contact tussen haar en zijn ex te stimuleren. Zonder al te veel hartzeer had hij haar oma als surrogaatmoeder naar voren geschoven en Olivia wist tijdens haar jeugd eigenlijk niet beter. Pas later besefte ze dat de vrouw die ze als haar moeder beschouwde eigenlijk haar oma was. Vooral het laatste jaar was haar oma zich er steeds schuldiger over gaan voelen dat ze Olivia van haar echte moeder had 'afgepakt'.

'Het was egoïstisch van me om je zo op te eisen, maar je was zo'n vrolijk kind dat harten opende en zelfs als enige door het stugge harnas van je opa heen wist te breken. Je verzachtte de pijn en leidde af van het verdriet en de zorgen om Johanna, zonder dat je zelf onder dat juk leek te lijden. We hadden dat zo nodig op dat moment. Jij was de lijm die ons gezin bij elkaar hield toen je opa en ik elkaar in het verdriet niet meer konden vinden.'

'Je hebt me niet afgepakt, oma,' had ze geantwoord. 'Dat mag je jezelf echt niet verwijten. Marian heeft zelf de eerste jaren dat ze in Amerika zat ook niet veel laten horen. Eigenlijk toont ze pas sinds een jaar of twee écht belangstelling voor me, sinds ze minder is gaan werken. Ik weet niet zo goed wat ik ermee aan moet.'

'Het kan geen kwaad om je moeder alsnog een kans te geven.'

'Mijn plek is hier in Nederland, bij papa en jou en opa.'

'Besef goed wat je in handen hebt, Olivia, en gooi het niet zomaar weg. Er komt een moment waarop het te laat zal zijn; het leven verbergt soms rare verrassingen, dat hebben we met Johanna wel gezien. Zorg dat je geen spijt krijgt. Ik zou er alles voor overhebben om een tweede kans met Johanna te krijgen.'

Haar oma's ogen waren volgelopen met tranen toen ze haar zachte hand op Olivia's wang had gelegd, en dat had haar meer aan het denken gezet dan ze wilde toegeven. Haar moeder was een vreemde in haar leven; ze wist niet eens wat haar lievelingskleur was, hoe ze doordeweeks gekleed ging, of ze net als zijzelf dol was op boeken en zoetigheid, om maar eens een paar basale dingen te noemen. Leken hun karakters op elkaar? Volgens haar vader waren ze allebei intelligent en gingen ze beiden graag hun eigen gang, maar sec gezien had ze het gros van de informatie over haar moeder van horen zeggen. Misschien was het toch goed om op termijn haar eigen mening te vormen en haar moeder meer in haar leven toe te laten. Het kon immers ook meevallen.

Haar gedachten gingen terug naar haar tante en het bezoek van inspecteur Ben de Groot. Ook op dat vlak kreeg ze niet de kans om een eigen mening te vormen, omdat niemand er met haar over wilde praten. Wat was haar tante voor mens geweest? Wat ging er in haar hoofd om in de periode dat ze verdween? Waarom werd er niet vaker over haar gesproken? Waarom werden herinneringen weggestopt in plaats van opgehaald? Dat was ook de reden dat ze haar vader, ondanks zijn duidelijke weerstand, toch wilde confronteren met het bezoek van Ben de Groot. Wellicht bood dit een opening om eindelijk wat meer informatie over haar vermiste tante los te peuteren.

'Wat denk je, zou opa alweer thuis zijn van zijn wandeling?' begon ze voorzichtig.

'Bel hem op, zou ik zeggen,' zei haar vader stuurs.

'Hé, brombeer, ik probeer een gesprek op gang te brengen.'

'Sorry. Ik ben nogal van slag. Het zien van die De Groot brengt weer zoveel herinneringen naar boven.'

'En dat is verkeerd?'

'Wel als het grotendeels slechte herinneringen zijn. Ik had

het allemaal achter me gelaten, geaccepteerd dat ze niet meer terugkomt.'

'Nou, volgens mij heb je jezelf al die jaren voor de gek gehouden. De verdwijning van een zus kun je toch nooit achter je laten? Daar geloof ik helemaal niets van. Je hebt het diep weggestopt om te overleven, maar dat wil niet zeggen dat het daarmee ook "weg" is.'

'Zeg, ik dacht dat jij geschiedenis studeerde, in plaats van psychologie.'

Olivia zag iets op haar vaders gezicht verschijnen wat voor een heel klein lachje door kon gaan. 'Och, ik heb nog zoveel ongebruikte talenten waar jij geen weet van hebt.'

'Het was gewoon een vreselijke tijd waar ik niet graag aan herinnerd wil worden.'

'Maar je hebt je toch wel afgevraagd wat er met haar gebeurd kan zijn?'

'Ja, natuurlijk. Je wilt niet weten hoeveel scenario's ik de revue heb laten passeren. Is ze meegenomen, verdronken, heeft ze een ongeluk gehad, is ze weggelopen? Ik heb zelfs aan zelfmoord gedacht.'

'Zelfmoord?'

'Ja, maar dat idee heb ik ook weer snel laten varen. Het paste niet bij Johanna. Ze was een vechter, geen wegloper. In figuurlijke zin dan. Zelfmoord had ze te makkelijk gevonden.'

'Maar zat ze rond haar verdwijning niet lekker in haar vel dan?'

'Johanna was niet gelukkig in die tijd. Ze worstelde erg met zichzelf en lag continu in de clinch met je opa. Hij was een moeilijke man. Dat is hij eigenlijk nog steeds.'

'Moeilijk? Ik vind hem eerder een beetje ouderwets.'

'Jij merkt daar niet zoveel van, bij jou is hij heel anders, maar tegen zijn vrouw en kinderen was hij vroeger vaak onuitstaanbaar. Hij was altijd erg bezig met wat de buitenwereld wel niet dacht, wilde altijd een goede indruk maken. De vuile was werd niet eens bínnen opgehangen. En over emoties werd bij voorkeur niet gepraat en problemen loste je niet op, maar bedekte je. Toen Johanna verdween liep ons imago van het perfecte gezin een deuk op... Er werd geroddeld, gespeculeerd... En ik verdenk je opa ervan dat hij dat Johanna altijd kwalijk heeft genomen. Dat hij haar dat nooit heeft vergeven.'

'Meen je dat nou? Dat is toch niet reëel?'

'Nee, maar dat deed er niet toe. Dat was hoe het was. En opa was altijd al extreem streng en vaak niet voor rede vatbaar, en hij kon enorm vastgeroest zitten in zijn eigen ideeën, en na Johanna's verdwijning werd het alleen nog maar erger. Hij was vaak in zichzelf gekeerd, maar hij kreeg ook steeds meer last van woedeaanvallen. Ik weet nog wel dat hij op een dag ineens in de tuin stond om in een ton alle foto's van Johanna te verbranden. Alsof hij haar en die vreselijke gebeurtenis uit zijn leven kon verbannen. Doen alsof ze nooit had bestaan, was voor hem de makkelijkste manier om ermee om te gaan.'

'Maar dat moet vreselijk voor oma zijn geweest.'

'Dat was het ook.'

'En voor jou ook.'

'Ja.'

'Herinner je je die tijd nog goed?'

Even was het stil. Dacht haar vader terug aan vroeger? Hij was niet vaak zo open geweest over het verleden. Had het bezoek van de politieman iets bij hem losgemaakt?

'De sfeer in huis was altijd gespannen,' ging hij plots weer verder. 'Het huis was te klein voor drie getraumatiseerde mensen die ieder op een andere manier met emoties omgingen. Je oma teerde weg van verdriet en had alleen maar behoefte aan een arm om zich heen. Ze moet zich ontzettend alleen hebben gevoeld in die periode.' Haar vader trok een pijnlijk gezicht. 'Opa en ik zijn allebei flink tekortgeschoten, maar toch bleef je oma altijd loyaal aan ons en aan ons gezin. Jouw komst is haar redding geweest, voor ons allemaal, trouwens. Ik weet niet wat er was gebeurd als jij niet in ons leven was gekomen.'

Olivia legde haar hand even boven op die van haar vader. Hij omklemde de versnellingspook alsof het zijn laatste houvast was. 'Ik ben blij dat ik er ben.'

'Ik ook, Olijfje.'

Olivia's hart werd warm bij het horen van haar oude koosnaampje. Haar vader had het voor het laatst gebruikt toen ze op de lagere school zat.

'Ik zou willen dat je een wat leukere jeugd had gehad, pap.'

'O, mijn jeugd was best oké. De tijd na Johanna was alleen een hel. Mijn leven bestaat sinds Johanna's verdwijning ook echt uit een "voor" en een "na". Ik krijg het geheel niet meer bij elkaar. Een soort gespleten leven of zo.'

'Dat begrijp ik wel.'

'Er was gewoonweg te veel veranderd na de verdwijning van Johanna. Geen van ons was in staat om na verloop van tijd ons oude leven weer echt op te pakken. Dat de politie regelmatig over de vloer kwam, hielp ook niet. Het bracht nog meer spanningen met zich mee. Steeds weer die vragen, het zoeken naar sporen in en om het huis, dreggen in de nabijgelegen sloten en het kanaal. Elke keer weer die angst dat ze met een lichaam aan kwamen zetten, maar ook de teleurstelling dat ze weer niks hadden gevonden en we met die onzekerheid bleven zitten.'

'Ik begrijp niet hoe jullie het allemaal hebben volgehouden.'

'Ik eerlijk gezegd ook niet. Maar het leven stopt niet, het gaat altijd door. De dag gaat automatisch over in de nacht, de klok tikt vierentwintig uur en begint weer opnieuw, en gek genoeg doe je dat zelf ook. Je doet er alles aan om de dagen door te komen.'

'Hoe deed je dat dan?'

'Ik? Door het huis zo veel mogelijk te ontvluchten. Feestjes, drank, meisjes. Foute vrienden ook. Tot ik je moeder tegenkwam en we in een dronken bui onvoorzichtig waren. Dat was het moment waarop ik tot inkeer kwam en me realiseerde dat drank en foute vrienden me alleen maar verder van huis brachten. Letterlijk en figuurlijk. Als ik niet volledig wilde afglijden in het criminele circuit, dan moest ik mijn leven weer in eigen hand nemen. Verantwoordelijkheid nemen.'

'Nou, dat is je best aardig gelukt.'

'Ja, dankzij jou, jij was mijn redding. Op de dag dat ik hoorde dat Marian zwanger was, zat ik net op het politiebureau voor de diefstal van een radio.'

'Jij? Daar kan ik me nou helemaal niets bij voorstellen.'

'Doe ook maar niet. Ik was echt niet zo leuk in die tijd.'

'Nou, dat zal opa ook niet bepaald gewaardeerd hebben. Diefstal deed het natuurlijk ook niet goed op het familie-cv.'

'Hij heeft me helemaal bont en blauw geslagen toen ik weer thuiskwam. Ergens had hij ook wel een punt. Oma is tussen ons in gesprongen toen ik terug begon te slaan en het echt uit de hand dreigde te lopen. Alle woede, frustratie, verdriet en ellende kwamen er op dat moment uit bij je opa en mij. We waren in staat om elkaar op dat moment ter plekke af te maken. Het was echt een rottijd.'

Geschrokken keek Olivia naar haar vader. Dit was allemaal nieuw voor haar. Opa had haar vader mishandeld? En hij had teruggevochten? 'Jezus, wat heftig allemaal.'

'Ja, zeker heftig. Snap je nou ook een beetje dat ik er niet op zit te wachten dat alles weer wordt opgerakeld? En je opa ook niet.'

Olivia dacht even na. Snapte ze het?

'Nee,' zei ze. 'Ondanks alles wat je me hebt verteld, snap ik dat niet. Ik zou hoe dan ook altijd willen weten wat er met mijn kind of mijn zus was gebeurd en geen kans onbenut laten om daarachter te komen. In dat opzicht sta ik er hetzelfde in als oma. Ik zie de komst van inspecteur De Groot en de kalender echt als een laatste kans die we niet mogen laten schieten. Als ik heel bijgelovig doe, dan zou ik zeggen dat Johanna hem gestuurd heeft als verjaardagscadeautje voor opa. Alsof ze na al die jaren alsnog bereid is om haar verhaal te doen en hem in de nadagen van zijn leven de rust te geven waar hij ongetwijfeld ook naar snakt. Ook al zal hij dat nooit toegeven.'

'Misschien heb je gelijk. Ik weet het niet. Nou ja, je oma heeft zich voor het eerst sterk gemaakt hiervoor en besloten dat Johanna een *calendar girl* moet worden.'

'Maar daar heb je wel een foto voor nodig en als opa alles verbrand heeft...'

'Oma heeft er nog een paar kunnen redden en de politie heeft de foto die destijds is gebruikt voor de zoektocht ongetwijfeld in het dossier zitten.'

'Ik zou die foto's van Johanna graag een keer zien.'

'Dan moet je bij je oma zijn. Die heeft ze destijds zorgvuldig verstopt en ik heb geen flauw idee waar. Dat heeft ze nooit willen vertellen. Bang als ze was dat je opa ze alsnog van haar af zou pakken en zou vernietigen.'

'Het geeft in elk geval antwoord op een vraag die ik al heel lang heb: waarom er geen foto van Johanna tussen alle familiefoto's op het kastje in de woonkamer staat.'

'Daarom dus.'

Olivia zag aan haar vaders gezicht dat hij het gesprek lang genoeg vond duren en graag op iets anders wilde overschakelen. Hoewel ze nog duizend vragen had, besloot ze hem zijn zin te geven. Nooit eerder was hij zo openhartig geweest over de verdwijning van zijn zus en dat stemde haar dankbaar. Als ze het onderwerp nu liet rusten, kon ze het op een later tijdstip wellicht met succes nogmaals aanroeren. Ondertussen had ze ook het visitekaartje van Ben de Groot nog dat in haar jaszak brandde. Ze was absoluut van plan om zo snel mogelijk een afspraak te maken met de oude inspecteur met zijn gekke ijsmuts.

6

‘Kijk nou toch eens. Wie had dat gedacht? Dat wij elkaar hier treffen, na al die jaren. Dat kan geen toeval zijn.’

Er hing een bedompte lucht in de bezoekersruimte van penitentiaire inrichting De Schie. Ben had zijn jas uitgetrokken en over de stoelleuning gevouwen, en op de grond had zich een plasje water gevormd. De temperaturen waren de afgelopen weken mild geweest, maar die nacht was er voor de tweede keer die winter een koudefront Nederland binnengetrokken en in de ochtend was het flink gaan sneeuwen. Net als die dag dat hij bij de familie Van Vliet was langsgegaan, bedacht Ben.

‘Zullen we meteen stoppen met die onzin, Mick? Waarom heb je me gevraagd hierheen te komen?’

‘Ah, nog steeds de brompot van weleer. Het voelt wel meteen weer lekker vertrouwd.’

‘Ik heb geen tijd voor kletspraatjes. Kom ter zake of ik vertrek.’

‘Luister, Ben, ik vind het heel rot voor je, maar we doen het op mijn manier of we doen het niet. Dat is de deal. Deze keer heb ík de touwtjes in handen. Jij wilt iets van mij, dus ik bepaal hoe we dit gaan doen.’

Ben stond op en pakte zijn jas. ‘Het ga je goed, Mick, en sterkte met het uitzitten van de rest van je straf. Hoe lang moet je nog?’

‘Ho ho, wacht nou even. Ik maak toch maar een geintje? Kom, ga even zitten en laten we opnieuw beginnen,’ krabbelde Mick een beetje terug.

'Jij helpt mij en misschien help ik jou. Dát is de deal.'
'Oké, rustig maar, jij je zin.'
Ben keek Mick doordringend aan en ging toen weer zitten.
'Als de koffie hier niet zo smerig was, zou ik je een bakkie aanbieden. Het bocht dat ze hier schenken wil ik zelfs jou niet aandoen.'
'Heel grootmoedig van je.'
'Ach, ik heb zo mijn momenten. Ik ben niet zo kwaad als jij denkt.'
'Je bent een engel. Doodslag was het, toch?'
'Altijd nog een graadje minder erg dan moord.'
'Jij en ik weten allebei dat het moord was. Een ongeïnteresseerde rechter en een handige advocaat zijn de enige redenen dat je er zo gemakkelijk vanaf bent gekomen.'
'Nog altijd graag het laatste woord, hè, Ben? Wordt je vrouw daar nou nooit eens moe van? Of heeft ze je inmiddels ingeruild voor een ander? Wat overigens heel goed te begrijpen zou zijn.'
Even knipperde Ben met zijn ogen, maar hij deed er het zwijgen toe.
'Je bent niet bepaald loslippig. En ik had me er nog wel zo op verheugd om eens lekker met je bij te kletsen.'
'Bijkletsen doe ik met vrienden, niet met criminelen.'
'We zijn toch oude vrienden, Ben? Sterker nog, ik denk vaker aan jou dan aan de meesten van mijn vrienden. Ik heb me de afgelopen jaren suf gepiekerd over manieren om jou hier te krijgen en hier ben je dan. Zo zie je maar weer dat de aanhouder wint.'
'Waarvoor ben ik hier?'
Mick wapperde met de coldcasekalender die al die tijd tussen hen in had gelegen. De blik in zijn ogen was zelfvoldaan. Geamuseerd zelfs. Het liet Ben koud. In zijn jonge jaren zou hij iemand als Mick over de tafel hebben getrokken, maar in de loop der jaren had hij zich een ijzeren zelfbeheersing

eigen gemaakt die tot nu toe nog door niemand was doorbroken. Slechts één keer was hij er dichtbij geweest, toen hij een pedofiel op heterdaad betrapte met een achtjarig meisje. Hij had alles op alles moeten zetten om hem in alle rust te arresteren, terwijl hij niets liever wilde dan de man kort en klein slaan. Het hulpeloze meisje had hem meer gedaan dan alle verminkte lijken die hij in zijn carrière had gezien en hij had een week nodig gehad om zichzelf te herpakken. Daarbij vergeleken viel alles eigenlijk in het niet.

'Heb je nog niet uitgevogeld over welke zaak ik je wil spreken?' Mick liet zijn vingers langs de pagina's van de kalender gaan alsof hij een pak kaarten schudde.

'Hou me niet langer in spanning,' antwoordde Ben cynisch.

Tergend langzaam sloeg Mick de kalender open en bladerde naar de eerste week van januari. Het gezicht van Johanna van Vliet staarde hen aan en bezorgde Ben een kriebel in zijn buik. Mick tikte met zijn middelvinger op het gezicht van het meisje en Ben moest onwillekeurig weer aan Olivia denken en haar gelijkenis met haar tante.

'Wat weet jij over Johanna van Vliet?'

'Wie zegt er dat ik iets weet? Mijn geheugen laat me soms opeens in de steek en ik voel misschien wel weer zo'n momentje aankomen.'

Voor de tweede keer die ochtend schoof Ben beheerst zijn stoel naar achteren en stond op. 'Ik hoor het wel als je geheugen weer meewerkt. Het heeft weinig zin als we daar allebei op gaan zitten wachten.' Hij gaf een roffel op de deur en vrijwel meteen kwam er een bewaker binnenlopen om Mick zijn handboeien weer om te doen.

'Relax, Ben, waar is je gevoel voor humor gebleven? Ik dol alleen een beetje met je. Mannen onder elkaar.'

'Ik zou het op prijs stellen als je mijn soort niet vereenzelvigt met de jouwe.'

'We zijn toch allebei mannen?'

'Ik wel, ja, maar wat Gods bedoeling met jou is geweest, daar ben ik nog steeds niet uit. Het is in elk geval mislukt.'

'Auw, dat doet pijn. Waar heb ik al deze lelijkheid aan verdiend?'

'Dag Mick. Neem hem maar mee.' Ben knikte naar de bewaker. Daarna richtte hij zich weer tot Mick. 'Ik zou je dringend willen afraden om in de toekomst ook nog maar één seconde van mijn kostbare tijd te verspillen. Niet verstandig.'

'Kom op, man. Ik bedoelde het toch niet zo?'

Tot Bens genoegen klonk er voor het eerst lichte paniek door in Micks stem. Dreigen met opstappen had precies het effect gehad waar hij op hoopte. Achter Micks rug om knipoogde hij naar de bewaker, die de nog altijd geboeide Mick hardhandig in zijn stoel zette en de cel weer verliet.

'Laatste kans,' zei Ben. 'Wat weet jij over Johanna van Vliet? Je bent destijds niet voorbijgekomen in de lijst van getuigen en verdachten, en we zijn toch uiterst zorgvuldig te werk gegaan.'

'Niet zorgvuldig genoeg.'

'Vertel.'

'Ze is verdwenen in oudjaarsnacht, toch?'

Ben tikte op de tekst in de kalender. 'Zoals je zelf hebt kunnen lezen.'

'Ze was eerder die avond op een feestje.'

'Ook dat staat hier. Hoezo, was jij daar ook?'

'Ik was in de buurt.'

'Heb je haar met iemand samen gezien?'

'Voor zover ik weet is ze alleen vertrokken. Ze had ruzie.'

Ben ging wat rechterop zitten, deze informatie was nieuw voor hem. 'Met wie?'

'Dat weet ik niet. Zoals ik al zei: ik was in de buurt, maar ik was er niet bij.'

'Kun je wat minder vaag zijn?'

'Nee. Laat me nou effe uitpraten. Heeft je moeder je geen manieren bijgebracht?'

'Niet weer die grote mond opzetten, hè. Laatste kans, had ik gezegd. Als ik nu opsta, ben ik weg en zie je me niet meer terug.'

'Ja ja, het is al goed. Waar was ik gebleven?'

'Je zei dat Johanna van het feestje vertrok na een ruzie. Als je niet weet met wie ze ruzie had, weet je dan wel waar die ruzie over ging?'

'Ik heb van horen zeggen dat de persoon met wie ze ruzie had misschien wel haar broer was. Ineens herinner ik het me weer.'

Jeroen? Maar die is volgens eigen zeggen nooit op het feest geweest.

'Wie heeft je dat verteld?'

'De jongen met wie ze na het feestje had afgesproken.'

Ben moest moeite doen om zijn gezicht in de plooi te houden. Ook dit was compleet nieuwe informatie. Hoe hadden ze dit destijds kunnen missen? Als het waar was, natuurlijk.

'Weet je hoe die jongen heette?'

Mick schudde zijn hoofd. 'Nee.'

'Hoe zag hij eruit?'

'Hij had donker haar.'

'Donker haar. En verder? Kun je misschien iets specifieker zijn?'

'Nou, om eerlijk te zijn laat mijn geheugen me nu weer in de steek. Maar als je volgende week terugkomt, weet ik vast wel weer wat meer. Als er tenminste een goede stimulans tegenover staat...'

Ben keek in het triomfantelijke gezicht van Mick en hij besefte dat de man gelijk had gehad: hij was het die de touwtjes in handen had.

'Zelfde tijd, zelfde plaats, Ben?'

7

Olivia kwam gapend de keuken binnen. Ze droogde haar natte, kastanjebruine haren met een handdoek, die ze daarna als een tulband om haar hoofd deed. Haar vader zat aan de bar en keek op van zijn krant.

'Zo, kleine oogjes. Ik geloof dat jij wel wat koffie kunt gebruiken. Ik lust er trouwens ook nog wel eentje.' Hij knipoogde.

Olivia pakte zijn mok van tafel en liep naar het aanrecht. Haar sloffen maakten een slepend geluid op de tegelvloer. 'Slecht geslapen vannacht.'

'Ja, ik merk het. Je bent nog te moe om je voeten op te tillen,' zei haar vader grinnikend.

Olivia knoopte de ceintuur van haar dikke roze duster nog eens goed om haar middel, pakte een extra mok uit de kast en de koffiepot die op het warmhoudplaatje stond. Ze snoof de geur op. 'Lekker sterk bakkie.' Ze deed wat melk en suiker in de mok van haar vader en hield het zelf bij zwart. Ze gaf haar vader zijn koffie, gooide wat yoghurt met muesli in een kom en begon het staand aan het aanrecht op te lepelen.

'Er zijn nog genoeg lege krukken over, of wil je niet naast je oude vader zitten?'

Met haar koffie en ontbijt kroop ze naast hem op een kruk.

'Nog plannen voor vandaag?'

'Ja, straks naar de uni. Afspraak met mijn scriptiebegeleider om mogelijke onderwerpen te bespreken.'

'Spannend. In welke richting zit je te denken?'

Ze nam een slok koffie. 'Ik wil iets gaan doen met de geschiedenis van forensisch onderzoek. De methoden van vroeger afzetten tegen die van nu.' Ze aarzelde even en pakte toen door. 'En ter illustratie een cold case nemen. Welke opsporingsmethoden waren er destijds rond de misdaad beschikbaar en waarom leidde dat niet tot een oplossing? Versus: met welke huidige middelen en mogelijkheden kan er nu naar dezelfde zaak worden gekeken om de zaak verder te brengen of alsnog op te lossen?'

Olivia keek haar vader aan om zijn reactie te peilen. Hij had net een slok koffie genomen en slikte hoorbaar. 'Had je een specifieke cold case in gedachten?'

'Ik denk dat je dat wel weet.'

'Johanna.'

'Ja,' antwoordde ze. 'Die Ben de Groot heeft al toegezegd dat hij een kop koffie met me wil drinken.'

'Is het wel zo'n goed idee om een zaak te nemen waar je zelf zijdelings bij betrokken bent? Belangenverstrengeling en zo?'

'Het maakt me juist extra gedreven om er iets goeds van te maken. En belangenverstrengeling? Het is geen commerciële klus, ik schrijf een scriptie.'

'Maar voor het doen van gedegen onderzoek moet je wel objectief zijn.'

'Je bent problemen aan het zoeken. Wat wil je nou eigenlijk zeggen?'

Haar vader slaakte een diepe zucht. 'Ik denk dat jij dat zelf wel weet.'

'Je vindt het niet prettig dat Johanna's zaak wordt opgerakeld door dat coldcaseteam, laat staan dat je dochter zich er ook nog eens mee gaat bemoeien.'

'Ja. Ik wil niet dat die zaak mijn leven weer gaat beheersen. Ik heb er al genoeg ellende van gehad.'

'Ik snap nog steeds niet dat je zo koel hierover kunt praten. "Die zaak" is wel je zus. En jij hebt het misschien voor jezelf afgesloten, maar ik wil graag weten wat er met mijn tante is gebeurd. Dat heb ik me altijd al afgevraagd, en bij jou of opa en oma hoefde ik tot nu toe niet aan te kloppen voor antwoorden. Tante Johanna is ook een loot aan onze stamboom. Dat kun je niet zomaar wegpoetsen.'

'Dat doe ik ook niet "zomaar". Daar is een heel proces van jaren aan voorafgegaan. Voor mij was het nodig om te berusten in het feit dat Johanna nooit meer terugkomt. Alleen op die manier was ik in staat om mijn leven weer op te pakken. Ik weet gewoon zeker dat ze dood is.'

'Waar is het bewijs?'

'Als ze nog leeft, waarom is ze dan niet thuisgekomen?'

'Omdat ze dat misschien niet wilde? Het kan toch zijn dat er iets gebeurd is waardoor ze haar biezen heeft gepakt? Het gebeurt wel vaker dat mensen alle banden met hun familie verbreken na een ruzie. Was er gedoe met Johanna rond de tijd van haar verdwijning?'

Haar vader kreeg een starende blik in zijn ogen en leek even te verdwijnen in een herinnering. Gespannen wachtte Olivia zijn antwoord af. Had ze een gevoelige snaar geraakt? Maar het antwoord dat ze uiteindelijk kreeg was teleurstellend.

'Nee, nee, geen echte problemen. Johanna was aan het puberen en dat botste weleens met opa, maar dat ging nooit over fundamentele zaken. Gewoon dingen zoals te laat thuiskomen, betrapt worden met een sigaret, een bekeuring krijgen voor rijden zonder helm samen met een vriendin. Er was geen enkele reden voor Johanna om de benen te nemen.'

'Misschien niet in jouw ogen...'

'Olijf, alsjeblieft.'

'Wie was die vriendin?'

'Wat?'

'Die vriendin met wie ze die bekeuring kreeg, hoe heette die?'

'O, eh, Merel. Merel Peters, als ik het me goed herinner.

Beetje alternatief, rebels meisje. Altijd in het zwart gekleed, oorschelpen vol ringetjes, tatoeage op haar enkel, elke maand een ander alternatief kapsel en nieuwe kleurspoeling.' Hij grinnikte. 'Haar moeder was kapster en probeerde graag dingen bij haar dochter uit. Vera, zo heette die moeder. Ze heeft Johanna ook een keer onder handen genomen, maar dat was meteen de eerste en de laatste keer. Opa ging uit zijn plaat toen ze met paarse plukjes in haar haren thuiskwam. Hij heeft ze er persoonlijk uit geknipt.'

'Ai, dat klinkt allemaal niet als een vriendin met wie opa blij zou zijn geweest...'

'Laten we het erop houden dat Merel niet zijn type was.'

'Verbood hij Johanna om met haar om te gaan?'

'In eerste instantie niet, maar later wel. Die bekeuring viel niet in goede aarde en toen Merel die tatoeage liet zetten was de boot aan. Johanna ging met haar mee naar Tattoo Bob toen dat ding werd gezet. Raakte er niet over uitgepraat en bleef pa en ma aan hun kop zeuren dat ze er ook een wilde.'

'En?'

'Natuurlijk niet. Een tatoeage was ordinair, iets voor mensen uit de achterbuurt.'

'Kende jij die Merel ook?'

'Vaag. Ik zag haar weleens met Johanna voorbijscheuren op dat brommertje van haar. Veel verder dan zwaaien en "hallo" en "doei" ging het niet, maar ze leek me wel aardig.'

'Waren Johanna en Merel nog bevriend ten tijde van de verdwijning?'

'Niet echt. Merel verhuisde op een gegeven moment naar Geleen. Haar vader kreeg een nieuwe baan bij DSM in Limburg. Daarna heb ik Johanna nooit meer over Merel gehoord.'

'Had Johanna nog meer vriendinnen?'

'Merel was echt haar hartsvriendin. Ze ging ook nog wel om met wat meiden van school, maar dat waren geen intensieve contacten, voor zover ik weet. Ik kan me de namen van die meiden in elk geval niet meer herinneren.'

'En vriendjes? Daar had ze wel de leeftijd voor.'

'Daar praatten we niet over. En nu moet ik naar mijn werk.'

Haar vader stond abrupt op, zette zijn vuile vaat in de vaatwasmachine en gaf haar een zoen op haar wang. 'Tot vanavond.'

Olivia keek hem verbaasd na en haalde haar schouders op. *Merel Peters dus.* Toen bedacht ze ineens wat ze nog had willen zeggen.

'Pap?' riep ze hem na. Ze sprong van haar kruk en wist hem nog net tegen te houden voordat hij de deur achter zich dichtsloeg. 'Er heeft gisteren iemand voor je gebeld...'

8

Mick van Wezel keek verwachtingsvol naar de gesloten deur van de bezoekersruimte. Zo meteen zou die deur naar het verleden opengaan en hij was benieuwd welke duistere geheimen erachter zouden liggen. Hij kon er wel een paar verzinnen. Sterker nog, daar was hij de hele nacht druk mee geweest. Na het bezoek van Ben de Groot had hij nieuwe inzichten gekregen. Een briljante ingeving eigenlijk, die het mogelijk maakte om van twee walletjes te eten. Hij moest toch een beetje voor zijn oude dag zorgen en hoe meer hij bij elkaar kon schrapen, hoe beter.

Het was een koud kunstje geweest om zijn vroegere vriend via wat oude contacten op te sporen. Het eerste telefoontje dat hij had gepleegd was op niets uitgedraaid – bij het noemen van zijn naam was de hoorn meteen op de haak gegooid. Bij de daaropvolgende pogingen kreeg hij steeds de ingesprektoon. Ook de volgende twee dagen kreeg hij niemand te pakken, maar op de vierde dag werd er plotseling opgenomen. Het was een meisje geweest. Een jonge vrouw eigenlijk. Haar stem had energiek geklonken. Een beetje hees ook, met een verleidelijke ondertoon. Nee, haar vader was niet thuis. Kon ze iets doorgeven? *'Zeg hem maar dat Mick van Wezel heeft gebeld. We zijn oude schoolvrienden.'* Of ze een nummer kon noteren waarop haar vader hem terug kon bellen? *'Nee, ik probeer het zelf wel weer een keer. Ik ben lastig te bereiken.'*

Na weer twee dagen van vruchteloze pogingen, werd eindelijk de telefoon weer opgenomen. En deze keer was het niet de dochter, maar de man zelf. 'Het is niet verstandig om weer op te hangen,' was het eerste wat Mick had gezegd. Aan de andere kant van de lijn kon hij een zware ademhaling horen, maar de verbinding werd niet verbroken.

'Wat wil je?'

'Wordt het niet eens tijd dat jij en ik een keertje bijpraten? Oude herinneringen ophalen... Lijkt me hartstikke leuk. Misschien dat ik je het dan wel vergeef dat je nooit meer iets van je hebt laten horen.' Dat Mick dat zelf ook niet had gedaan, deed er niet toe. 'Ik heb je gemist, gozer. Jij mij toch ook wel een beetje?'

'Ik heb er geen enkele behoefte aan om jou te spreken en daarom ga ik nu ophangen. Stop met mij en mijn gezin lastig te vallen.'

'Ho ho, vriend. "Niet ophangen" had ik toch gezegd? Het is in je eigen belang dat je naar me luistert.'

'Hoezo?'

'Oudjaarsavond 1992.'

Doodse stilte aan de andere kant van de lijn.

'Hallo, ben je er nog?'

'Wat is daarmee?'

'Dinsdagmiddag, één uur, Professor Jonkersweg 7 in Rotterdam. En breng een envelopje mee met vijfhonderd euro. Ik ben een beetje door mijn handgeld heen.'

'Ik peins er niet over.'

'Je moet er ook niet over peinzen, je moet het gewoon doen. Anders vertel ik het iemand anders. Die inspecteur bijvoorbeeld die hier laatst op bezoek was.'

'Inspecteur?'

'Word je al een beetje zenuwachtig?'

'Waarom zou ik? Ik weet van niks.'

'Wil je nou echt beweren dat je niet weet dat er door een coldcaseteam opnieuw gekeken wordt naar wat er toen gebeurd is?'

Mick hoorde de ademhaling aan de andere kant van de lijn versnellen. Het was een hees, piepend geluid.

'Last van je hart? Je klinkt niet best. Ik zou even naar een dokter gaan als ik jou was. We willen tenslotte niet dat je dood neervalt voordat ik je heb kunnen spreken. Dat zou toch eeuwig zonde zijn.'

'Voor jou, ja, want dan kun je me niks meer maken.'

'Niet zo egoïstisch, vriend, denk eens aan die dochter van je. Die wil vast nog een tijdje van haar vader genieten.'

'Laat mijn dochter erbuiten.'

'Dinsdag één uur, anders zijn de gevolgen voor jou. En je dochter.'

Met een glimlach op zijn gezicht had Mick opgehangen.

9

Olivia liep met kordate pas het universiteitsgebouw uit. Het was koud en er hing sneeuw in de lucht, maar ze was te zeer in gedachten om er erg in te hebben. Het idee voor haar scriptie was definitief goedgekeurd en haar begeleider had het geen probleem gevonden dat ze de verdwijningszaak van haar tante Johanna bij het onderzoek betrok. Ze popelde om aan de slag te gaan.

Olivia speurde de fietsenstalling af naar haar mountainbike. Ze wist hem uiteindelijk met moeite tussen twee fietsen uit te plukken die er nogal lomp tegenaan waren gesmeten. Haar koplamp stond wat scheef en ze boog hem mopperend recht. Hoe moeilijk was het om een beetje voorzichtig te doen met andermans spullen? Ze stapte op haar fiets en reed slingerend de stalling uit. Een gure wind sneed haar de adem af en ze trok haar colsjaal wat hoger op. Even had ze er spijt van dat ze haar mountainbike had verkozen boven een lift van een vriendin met een warme auto. De banden van de veel te zwaarbeladen rugzak sneden in haar schouders.

Na een uurtje in de universiteitsbibliotheek te hebben doorgebracht had ze al meer dan voldoende interessante boeken gevonden die ze als naslagwerk voor haar scriptie kon gebruiken. Vanavond zou ze beginnen met zich in te lezen, maar voor nu had ze andere plannen. Het gesprek met haar vader en vooral de naam Merel Peters spookten al de hele ochtend door haar hoofd. Deze vrouw was in elk geval een tijdlang close geweest met haar tante en kende haar op een heel andere manier dan de familie. Als Olivia haar wist te traceren, zou ze ongetwijfeld informatie over Johanna naar boven kunnen halen die ze van haar vader of haar grootouders niet zou krijgen. Het enige punt waar ze zich zorgen over maakte, was de naam van de vrouw. Hoe vond je in een land vol Merel Petersen precies die ene die bevriend was geweest met je tante? Dat de vriendschap zo'n vijfentwintig jaar geleden was geëindigd maakte het er ook niet simpeler op.

Ze dacht aan Ben de Groot en zijn coldcaseteam. Aan de uitdagingen waar zij voor stonden bij het oprakelen van oude zaken. Hoe pakten zij zoiets aan? Waarschijnlijk door eerst een lijst te maken van alle feitelijke informatie waarover ze beschikten en dan alle punten een voor een onder de loep te nemen en uit te werken. Gestructureerd te werk gaan leek hierbij vooral van belang. Terwijl haar voeten de pedalen in een stevig tempo ronddraaiden, begon Olivia in haar hoofd een lijst te maken van alles wat ze wist.

Haar vader had het erover gehad dat Johanna en Merel samen bij Tattoo Bob waren geweest. Een bezoekje aan de tattooshop in de Delistraat was een optie, maar hoe groot was de kans dat Bob zich twee meisjes herinnerde die ruim vijfentwintig jaar geleden in zijn shop waren geweest? En ze beschikte niet eens over een foto van de meiden om zijn geheugen op te frissen. Weliswaar was Merel volgens haar vader een opvallende verschijning geweest met haar piercings en punky uiterlijk, maar onder de bezoekers van een tattooshop was deze look waarschijnlijk meer gemeengoed dan uitzondering geweest. Een bezoekje aan Tattoo Bob ging voorlopig dus op de reservelijst. Wat had haar vader verder nog verteld? In gedachten ging ze het gesprek na. De verhuizing. Merels vader had een baan bij DSM gekregen. Gezien de tijd die er verstreken was zou hij allang met pensioen moeten zijn, maar als Merels vader tot aan zijn pensioen bij DSM had gezeten, was het heel goed mogelijk dat hij nog steeds in die contreien woonde. Na vijfentwintig jaar mocht je wel aannemen dat hij en zijn vrouw hun draai in die omgeving hadden gevonden. Maar hoe vaak hoorde je ook niet dat mensen na hun pensioen in een gat vielen en heimwee kregen naar hun roots? Een terugkeer naar Rotterdam moest ze dus ook niet uitsluiten. Hoe dan ook had ze haar zoekgebied met een paar redenaties al weten te verkleinen van heel Nederland tot Limburg en Rotterdam. Die conclusie stemde haar vrolijk.

Hijgend fietste ze in hoog tempo haar straat in. Het was haar de hele weg gelukt om de sneeuwbui net een stapje voor te blijven, maar nu begonnen steeds dikker wordende vlokken om haar heen te dwarrelen. Met haar fiets aan de hand liep ze achterom en opende het tuinhek. Haar fiets zette ze op slot in het aangrenzende schuurtje en ze liep snel door naar de keukendeur, die aan de tuin grensde. Voordat ze naar binnen ging, schudde ze de sneeuw van zich af en ze trok haar schoenen uit op de mat. Haar kousenvoeten, waar haar grote teen aan de rechterkant doorheen piepte, stak ze in de sloffen die ze die ochtend slordig bij het barretje had uitgeschopt. Haar koude voeten verwelkomden de zachte wollige binnenkant van het schoeisel. Ze liep door naar de woonkamer en legde de zware rugzak op de bank. Die zou ze later wel uitpakken. Op dit moment wilde ze maar één ding: haar laptop uit de kast pakken om haar speurtocht naar Merel Peters te beginnen. En een warme kop thee, om de kilte van buiten uit haar lijf te verdrijven.

Met de kop thee en haar laptop plofte ze even later neer op de bank. Ze zocht op 'DSM Geleen' en al snel zag ze dat de vestiging in Geleen nu DSM Biomedical heette en gevestigd was op de Chemelotcampus. Een terrein van achthonderd hectare waar meer dan honderdvijftig bedrijven en instellingen waren gevestigd. Het bezoekadres was Urmonderbaan 22 in Sittard-Geleen. Op de pagina van detelefoongids.nl typte ze 'Peters' en 'Geleen' in en klikte op 'Personen zoeken'. Er rolden een tiental matches uit, waarbij de laatste een dubbele achternaam had met als meisjesnaam Peters. De voorletters bevatten echter geen M. De andere Petersen die ze had gevonden waren 'zuivere' Petersen. Ook bij hen geen voorletter M, maar het zou kunnen dat een van deze mensen de vader of moeder van Merel was. Er was maar één manier om daarachter te komen. Hen allemaal opbellen.

Olivia pakte haar telefoon, die ze naast zich op de bank had gegooid, en toetste kordaat het eerste nummer in. Ze hoorde een klik en een blikken stem begon haar te vertellen dat Catlijn, Emiel, Jens en Keet niet in staat waren om de telefoon op te nemen en dat ze na de piep een bericht kon achterlaten. Ieder gezinslid had zijn eigen naam ingesproken. Catlijn en Emiel waren duidelijk de ouders van Jens en Keet. Hun stemmen klonken jong. Ze verbrak de verbinding zonder iets in te spreken. Bang dat ze teruggebeld zou worden was ze niet, want ze belde standaard anoniem. Ze tikte het nummer in van de tweede Peters die woonachtig was in Geleen. Het toestel ging vier keer over voordat er werd opgenomen door een vrouw met een fragiele, krakende stem. Ze stelde zich voor als Gerrie Peters. Het viel Olivia meteen op dat de naam niet werd uitgesproken met de kenmerkende Limburgse zachte g. Sterker nog, er was helemaal geen zuidelijk accent te ontdekken in de uitspraak van de vrouw. Haar hart begon sneller te kloppen. 'Goedemiddag mevrouw Peters, u spreekt met Olivia van Vliet. Stoor ik u?'

'Als je van zo'n telemarketingbureau bent en me iets probeert te verkopen, kun je je de moeite besparen. Vroeger kocht ik al niet aan de deur en van de moderne technieken moet ik niks hebben.'

'Ik ben niet van een telemarketingbureau. Ik heb een vraag over uw dochter Merel.' Olivia kruiste haar wijs- en middelvinger in de hoop dat haar gok goed zou uitpakken.

'Dan vrees ik dat u verkeerd bent verbonden. Ik ken geen

Merel. Een goede middag.' De verbinding werd verbroken.

Dat is twee.

Olivia zette stug door. Ook bij haar derde poging ving ze bot, en bij nummer vier wederom. En uiteindelijk bleek ze bij geen van de Petersen succes te hebben. Peinzend nam ze een slok van haar thee. Wat nu? Het was natuurlijk heel goed mogelijk dat Merel inmiddels getrouwd was en niet meer haar meisjesnaam gebruikte. Ze kon verhuisd zijn, haar ouders konden verhuisd zijn – het was een speld in een hooiberg. Minutieus herhaalde Olivia in haar hoofd het gesprek dat ze met haar vader had gevoerd. Had hij buiten Merels naam nog iets anders verteld waar ze op kon voortborduren? Hij had het over Merels ongebruikelijke uiterlijk gehad. Haar tatoeage, de piercings in haar oren. Haar aparte kapsels. Haar moeder was kapster geweest.

Kapster!

Meteen zocht Olivia op kapsalons in Geleen. Met een beetje mazzel was Merels moeder destijds aan de slag gegaan in een salon, dus als ze nou eens alle kapsalons belde die daar vijfentwintig jaar geleden hadden gezeten en vandaag de dag nog steeds bestonden? De kans dat Merels moeder er nog werkte was miniem, maar de eigenaren zouden zich wellicht hun oud-medewerkers herinneren.

De zoekopdracht leverde tientallen hits op en de moed zonk haar even in de schoenen. Daar was ze wel even mee bezig. Dapper begon ze alle salons met websites aan te klikken en tot haar grote vreugde kon ze er meteen alweer een hoop van haar lijstje schrappen. Een gedeelte bestond pas sinds een paar jaar en er zaten ook de nodige thuiskappers bij. De 'jonge' zaken zette ze in tegenstelling tot de thuiskappers op een reservelijst. Er bleef een rijtje van acht kapsalons over die al vijftien jaar of langer gevestigd waren in Geleen. Dat was te overzien. Ze begon te bellen. De eerste vier zaken hadden nooit een Peters in hun personeelsbestand gehad, van de vijfde zou de afwezige eigenaar haar later terugbellen als het jonge grietje dat de telefoon had opgenomen het niet vergat door te geven. Nummer zes. Ze toetste het nummer in.

'Haarmode, met Vera, hebt u een ogenblikje?'

Ze stond al in de wacht voordat ze kon antwoorden. Terwijl een jazzy muziekje in haar oor kraakte, dronk ze snel de rest van haar inmiddels koud geworden thee op.

'Bedankt voor het wachten, u spreekt met Vera Peters, waar kan ik u mee van dienst zijn?'

Er ging een opgewonden kriebel door Olivia's buik bij het horen van de achternaam en ze viel even stil.

'Hallo? Wilt u een afspraak maken?'

'Sorry. U heet Peters zei u?'

'Ja, dat zei ik.'

'Mag ik u een heel rare vraag stellen?'

'Zolang het over haren gaat, vind ik het best.'

'Hebt u misschien een dochter die Merel heet?'

'Dat heeft niks met haren te maken. Waarom wilt u dat weten?'

'Ik ben op zoek naar ene Merel Peters die begin jaren negentig met haar ouders van Rotterdam naar Geleen is verhuisd. Merel is als het goed is in het verleden bevriend geweest met mijn tante. Ik ben oude vrienden van mijn tante aan het opsporen en Merel was volgens mijn informatie haar beste vriendin.'

'Ben je een verrassingsfeestje voor je tante aan het organiseren?'

'Was het maar zo. Mijn tante is vijfentwintig jaar geleden spoorloos verdwenen en ik wil graag meer over haar te weten komen.'

'Kun je daarvoor niet beter bij je eigen familie terecht?'

'Ja, dat zou je zeggen, maar dat levert niet zoveel op. Nogal een lang verhaal, daar zal ik u niet mee lastigvallen. Maar goed, ik hoop dus via haar vrienden wat meer te weten te komen over hoe ze was en zo.'

'En hoe heet jij?'

'Olivia. Olivia van Vliet.'

'Van Vliet?'

'Ja.'

'Johanna van Vliet.'

'Wat zei u? Ja, mijn tante heette Johanna van Vliet. U kende haar? Maar dat betekent dat… dat u…'

Het viel even stil aan de andere kant van de lijn. 'Ach, Johanna. Het was zo'n leuk meisje. Merel was er kapot van destijds.'

'U bent Merels moeder!' Olivia kon de opwinding in haar stem niet verbergen.

'En jij bent dan… de dochter van Jeroen?'

'Ja!'

'Geef me je nummer even, dan bel ik je straks terug. Ik kan de lijn hier niet langer bezet houden.'

'Natuurlijk, begrijpelijk.' Olivia gaf haar nummer door en hing op. Pas na tien minuten lichtte haar scherm op omdat ze gebeld werd door een anoniem nummer. 'Mevrouw Peters?'

'De enige echte.'

'Ik dacht al dat u niet meer zou bellen.'

'Nou, de eerste overeenkomst met Johanna hebben we al gevonden. Die kon ook zo lekker ongeduldig zijn.'

'Sorry, zo bedoelde ik het niet. Ik ben gewoon zo blij dat ik u gevonden heb. Merel was toch Johanna's beste vriendin?'

'Ze trokken inderdaad heel veel met elkaar op, totdat Johanna's vader moeilijk begon te doen. Hij stond op een avond ineens bij ons aan de deur te verkondigen dat Merel een slechte invloed op zijn dochter had en dat ze niet meer in haar buurt mocht komen. Ik heb nog geprobeerd hem tot rede te brengen, maar er viel niet met hem te praten.'

'Mijn opa kan inderdaad wat stug zijn,' viel Olivia Vera aarzelend bij.

'Wat stug? Ik dank je de koekoek! "Onmogelijk" is een betere typering. Ik had echt medelijden met dat meisje.'

Olivia realiseerde zich dat haar tante voor de mensen die haar hadden gekend nog steeds het predicaat 'meisje' had. Dat ze voor hen nog steeds zestien jaar was en nooit meer een dag ouder was geworden. Op dit moment zou haar tante echter tweeënveertig jaar oud zijn, als ze nog leefde. Geen meisje meer, maar een volwassen vrouw en een totale vreemde voor iedereen die haar ooit had gekend. Van die gedachte ging zo'n eenzaamheid uit dat Olivia een brok in haar keel kreeg.

'Maar vertel eens, Johanna is dus nog steeds niet gevonden?'

'Nee, maar er is wel een klein lichtpuntje. De politie heeft een speciaal coldcaseteam op haar zaak gezet in de hoop dat ze alsnog kunnen achterhalen wat er destijds is gebeurd. Nu dat allemaal speelt, is bij mij de behoefte heel groot geworden om meer over Johanna als persoon te weten te komen. We delen toch dezelfde genen. Daarom wil ik Merel ook zo graag spreken. Ik wil anekdotes horen, foto's zien... Zou u mij Merels telefoonnummer willen geven zodat ik haar kan bellen?'

'Nee, dat doe ik niet. Ik geef nooit telefoonnummers van mensen die ik ken aan vreemden door zonder dat ik ze daar eerst toestemming voor heb gevraagd. Je verhaal klinkt heel plausibel, maar tegenwoordig kun je niet meer zomaar iedereen vertrouwen. Hoe weet ik dat je echt bent wie je zegt dat je bent?'

'U kunt me echt vertrouwen.'

'Ik heb een ander voorstel,' schoot Vera haar te hulp. 'Ik bel Merel even op en geef jouw nummer aan haar door. Als ze er behoefte aan heeft om je te spreken, merk je dat vanzelf. Als ze je niet belt, is dat je antwoord.'

'Ja. Ja, dat is goed.' Olivia realiseerde zich maar al te goed dat de vrouw haar niets verschuldigd was en dat dit al meer was dan waar ze op had mogen hopen. Toch baalde ze als een stekker. De controle uit handen geven en gaan zitten wachten op een telefoontje dat misschien wel helemaal niet kwam, was echt niet haar ding. Dat had ze van haar moeder geërfd. Maar ze zou zich erin moeten schikken, hoe lastig dit ook was. Het was dat, of sowieso met lege handen staan. Het euforische gevoel dat ze het spoor naar Merel uiteindelijk toch te pakken had ebde weg.

'Goed, nou moet ik weer verder, de plicht roept. Je merkt het vanzelf wel of Merel je wil spreken.'

'Ik hoop echt dat ze me zo snel mogelijk belt. Liefst vandaag nog, als het lukt.'

'Je hebt er maar haast mee. Nou, fijne dag nog en leuk je even gesproken te hebben.'

Een kiestoon vulde Olivia's oor en ze legde haar toestel naast zich neer. Shit, nu was het dus duimen draaien en afwachten. En als ze ergens niet goed in was… Ze opende Facebook. De kans dat Vera Peters een account had, schatte ze niet heel hoog in, maar het was een poging waard. Ze typte de naam in in combinatie met Geleen. Vond een profiel van een Vera Peters uit die woonplaats zonder profielfoto. Ze klikte erop en kwam op een pagina terecht die in 2015 was aangemaakt en waar slechts een paar berichten uit datzelfde jaar op de tijdlijn gepost waren. Vera had zes vrienden en een van hen heette Merel Gianotten. Olivia klikte het profiel aan. De tijdlijn stond op openbaar en werd actief gebruikt. Olivia vergrootte de profielfoto. Er stond een vrouw op met een keurige halflange bob en een gulle lach. Haar haarkleur was donkerblond. Doordat de foto van voren genomen was en haar haren langs haar gezicht vielen, kon Olivia niet goed zien hoe Merels oren eruitzagen. Volgens haar vader had Johanna's vriendin haar oren vroeger vol ringen gehad. Het enige wat te zien was, was een witte parel in de rechterlel die een stukje door het haar heen piepte. Als dit de Merel was die ze zocht, dan was er van haar punky uiterlijk in elk geval niets meer over. Ze klikte op 'Info'.

Merel Gianotten was getrouwd met Bert, had drie kinderen en woonde met haar gezin in Utrecht. Ze werkte parttime als verpleegster op de kinderafdeling van het Diakonessenhuis. Netflix, rockmuziek en Radio 538 behoorden tot haar favorieten en ze las graag horrorboeken. Haar moeder heette Vera, haar vader Jacobus. Achter zijn naam stond een kruisje en het jaartal 2015. Oké, dus paps was inmiddels overleden. Merel had ook nog een oudere broer die Marco heette. Olivia had haar vader niets horen zeggen over een broer, maar dat wilde niks zeggen, want het was in hun gesprek ook niet relevant geweest. Het hoefde niet te betekenen dat ze naar de verkeerde Merel zat te kijken. De voorliefde van de vrouw voor rockmuziek en horror kon een overblijfsel zijn uit haar recalcitrante puberteit. Dat deze Merel ook een moeder had die Vera heette kon toeval zijn, maar dat hoefde niet.

Olivia zuchtte. Het speuren op Facebook had mogelijkheden opgeleverd, maar geen zekerheden. Ze kon Merel echter wel een persoonlijk bericht sturen via Facebook met wat uitleg over wie ze was, wat ze wilde en haar telefoonnummer. Ook kon ze verwijzen naar het gesprek dat ze met Vera had gevoerd.

10

De man tegenover Mick frummelde nerveus met zijn handen. De bruine ogen in het pafferige bleke gezicht met vuurrode wangen schoten angstig heen en weer. Van de weelderige haarbos van vroeger was weinig meer over, concludeerde Mick met enig leedvermaak.

‘Beetje een vleespet gekregen, vriend?’ Mick grinnikte en streek plagerig over zijn eigen kapsel, dat nog steeds vol was en slechts enkele grijze haren vertoonde. De man grimaste.

‘Beetje dikker geworden ook… Ik zou je bijna niet meer herkennen van vroeger.’

‘Je woont hier leuk,’ zei de man cynisch. ‘Beetje klein behuisd, minimalistisch, maar leuk.’

Micks lach werd breder. Hij schoof zijn stoel wat naar achteren, zakte onderuit en sloeg zijn armen over elkaar. Bleef de man strak aankijken totdat zijn oude makker zijn ogen neersloeg. Even de verhoudingen duidelijk maken.

‘Wat wil je van me, Mick?’

‘Laten we beginnen met een koekje bij de koffie.’ Hij gaf de man een knipoog. ‘Jij trakteerde, toch?’

‘Ik geef je helemaal niks totdat ik weet wat ik hier doe.’

‘Johanna. Gaat er misschien nu een lampje branden?’

De man schraapte zijn keel. Keek omhoog en omlaag en staarde even voor zich uit. ‘Nee. Nee, die naam zegt me niets.’

Mick schudde afkeurend zijn hoofd. ‘Liegen is prima, hoor, maar zorg dan in elk geval dat je het zo goed doet dat niemand het doorheeft.’

De man wreef over het puntje van zijn neus. Zijn ademhaling was jachtig en hij knipperde veelvuldig met zijn ogen.

'Ik zal je een handje helpen, want ik kan me haar nog wél heel goed herinneren.' Mick pakte de coldcasekalender die hij tot nu toe verborgen had gehouden op zijn schoot en legde hem met een klap op tafel. De man veerde op en Mick grinnikte. 'Je komt wat nerveus over. Is er iets?'

'Ik zou niet weten wat er is of waar ik nerveus over zou moeten zijn. Of toch wel: ik zit niet dagelijks met een crimineel opgesloten in een kleine ruimte.'

'Auw, dat doet pijn. Je oude makker een crimineel noemen. Ruwe bolster blanke pit, *that's me*.' Mick lachte nu breeduit en zag dat de blik van de man tegenover hem bleef hangen op zijn bovenkaak, waaruit sinds drie weken een snijtand ontbrak. Gevecht met zijn celgenoot, dat hij ondanks het verlies van die tand glansrijk had gewonnen. Mick sloeg de kalender open en duwde zijn oude makker de foto van Johanna onder zijn neus.

'Geheugensteuntje. Zoals ik al zei: ik ben de beroerdste niet.'

De man keek vluchtig naar de foto en wendde zijn blik meteen weer af. 'Zegt me niets.'

'Kijk nou eens goed. Neem de tijd. Lees effe dat stukkie dat bij die foto staat. Dan praten we verder.'

Met tegenzin deed de man wat Mick hem vroeg. Toen hij zijn hoofd boog, zag Mick dat het haar in zijn nek vochtig was. Hij bleef zijn bezoek strak aankijken totdat de man de kalender van zich af schoof. De trillende hand die aan neus en kin plukte ontging Mick niet. De signalen van een leugenaar.

'Goed, laten we even to the point komen, ik heb immers niet de hele dag de tijd.' Mick tikte op zijn linkerpols, waar ooit een heel duur horloge om had gezeten dat hij had buitgemaakt bij een roofoverval. 'Jij kent Johanna van Vliet. Als ik het me goed herinner had je zelfs stiekem een oogje op haar.'

De man zweeg, maar de rode plekken op zijn wangen breidden zich uit tot in zijn nek en hij meed Micks blik.

'Ik heb hier pas een inspecteur op bezoek gehad die naar Johanna vroeg. Nou ja, misschien heb ik die inspecteur zelf wel gebeld. Twintigduizend euro tipgeld is een boel centjes... Hij vroeg me te vertellen wat ik nog wist uit die tijd, van die bewuste oudjaarsnacht. Namen en zo... En nu wil jij vast weten of ik jouw naam heb genoemd.'

'Om eerlijk te zijn zou ik niet weten waarom.'

'Echt niet? Dat verbaast me ten zeerste.'

'Wat wil je toch van me? De politie heeft geen contact met me opgenomen.'

'Dat kan twee dingen betekenen. Óf ze zijn er nog niet aan toegekomen, óf ik heb je naam misschien nog wel even voor mezelf gehouden. Weet je, het maakt mij geen mallemoer uit of die twintigduizend uit het potje "tipgeld" of het potje "zwijggeld" komt, als je begrijpt wat ik bedoel. Waar het mij om gaat is dat ik dat geld krijg. Linksom of rechtsom.' Mick maakte een weegschaal van zijn handen. Bracht zijn linkerhand omhoog. 'Tipgeld.' Toen zijn rechterhand. 'Zwijggeld.' Hij herhaalde het ritueel een paar keer. De man tegenover hem bleef akelig stil.

'Ben je me nou aan het chanteren?' stamelde hij uiteindelijk.

'Man, je ziet eruit alsof je water ziet branden. Chanteren klinkt zo negatief. Ik noem het liever zakendoen. Ik leg je een keuze voor.'

De man schoof zijn stoel naar achteren en stond op. 'Je zoekt het maar uit, Mick. Ik heb niks te verbergen en kan me weinig uit die tijd herinneren. We waren de godganse dag stoned, man.'

'O, je herinnert je dus toch nog wel iets.'

'Rot op.'

'Oké, dus dan vind je het niet erg dat ik die inspecteur vertel dat ik jou misschien wel achter die Johanna aan heb zien gaan nadat ze met een kwaaie kop dat feestje verliet.'

'Jij was helemaal niet op dat feestje.'

'Maar jij dus wel, dat geef je dus net zelf toe.'

De man kneep zijn handen tot vuisten en ontspande zijn vingers weer.

'Zou een stressballetje niet iets voor je zijn?' vroeg Mick met een lief stemmetje. 'Kom, ga nog even zitten. We zijn nog niet uitgepraat, vind je wel?'

'Ik heb destijds alles wat ik wist aan de politie verteld.'

'Begint je geheugen weer een beetje te werken?'

'Ik heb er niks mee te maken. Ik weet niet wat er met dat meisje is gebeurd. Dus wat je ook denkt te weten, je hebt het mis.'

'Dat zal die inspecteur zelf nog wel even willen checken. Ik denk dat ik hem straks meteen even bel en dan zal hij nog wel contact met je opnemen. Misschien neemt die lekkere dochter van je de telefoon dan wel op. Of komt de recherche tegenwoordig bij de mensen thuis, zodat het hele gezin ook meteen kan meegenieten? Wat zou je dochter ervan vinden als de politie voor papa aan de deur kwam? Of je vrouw? Ik kan me zo voorstellen dat je dan wat uit te leggen hebt. Dat het in elk geval even heel ongemakkelijk wordt.'

'Laat mijn gezin erbuiten.'

'Dat kan, geen probleem. Aan jou de keuze.' Mick bewoog zijn handen weer als een weegschaal op en neer.

'Waar moet ik twintigduizend euro vandaan halen, Mick? Dat geld heb ik gewoon niet.'

'Vroeger was je heel creatief.'

'Zo ben ik niet meer.'

'Maar hé, als je niks te verbergen hebt, dan is er toch niks aan de hand? Waar maak je je dan druk om?'

'Ik heb in dat opzicht ook niks te verbergen, maar mijn vrouw en dochter weten niets van mijn verleden. Dat wil ik graag zo houden. Ik ben nu een familyman en dat leventje bevalt me uitstekend. Ik wil mijn vrouw en dochter niet kwijtraken. Dát is de enige reden dat ik me druk maak.'

'Het aanbod blijft staan. Wat is nou immers twintigduizend euro? En nu wil ik graag dat extraatje dat je voor me mee zou nemen.'

'Mick...'

Mick stak gebiedend zijn hand uit. De man knoopte zijn spijkerbroek los en haalde iets uit zijn onderbroek. Mick pakte het aan en stopte het geroutineerd in zijn eigen onderbroek. 'Ik ga ervan uit dat het klopt. Ouwe makkers moeten elkaar een beetje kunnen vertrouwen, hè?'

'Mick, ik smeek je, laat me met rust.'

'Twintig rooitjes. Zo noemden we dat in die goeie ouwe tijd, weet je nog? Ik zou er nostalgisch van worden.'

'Ik héb het niet!'

'Je regelt het maar. Als ik over een week niks van je heb gehoord, dan weet ik wat me te doen staat. O, en omdat je nog niet heel enthousiast meewerkt, heb ik nog een kleine stimulans bedacht. Stuur me een foto van die dochter van je, voor boven mijn bed. Als haar lijf net zo lekker is als haar stem...' Mick kneep in zijn kruis.

De man balde zijn vuisten weer en hield ze deze keer op spanning.

'Misschien krijgt ze binnenkort wel bezoek van een van mijn gabbers. Of ik zoek haar zelf op als ik met verlof mag.' Mick likte langs zijn lippen. 'Re-integratie, is het geen prachtig fenomeen?'

11

De trein remde piepend af om op tijd te kunnen stoppen op Utrecht Centraal. Olivia stond al in het gangpad voordat ze goed en wel stilstonden. Ze hield zich krampachtig vast aan de rugleuning van de stoel naast haar om niet tegen de passagier voor haar aan te botsen. Voetje voor voetje schuifelde ze mee met de meute naar de uitgang en wurmde zich naar buiten langs een meisje dat ontzettend stond te treuzelen.

Ze pakte haar telefoon en zag dat ze nog geen reactie had gekregen op haar Facebook-bericht aan Merel Gianotten. Thuis had ze het een uur uitgehouden en toen was haar geduld op. In een opwelling had ze de trein naar Utrecht gepakt, want als de Merel die ze in het vizier had inderdaad de jeugdvriendin van haar tante was en haar wilde spreken, dan was ze maar vast in de buurt. Op die manier kon ze snel schakelen als er een reactie kwam. Bovendien was ronddolen in een gezellige stad altijd nog beter voor haar zenuwen dan lijdzaam thuis op de bank zitten afwachten. Misschien kon ze zelfs naar het ziekenhuis gaan waar Merel werkte en daar eens wat rondvragen. Haar Facebook-foto laten zien. Misschien was Merel er op dit moment wel aan het werk en kon ze haar ter plekke te spreken krijgen. En als het allemaal op niets uitliep, dan pakte ze gewoon de trein weer terug naar Rotterdam en was ze voor het avondeten weer thuis. Morgen zou ze dan wel verder zien. Ze liep naar een rustig plekje in de stationshal en zocht uit welke bus ze moest nemen.

Twintig minuten later stapte Olivia uit bij de halte Diakonessenhuis aan de Adriaen van Ostadelaan. De gure wind sloeg meteen in haar gezicht toen de deuren van bus 8 met een luide puf opengingen. Ze huiverde en stopte haar gehandschoende handen in de zakken van haar jas, terwijl ze in hoog tempo naar de hoofdingang van het ziekenhuis liep. Op het bewegwijzeringsbord zag ze dat ze route 112 moest volgen. Ze passeerde een cadeaushop met een bloemenstalletje en kocht een kitscherig bosje. Gewapend met bloemen en een smoes in wording toog ze naar de kinderafdeling. Vlak voordat ze de afdeling op liep, ritste ze haar jas een stukje open en duwde de colsjaal zo ver mogelijk naar beneden, zodat haar gezicht goed te zien was. Ze wilde de mensen op de afdeling niet afschrikken met een vaag verhaal in combinatie met een onherkenbaar uiterlijk. Toen toverde ze haar vriendelijkste lach op haar gezicht en liep naar de balie. Een vrouw met een naamplaatje waar MEREL op stond zat achter de balie. Olivia zag in één oogopslag dat het niet 'haar' Merel was.

'Wat kan ik voor u doen?' vroeg de vrouw vriendelijk. 'U weet dat de bezoektijden pas over een uur beginnen?'

'Ik kom niet op bezoek bij een patiënt, ik ben op zoek naar iemand. Merel Gianotten. Meisjesnaam Peters.' Olivia pakte haar telefoon en liet Merels naamgenote achter de balie de foto zien die ze van Facebook had geplukt. Olivia legde haar hand met de bloemen opzichtig op de balie. 'Zij werkt hier toch?'

'Het spijt me, maar wij mogen geen mededelingen over ons personeel doen aan derden.'

'Maar ze werkt hier dus?'

'Dat zeg ik niet. Ik zeg enkel dat we geen mededelingen doen over de medewerkers op onze afdeling. Privacy die we moeten respecteren.'

Moeizaam type.

'Dat begrijp ik helemaal, dat van die privacy. Weet u, het zit zo. Ik wilde Merel gewoon bedanken. Ze was de lievelingsverpleegster van mijn nichtje Johanna. Ze heeft mijn nichtje er echt doorheen gesleept en dat vind ik ontzettend tof. Vandaar dat ik haar deze wilde geven.' Olivia zwaaide met de bloemen voor Merels neus en hoopte maar dat de vrouw niet alle namen van de kinderen op de afdeling uit haar hoofd kende. Als er recent geen Johanna had gelegen, maakte dat haar verhaal niet bepaald geloofwaardiger. 'Ik was in de buurt, dus ik dacht...'

'Wat ontzettend attent van u. Vroeger kregen we nog weleens bedankjes van mensen voor de goede zorgen, maar tegenwoordig is dat meer uitzondering dan regel. Niemand heeft meer oog voor de bergen werk die dagelijks in de zorg worden verzet. Door de handen aan het bed, bedoel ik dan. Niet die managers in mantelpakjes, die zijn alleen maar ballast. Zand in de machine. En de salarissen die ze krijgen, praat me er niet van! Wat doen ze nou helemaal?'

Olivia had duidelijk een gevoelig punt geraakt en knikte begripvol mee, terwijl haar hersenen op volle toeren draaiden. Ze moest de vrouw onderbreken voordat ze helemaal losging en ze hier over een halfuur nog stond. Met een bosje droogbloemen.

'Ik heb grote waardering voor de mensen die aan het bed staan. Vandaar ook dit bedankje voor Merel. Is ze er vandaag toevallig?'

De vrouw boog zich samenzweerderig naar Olivia toe. 'U hebt het niet van mij, maar Merel is twee weken geleden bevallen van een dochter. Dat wilde ze zo graag, een meisje. De komende tijd is ze met verlof en het is nog niet helemaal zeker of ze weer terugkomt. Drie kinderen is pittig, hoor. Handenbinders. De tijd zal het leren.'

'Goh, wat leuk dat Merel weer moeder is geworden. En een meisje, zei u?'

De vrouw knikte. 'En weet u wat nou zo mooi is? Het kindje heeft dezelfde naam gekregen als uw nichtje. Blijkbaar heeft uw nichtje net zoveel indruk gemaakt op Merel als andersom.'

Kippenvel kroop langs Olivia's ruggengraat omhoog en breidde zich uit over haar armen. 'Merel heeft haar kindje Johanna genoemd?'

'Ja, mooi hè?'

'Ja, wat een prachtig eerbetoon inderdaad.'

'Ik heb uw nichtje niet gekend, ik werk hier nog niet zo lang. Gaat het goed met haar?'

'Prima, ze is weer helemaal hersteld. Maar goh, nu u me dit verteld hebt, wil ik haar helemáál graag die bloemen geven. Ik durf het bijna niet te vragen, maar hebt u een adres voor me? Uiteraard heb ik het niet van u.' Olivia knipoogde.

'Nee, dat kan ik echt niet doen. Ook al zou ik het willen. Dat kost me mijn baan. Het spijt me, maar ik kan u niet verder helpen. Maar ik zal aan Merel doorgeven dat u geweest bent als ik haar weer eens spreek. Zonde hoor, van die bloemen...'

Met tegenzin gaf Olivia de bos aan de baliemedewerkster. 'Omdat u ook Merel heet.'

De vrouw griste de bos gretig uit haar handen. 'Nou, wat ontzettend aardig. Ik ga ze meteen in het water zetten. Het is al zo lang geleden dat iemand mij een bloemetje cadeau heeft gedaan.'

'Fijne dag nog en doet u Merel de hartelijke groeten van Olivia van Vliet als u haar spreekt?'

Teleurgesteld liep Olivia richting de deuren die de afdeling verbonden met de ruimte waar de liften op uitkwamen. Terwijl ze de deur al in haar hand had, hoorde ze de baliemedewerkster haar naam roepen. 'Mevrouw Van Vliet, kunt u even terugkomen?'

Olivia draaide zich om en liep naar de balie.

'Weet u wat, ik bel Merel nu ter plekke even voor u op, dan kunt u haar telefonisch bedanken.'

Dat had ze zelf ook wel kunnen bedenken!

'Graag.' Olivia deed een schietgebedje dat Merel thuis was

en de telefoon zou opnemen. Met een beetje mazzel kreeg ze haar alsnog vandaag aan de lijn en kon ze verifiëren of ze inderdaad de vroegere vriendin van Johanna was.

Op van de zenuwen drukte Olivia op de deurbel van de woning aan de Olof Palmelaan in Utrecht. Het telefoontje van de baliemedewerkster had zijn vruchten afgeworpen en Merel Gianotten had ingestemd met een ontmoeting. Olivia had de vrouw kort aan de lijn gehad, en het noemen van haar naam en dat ze familie was van Johanna was voldoende geweest voor Merel om overstag te gaan. Toen Olivia de behulpzame baliemedewerkster had laten weten dat ze haar bloemen toch aan Merel mocht afgeven, had dat een beteuterd gezicht opgeleverd. Olivia kon niet anders dan zeggen: 'Ach, houdt u ze maar voor de moeite, ik koop wel een nieuw bosje voor Merel,' terwijl ze in gedachten haar maandbudget verder zag slinken. De bloemen waren uiteindelijk een schattig roze beertje geworden voor de kleine Johanna.

Uit het huis klonk luid gehuil van de kleine wurm en Olivia hoopte dat Merel de bel hoorde. Ze stond op het punt om nogmaals aan te bellen, toen de deur met een royaal gebaar werd opengedaan. Een verfrommelde versie van de Merel van Facebook verscheen in de deuropening en sloeg een hand voor haar gezicht. Bleef zo even staan en trok Olivia toen naar binnen. 'Mijn hemel, ik dacht even dat Johanna voor de deur stond.'

'U bent het dus echt. De vriendin van mijn tante Johanna.' Een gevoel van trots overmande Olivia, omdat ze de vrouw die een tijd zo belangrijk was geweest in het leven van haar tante zo snel had weten op te sporen.

'Jemig, wat lijk je op Johanna. En in meerdere opzichten, want zij was ook niet bepaald een geduldig type.' Ze lachte.

'Vindt u me opdringerig?'

'Assertief,' zei Merel grinnikend. 'Ik ben amper uitgepraat

met mijn moeder of mijn collega belt alweer dat je me wilt spreken. Ik heb niet eens de kans gehad om je zelf te bellen.'

'Sorry. Ik ben niet zo'n afwachtend type. Doelgericht, controlfreak.'

'Wat ik al zei: precies een kopie van Johanna. Als die iets in haar kop had... En zeg maar jij, hoor.'

'Was u... sorry, was je wel van plan om me te bellen?'

'Zeker. Alleen al uit nieuwsgierigheid. Is er nieuws over Johanna?'

'Nee, nog niet, maar een coldcaseteam heeft haar zaak heropend in een laatste poging haar verdwijning op te lossen. De inspecteur die destijds bij de zaak betrokken was, leidt het onderzoek.'

'Vrij lange vent, flinke bos donker haar, aardig maar doortastend. Ik herinner me hem nog wel. Wat was zijn naam ook alweer?'

'Ben de Groot. En van dat donkere haar is niets meer over. Gemillimeterd en wit. Hij draagt een muts om dat te verbergen.'

'Gut meid, we staan nog steeds in de gang te kletsen. Kom, trek je jas lekker uit, dan zet ik een pot thee. Deed ik met Johanna ook altijd. Konden we dagen volhouden, als het moest. Theedrinken en kletsen. Nu ik jou zo zie komt het allemaal weer terug alsof het gisteren was.'

Olivia stak Merel het roze in cellofaan verpakte teddybeertje toe. 'Hier, deze is voor jouw Johanna.'

'O wat schattig, ik leg hem zo meteen bij haar in de box.'

Olivia zette haar schoenen op de mat bij de voordeur, hing haar jas en col aan de kapstok en schudde haar haren even los voordat ze Merel naar binnen volgde. De woonkamer was licht en ruimer dan Olivia had ingeschat. Op de vloer lag grijswit laminaat in brede planken. De inrichting was landelijk en de witte zijdeglansmeubels van eikenhout waren als set gekocht. Aan de wand boven de bruine suède hoekbank hing een grote spiegel. Het dressoir met twee droogbloemachtige accessoires waar een ingelijste poster tussen stond deed wat kneuterig aan. Olivia las de tekst.

In dit huis hebben we lol, lachen en dansen we, gebruiken we lieve woorden, doen we ons best, houden we onze beloften, zijn we eerlijk, maken we soms herrie, knuffelen en kietelen we, en genieten we van elkaar. Dit is ons huis.

Het zag ernaar uit dat Merel haar anti-establishmentverleden definitief had afgezworen.

Olivia zette haar voeten op het zachte beige vloerkleed dat bij de bank lag en ging zitten. Ze bekeek het grote schilderij van Merel met haar gezin aan de wand tegenover haar. Naast Merel en haar man prijkten er een jongen en een meisje op, allebei in de puberleeftijd. Johanna was nog niet geboren en duidelijk een nakomertje. Merel kwam de keuken uit lopen met een dienblad waarop twee dampende koppen thee en een schaal met beschuit met muisjes stonden.

'Goh, als iemand me gisteren had verteld dat ik vandaag thee zou drinken met het nichtje van Johanna, dan had ik diegene voor gek verklaard.'

'Dat snap ik.' Olivia lachte, terwijl ze haar handen om de warme kop thee sloeg. Hoewel ze Merel vandaag pas voor het eerst zag, voelde haar gezelschap heel vertrouwd. De vrouw had een open en vriendelijke uitstraling. Olivia stelde zich zo voor dat Merel voor veel van haar patiëntjes de lievelingszuster was.

'Maar vertel, hoe heb je me gevonden?'

'Nou, het begon met dat bezoek van Ben de Groot aan mijn grootouders toen ik daar op bezoek was. Kort daarna raakte ik met mijn vader in gesprek over Johanna. Hij was iets loslippiger dan normaal en noemde jouw naam op een gegeven moment toen ik vroeg naar Johanna's vriendinnen. Hij zei dat jij haar hartsvriendin was totdat je naar Limburg verhuisde, vlak voor haar verdwijning.'

'Dat klopt ten dele. Ook na de verhuizing bleef ik haar hartsvriendin, alleen hebben we ons contact geheimgehouden. Je opa was niet bepaald dol op me en Johanna had al genoeg problemen in die tijd.'

'Mijn vader zei dat je nogal een wilde was vroeger. Tatoeages, piercings...'

'Allemaal uiterlijke schijn. Eigenlijk was ik een zacht ei, best verlegen. Dat ruige uiterlijk was een soort pantser om mensen af te schrikken en bij me vandaan te houden.' Ze ontblootte een stukje van haar enkel, waar een tatoeage van een bloemetje op stond. 'Deze heb ik samen met Johanna laten zetten bij Tattoo Bob. De rest van mijn tatoeages uit die tijd heb ik weg laten laseren, maar deze heb ik gehouden. Als herinnering aan Johanna.' De blik in haar ogen werd triest. 'Het is al zo lang geleden, maar ik mis haar nog steeds. Ze was een lieverd en je kon ontzettend veel lol met haar hebben. Goede gesprekken ging ze ook niet uit de weg. Thuis kon ze haar ei niet kwijt, maar bij mij wel. Het laatste jaar voor haar verdwijning worstelde ze erg met haar identiteit en seksuele geaardheid. Heeft je vader je verteld dat ze verliefd was op een meisje?'

'Wat? Nee, dat hoor ik nu echt voor het eerst.'

'Je opa was furieus. Dat paste niet in het ideaalplaatje waar zijn kinderen aan moesten voldoen en bovendien was hij nogal in de Heere. Toen hij Johanna zoenend met een meisje betrapte brak de hel los. Pas op, je thee!'

Olivia keek geschrokken naar de mok in haar handen, die inmiddels zo schuin hing dat de thee bijna over de rand klotste. 'Sorry.' Ze zette de mok op tafel. 'Wow, dus Johanna was lesbisch.'

'Dat was ze aan het onderzoeken. Ze had nooit heel veel belangstelling voor jongens gehad en toen ze Mette ontmoette, had ze voor het eerst echt vlinders in haar buik.'

'En was dat wederzijds?'

'Absoluut. Mette was twee jaar ouder en overtuigd lesbisch. Ze was een Deense uitwisselingsstudent. Jouw opa en oma hadden zich opgegeven als gastgezin.'

'Dus ze logeerde bij Johanna in huis?'

'Yep.'

'Ai. Opa wist vast niet dat ze lesbisch was, want dan had hij haar nooit in huis genomen. Als ik mijn vader moet geloven, was hij vroeger niet echt ruimdenkend. Hij is nog steeds behoorlijk conservatief, trouwens.'

'"Niet echt ruimdenkend." Dat is een nogal afgezwakte weergave van de werkelijkheid. Hij was in staat om Johanna te verstoten toen hij haar en Mette zoenend betrapte. Hij had de duivel in huis gehaald, Johanna was ziek en meer van dat. Mette werd per direct op straat gezet, uitwisselingsproject of niet.'

'Uitwisseling van speeksel was voor opa duidelijk een brug te ver.'

Merel grinnikte. 'Dat Johanna een meisje was, maakte het allemaal nog erger. Meisjes dienden te luisteren. Je opa liet Jeroen veel meer zijn gang gaan.' Ze nam een slok thee en begon aan haar beschuit met muisjes. 'Borstvoeding maakt hongerig,' verontschuldigde ze zich voor haar gretige gekauw.

'Hoe stond mijn oma erin?'

Merel slikte een hap door en dronk nog wat thee. Olivia zat bijna te stuiteren op de bank.

'Je oma was een lieve vrouw, een beetje te lief voor jouw opa. Hij walste zo over haar heen. Zijn wil was wet. Je oma heeft het destijds nooit openlijk voor Johanna opgenomen en Jeroen bemoeide zich al helemaal nergens mee. Die was het liefst zo min mogelijk thuis en zocht zijn vertier op straat. Hing rond met een clubje van die foute boys.'

'Ja, hij vertelde me pas dat hij vroeger niet zo braaf was.'

'Volgens mij is hij eens opgepakt voor het stelen van het een of ander. Was het een fiets?'

'Radio.' Olivia liet zich tegen de rugleuning van de bank aan vallen. 'Wow. Tien minuten kletsen met jou levert me meer informatie op dan ik ooit van mijn eigen familie heb gekregen. Om eerlijk te zijn is Johanna een onderwerp waar bij voorkeur niet of zo min mogelijk over wordt gepraat. Er staat zelfs geen foto meer van haar tussen de familiefoto's bij opa en oma. Alsof ze nooit bestaan heeft. Ik heb dat nooit begrepen, maar na jouw verhaal kan ik het beter plaatsen.'

Olivia gunde zichzelf nu ook een paar slokken thee en wat beschuit met muisjes. Merel vatte dat kennelijk op als een aanmoediging en begon aan haar tweede beschuit.

'Wat denk jij dat er met Johanna is gebeurd?' vroeg Olivia toen ze haar laatste hap amper had doorgeslikt.

Merel haalde haar schouders op. 'Ik weet het niet. Ik hoop dat ze nog steeds leeft en gelukkig is.'

Verrast keek Olivia haar aan. 'Die kans is niet erg groot.'

'Ik heb je nog niet alles verteld.'

Olivia ging rechterop zitten. 'Wat?'

'Johanna was er echt stuk van dat Mette tot paria was verklaard en terug naar Denemarken werd gestuurd.'

'Kon ze niet naar een ander gastgezin?'

'Het was een uitwisselingsproject van christelijke scholen… Toen Mettes geaardheid eenmaal bekend werd, wilde niemand haar meer hebben. Ze werd met de nek aangekeken. Het kind had geen leven meer hier. Ze werd op het eerste vliegtuig terug naar Denemarken gezet.'

'Wat vreselijk. Je zou toch zeggen dat christendom staat voor naastenliefde, ongeacht ras, huidskleur, geslacht, geaardheid enzovoort.'

'Geloof jij in God?'

'Daar ben ik nog niet uit. Ik geloof vooral in zelf nadenken. Ik ben iemand die alles graag onderbouwt met feiten. Dingen toeschrijven aan een hogere macht of je door een hogere macht in een keurslijf laten dwingen… Ik weet niet, dat is niet echt mijn ding. Maar dat er helemaal niets is, daar wil ik ook niet aan. Dat lijkt zo zinloos, zo leeg.'

'Ach, je bent nog jong. Je hebt nog voldoende tijd om dat allemaal uit te zoeken.'

'Johanna was ook jong...'

Merels gezicht betrok. 'Ja, daar heb je wel een punt. Voor je het weet kan het voorbij zijn. Ik ben wel anders gaan leven na Johanna's verdwijning. Bewuster, minder onbezonnen. Elke dag plukken alsof het je laatste is. Althans, dat probeer ik. Soms word je natuurlijk ook gewoon meegesleurd in de mallemolen van het leven, maar na zo'n hectische periode probeer ik dan wel weer even pas op de plaats te maken.

Maar laten we even bij Johanna blijven, want wat ik eigenlijk wilde zeggen, heb ik nog steeds niet gedaan.'

'Vertel.'

'Je opa was er echt van overtuigd dat homoseksualiteit een ziekte was, iets duivels. In zijn ogen was er maar één manier om Johanna te redden: ze moest het klooster in. In afzondering en zonder vleselijke verleidingen tot bezinning komen. Ze was thuis weer welkom als ze genezen was.'

'Een meisje dat op vrouwen valt tussen alleen maar vrouwen zetten in een afgelegen klooster? Of dát nou de verlangens onderdrukt en tot wonderbaarlijke "genezing" leidt...'

'Johanna zijn de nonnen in elk geval bespaard gebleven. Ze verdween twee weken voordat ze naar het klooster zou worden gebracht.'

Olivia bestudeerde Merels gezicht. 'En als ik jou zo bekijk, dan denk jij volgens mij dat die twee dingen met elkaar in verband stonden.'

'Dat denk ik niet alleen, dat wéét ik.'

12

Het was al ruim een uur geleden dat Olivia was neergestreken op de bank bij Merel. Baby Johanna had nog niet één keer van zich laten horen. *Braaf kind.* Olivia nam een slok thee en keek Merel gespannen aan. 'Dus jij beweert dat de gedwongen plaatsing in een klooster en Johanna's verdwijning met elkaar in verband staan? Nu begint het echt interessant te worden.'

'Johanna ging nog liever dood dan dat ze zich in een klooster liet opsluiten. Ze had met Mette een vluchtplan voorbereid en ik zat ook in het complot. Johanna wilde niets liever dan bij Mette zijn en had besloten dat ze met haar in Denemarken een nieuw leven zou opbouwen. Tijdens oudjaarsnacht zou ze verdwijnen. Ze had mij een koffer in bewaring gegeven met wat persoonlijke spulletjes en kleren. Ik zou daarmee die nacht op Utrecht Centraal klaarstaan. Mijn ouders had ik wijsgemaakt dat ik bij een vriendinnetje logeerde en dat vriendinnetje zou het spelletje meespelen. Op die manier kon ik zonder gezeur naar Utrecht Centraal reizen om Johanna haar koffer te brengen. Van daaruit zou Johanna de trein naar Hamburg nemen.'

'Waarom naar Hamburg?'

'In die tijd reed er vanuit Hamburg een trein naar Kopenhagen. Ik weet het nog goed, die trein heette de Bertel Thorvaldsen. Het was een heel avontuur om met die trein te gaan, omdat hij de oversteek naar Denemarken per boot maakte. Mette zou Johanna in Kopenhagen van het station halen. Ze had daar een appartement waar ze voorlopig met zijn tweeën zouden gaan wonen.'

'Die Mette was wel een zelfstandig type, zo te horen.'

'Klopt. Ze was achttien toen ze naar Nederland kwam en toen woonde ze dus al op zichzelf. Haar ouders werkten voor ontwikkelingsorganisaties en zaten het gros van de tijd in het buitenland. Haar moeder deed iets met onderwijs, haar vader met infrastructuur. Ze zaten veel in Afrika. Mette had geen zin meer om altijd mee te gaan en wilde voor zichzelf iets opbouwen in Denemarken. Ze was al heel wereldwijs voor haar leeftijd, idealistisch ook wel. Vrijgevochten, wist wat ze wilde. Johanna keek erg tegen haar op.'

'Wat vond jij eigenlijk van de relatie tussen Johanna en Mette?'

'Tja, wat vond ik ervan? Het was duidelijk dat ze heel erg gek op elkaar waren. Of het voor de eeuwigheid was, wie zal het zeggen, maar voor zover ik er zicht op had pasten ze wel bij elkaar.'

'Het was niet zo dat Johanna werd ondergesneeuwd door Mette of zich te veel door haar liet beïnvloeden?'

'Nee, dat idee had ik niet. Vergis je niet in de persoonlijkheid van Johanna. Ze was pittig, hoor, en heel erg slim. Liet zich nooit zomaar iets wijsmaken. Dacht zelf na, vormde haar eigen mening, maar was niet star in haar gedachtegangen. Ze stond altijd open voor andere ideeën en zienswijzen. Dat was een van de dingen die ik zo in haar waardeerde, vooral omdat ze dat ruimdenkende van huis uit niet meekreeg. Ik bewonderde ook haar lef en haar drang naar avontuur.'

'Maar jij hebt Johanna in de nacht dat ze verdween dus nog gezien op Utrecht Centraal?'

'Nee, was het maar waar. Ik stond keurig op de afgesproken tijd met haar koffer op het station, maar ze is niet komen opdagen. Ik heb gewacht tot het middaguur van de volgende dag, maar geen Johanna. Ik was doodongerust. In die tijd hadden we nog geen mobiele telefoons, dus ik kon haar ook niet bellen om te vragen waar ze was. Uiteindelijk heb ik voordat ik het station verliet een telefooncel opgezocht en naar haar ouderlijk huis gebeld. Zogenaamd om haar een gelukkig nieuwjaar te wensen. Toen hoorde ik dat ze die nacht niet was thuisgekomen en dat iedereen in rep en roer was.'

'Wat heb je toen gedaan?'

'In eerste instantie niks. Ik ben met die koffer weer naar huis gegaan en heb hem in de schuur verstopt. Ik dacht dat het Johanna op de een of andere manier toch was gelukt om naar Denemarken te gaan. Dat de dingen anders waren gelopen dan gepland en dat ze daarom geen tijd had gehad om de koffer op te pikken. Ik had haar beloofd om mijn mond te houden over haar vlucht naar Denemarken. Ik moest het zweren op mijn leven.'

'Maar heb je dan niet meteen contact gezocht met Mette?'

'Als ik had geweten hoe, dan had ik dat uiteraard gedaan. Maar ik wist verder niks van Mette. Haar achternaam kon ik maar niet onthouden en ik had verder geen contactgegevens. Johanna had ze me bewust niet gegeven, zodat ik me niet zou kunnen verspreken. Ze wilde echt niet gevonden worden. De afspraak was dat Johanna contact met mij zou opnemen.'

'Maar dat heeft ze dus nooit gedaan.'

'Nee.'

'En had Mette wel een adres en telefoonnummer van jou?'

'Ja, die had ik haar wel gegeven.'

'Waarom heeft zij dan geen contact met je gezocht?'

'Goeie vraag. Daar heb ik mijn hoofd in de loop der jaren regelmatig over gebroken. Misschien omdat Johanna goed in Kopenhagen terecht is gekomen. Misschien dat ze, toen ze daar eenmaal was, besloten heeft om alle banden met het verleden te verbreken. Misschien omdat ze bang was dat ze meer last van heimwee zou krijgen als ze een lijntje met Nederland openhield. Ik weet het ook niet, hoor. Het blijft allemaal giswerk.'

'Denk jij echt dat het mogelijk is dat Johanna zich al vijfentwintig jaar in Denemarken schuilhoudt?'

'Ja, ik heb nog steeds dat sprankje hoop dat ze daar gelukkig is met Mette of iemand anders.'

'En je hebt dit allemaal nooit met de politie gedeeld?'

'Nee. Mijn belofte aan Johanna was me heilig. Ik gunde Johanna haar nieuwe leven zo enorm. Ze was echt heel erg ongelukkig thuis. Ik ben wel een keer ondervraagd door die politieman, Ben de Groot.'

Olivia knikte.

'Maar omdat ik voor Johanna's verdwijning al naar Limburg was verhuisd en voor de buitenwereld geen contact meer had met haar, is het bij dat ene gesprek gebleven. Achteraf heb ik me weleens afgevraagd of ik er wel goed aan heb gedaan om te zwijgen. Stel dat er wel iets met haar is gebeurd, dan had mijn verhaal de politie misschien op een spoor kunnen zetten. Maar dat is allemaal achteraf bezien. Hoe meer tijd er verstreek, hoe minder zinvol het me leek om alsnog naar de politie te gaan. Als iemand haar had meegenomen, dan was haar lichaam toch zeker allang gevonden? En als ze er wel in was geslaagd om naar Denemarken te ontkomen, dan wilde ik haar leven niet overhoopgooien.'

'Ik denk dat er nog een optie is. Het is ook mogelijk dat Johanna is ontvoerd en ergens werd vastgehouden. Misschien nog steeds wel.'

'Vijfentwintig jaar, Olivia?'

'Fritzl hield zijn dochter ook vierentwintig jaar gevangen in een kelder. Natascha Kamphusch zat acht jaar in dat huis opgesloten, en zo zijn er nog wel meer voorbeelden te noemen. Er lopen heel wat gekken rond op de wereld.'

Merel trok bleek weg. Bestrooide met onvaste hand een nieuwe beschuit. Roze en witte muisjes verspreidden zich met een kletterend geluid over het dienblad. 'Nee, nee, daar wil ik niet aan. Dat is me te vergezocht.'

'Wíl je er niet aan, of kún je het niet aan?'

Merel schoof de vers bestrooide beschuit van zich af. 'Eerlijk gezegd word ik een beetje misselijk van jouw derde optie. Ik wil er niet eens over nadenken.'

'Ik denk dat het verstandig is als je alles wat je mij nu hebt verteld ook aan Ben de Groot vertelt. Zal ik vragen of hij contact met je opneemt?'

'Moet dat echt?'

'Ja, ik denk dat je niet anders kunt. Dit schijnt echt nieuw licht op de zaak.'

'Goed, geef me dan zijn nummer maar, dan bel ik hem zelf wel.'

'Laten wij eerst beginnen met gegevens uitwisselen, dan app ik je daarna zijn nummer.'

Olivia wist nu al dat ze Ben de Groot wel degelijk zou vragen om contact met Merel op te nemen, ook al beschaamde ze daar wellicht haar vertrouwen mee. Johanna's vriendin had al veel te lang gezwegen en alle kaarten moesten nu maar eens op tafel komen. Ze ging niet het risico lopen dat Merel koudwatervrees kreeg en uiteindelijk toch van het telefoontje afzag.

Merel noemde haar mobiele nummer en Olivia maakte een nieuw contact aan in haar telefoon. Daarna pakte ze het visitekaartje van de inspecteur uit haar tas en appte zijn nummer meteen aan Merel door.

'Ontvangen. Ik ga hem deze week bellen. Echt.' Het klonk alsof de vrouw eerder zichzelf wilde overtuigen dan Olivia.

'Wat heb je eigenlijk met die koffer van Johanna gedaan? Je zei dat je hem in de schuur bij je ouders had gezet. Staat hij daar nog steeds?'

'Ja, die koffer. Dat moet ik je ook nog vertellen. Er valt zoveel te vertellen dat ik gewoon niet weet waar ik moet beginnen. Er schieten me steeds weer nieuwe dingen te binnen en dat zal de komende dagen nog wel even doorgaan.'

'Misschien is het slim om alles wat je je herinnert op te

schrijven. Dan is het uit je hoofd en weet je zeker dat je het niet vergeet. Ook handig voor de politie.'

Merel knikte. 'Dat is wel een goed idee, ja. Ik heb nogal last van een *baby brain*. Je kunt je niet voorstellen wat voor rare dingen je daardoor gaat doen.'

Olivia lachte. 'Dan denk ik dat ik nog maar even wacht met zwanger worden. Ik moet mijn scriptie afronden en afstuderen, en daar heb ik elke gezonde hersencel voor nodig.'

'Heb je een vriendje?'

'*In between*, zoals dat zo mooi heet. Mijn studie heeft even prioriteit en daarna ga ik me wel weer in het ruige nachtleven storten. Maar we dwalen weer af. De koffer?'

'Die koffer heeft al die tijd bij mijn ouders in de schuur gestaan. Die hebben dat overigens nooit geweten. Toen ik het huis uit ging en naar Utrecht verhuisde, kwam ik hem weer tegen.'

'Dat klinkt alsof je hem vergeten was.'

'Ergens in mijn achterhoofd wist ik nog wel dat ik hem had, maar ja... Er waren intussen alweer zoveel jaren overheen gegaan. Hoe dan ook, rond die tijd kreeg ik ook een uitnodiging van jouw vader om Johanna te herdenken met wat vrienden op de dag dat ze tien jaar verdwenen was.'

'O? Daar weet ik helemaal niks van. Voor zover ik weet is er nooit een officiële herdenking gehouden. Ik heb mijn familie daar in elk geval nooit over gehoord.'

'Je oma wilde geen dienst houden, omdat het voor haar voelde alsof ze Johanna had opgegeven. Ze was nog niet gestopt met hopen dat ze haar dochter nog levend terug zou zien. Je opa wilde niet herdenken om de redenen die ik je eerder heb verteld. Het was echt een eigen initiatief van Jeroen waar zijn ouders niets van afwisten.'

'Tien jaar na Johanna's verdwijning, dat was dus in 2003. Toen was ik acht, dat is oud genoeg om me zoiets te herinneren.'

'Ja, dat zou je wel denken. Maar goed, je vader wilde dus zijn zus herdenken. Herinneringen ophalen met mensen die haar goed gekend hadden...'

'Wacht eens even, ik ben dat jaar met een vriendinnetje mee geweest naar een kinderkamp op een van de Waddeneilanden. Het kamp begon op oudjaarsdag en duurde een week. Dat weet ik nog zo goed omdat ik onder de indruk was van het vuurwerk. Mijn vader had dus een weekje "vrij" van mij en kon doen en laten wat hij wilde zonder dat ik er iets van merkte.'

'Dat zal het dan zijn. Nou, op die dag heb ik hem Johanna's koffer gegeven.'

Olivia's ogen werden groter. 'Serieus? Mijn vader heeft hem?'

'Ja, zover ik weet wel.'

'Weet je wat hij ermee gedaan heeft?'

'Nee, geen flauw idee. Ik heb hem wel kort verteld hoe ik aan de koffer kwam, maar hij wilde er eigenlijk niks van weten.'

'Zei hij dat? Dat hij niks wilde weten?'

'Niet letterlijk, maar hij stelde geen enkele vraag en dat vond ik wel opmerkelijk. Je zou toch verwachten dat iemand die een herdenking voor zijn zus organiseert elk brokje nieuwe informatie vreet als koek.'

'En daarna? Is hij er later nog weleens op teruggekomen?'

'We hebben daarna nooit meer contact gehad.'

Olivia fronste haar wenkbrauwen en pakte haar beschuitje. Al kauwend probeerde ze de informatie die ze net had gekregen te verwerken. Haar vader had nooit iets gezegd over die herdenking óf die koffer. Ook niet tijdens hun laatste, vrij openhartige gesprek in de auto. En ze durfde er wat om te verwedden dat Ben de Groot ook niets wist van het bestaan van de koffer. Maar wat had haar vader met het ding gedaan en waarom had hij erover gezwegen? Vanwege wát er in die koffer zat, misschien? Of deed het hem gewoonweg te veel denken aan zijn zus, maakte het veel oud zeer in hem los als hij eraan dacht? Er zette zich een knoop vast in haar maag, die steeds strakker trok.

13

De deur van Micks cel was gesloten, maar dat zou niet lang meer duren. Over een halfuurtje had hij weer een afspraak met zijn oude gabber. In eerste instantie had de man wat gesputterd, maar net als de vorige keer wist Mick precies welke argumenten hij moest gebruiken om hem te krijgen waar hij hem hebben wilde, namelijk: in de bezoekersruimte van de gevangenis, tegenover hem. Het noemen van zijn vrouw en dochter alleen al was genoeg geweest, maar Mick had er voor alle zekerheid aan toegevoegd dat hij inmiddels een foto van die mooie dochter had weten te bemachtigen en dat die nu met een stukje dubbelzijdige tape aan het prikbord in zijn cel hing.

Geconcentreerd schreef hij de laatste zin van de brief die hij al de hele week in zijn kop had. Hij had de tekst eerst laten rijpen en fijngeslepen voordat hij hem aan het papier toevertrouwde. De woorden moesten meteen raak zijn, want hij betwijfelde of hij een tweede kans zou krijgen. Hij sloot de brief niet af met zijn naam, maar met 'Een oude bekende'. Zijn pen lekte wat inkt toen hij de laatste 'e' zwierig neerpende. Hij wapperde wat met het papier en vouwde de brief zo klein mogelijk op. Daarna stopte hij hem achter het elastiek van zijn Björn Borg-boxer, samen met een briefje van vijftig euro. Hij was er klaar voor. Als een luipaard wachtte hij geduldig tot de deur van zijn cel openging en hij naar zijn prooi werd gebracht.

De bewaker die hem kwam halen, werkte hier al jaren. Ze wisselden geen woord, maar dat was ook niet nodig. In de gevangenis leerde je spreken zonder woorden en las je iemands ogen, en als een mak schaap liet hij zich naar de bezoekerskamer brengen. Hij was ervan overtuigd dat zijn plan zou werken, maar mocht het komende gesprek toch niet opleveren wat hij ervan verwachtte, dan zou hij opnieuw contact opnemen met Ben de Groot. Zijn grote vijand was er met de jaren een stuk grijzer en onvriendelijker op geworden. Maar goed, het hoefde ook niet gezellig te zijn. Het gaf een goed gevoel dat hij de norse inspecteur voor zijn karretje kon spannen. Dat hij hem kon triggeren, irriteren, nieuwsgierig en boos kon maken met de info die hij had en die hij mondjesmaat met Ben zou delen.

Zijn bezoek zat al te wachten toen Mick de ruimte in werd geleid. Zijn boeien werden afgedaan en lieten afdrukken in zijn polsen achter. Hij wreef eroverheen en ging met een scheve grijns op zijn gezicht tegenover zijn oude makker zitten.

'Het doet me echt heel veel dat je de moeite neemt om me weer te bezoeken.' Mick wreef een denkbeeldige traan uit zijn ogen.

'Hou op met die onzin. Wat moet je van me? Ik heb je toch gezegd dat ik nergens van weet.'

'Ja, dat klopt. Dat heb je gezegd. Daar heb ik nog eens goed over nagedacht en ik denk dat je gelijk hebt.'

'Je meent het. En waarom ben ik dan hier?'

'Ik denk dat ik jou niet moet hebben, maar dat ik bij die Lange moet zijn.'

'Waarom val je mij dan lastig?'

'Nou, dat zit zo, ik heb een brief aan die Lange geschreven, die ik graag een beetje privé wil houden en nou heb ik iemand nodig die zorgt dat-ie bij hem terechtkomt. Een soort koerier. Jij leek me daar uitermate geschikt voor.'

'Daarvoor laat je me helemaal hierheen komen? Om een brief voor je te posten? Ik kijk wel uit, je zoekt maar lekker een brievenbus.'

'Je weet hoe het hier werkt. Alles wat naar buiten gaat wordt gecheckt. Alles wat erin komt ook. Bij deze brief is dat niet handig. Zoals ik al zei: ik wil het graag een beetje privé houden. Bovendien wil ik dat jij de tekst die ik heb geschreven keurig overtypt en print, zodat hij niet naar mij terug te leiden is. Envelopje erom, zegeltje erop en hop, de gleuf in. Een postbode plus. Dat is eigenlijk wat ik voor jou in gedachten heb.'

'En waarom zou ik in godsnaam zoveel moeite voor jou doen? Ik wil hier helemaal niks mee te maken hebben.'

'Weet je wat het is, vent? Misschien moet ik toch eens iemand langssturen bij die dochter van je. Iemand die met haar hetzelfde doet als wat jij destijds met dat meisje hebt gedaan. Hoe heette ze ook alweer, help me eens?'

De man trok bleek weg.

'Je ziet een beetje pipsig, jongen. Mijn witte lakens hebben meer kleur. Voel je je wel goed?'

'Jij moet... Jij moet...' De man stond op en wees met zijn wijsvinger naar Mick. De bewaker in de ruimte kwam hun richting uit.

'Zitten, voordat ze je eruit flikkeren. Ik ben nog niet klaar met je,' siste Mick. Hij knikte naar de bewaker om te laten weten dat alles in orde was, daarna keek hij zijn tafelgenoot weer aan. 'Ik wil dat je één ding goed begrijpt. Je zegt nooit tegen mij dat ik iets moet. De regels zijn dat ik jou vertel wat je moet doen en doe je dat niet, dan kan ik nog wel wat leuke verhaaltjes over jou vertellen aan de politie. Aan je vrouw en dochter ook. Kijken of ze dan nog steeds zo dol op je zijn.'

'Jij ontzettende...'

'Ja, kom maar door, stort de complimenten maar over me uit.' Mick grijnsde het gat van zijn verloren snijtand bloot. 'Maar zeg me eens, hebben we een deal?'

'Heb ik een keuze?'

'Een mens heeft altijd een keuze. Het is de vraag of je de

consequenties die bij een bepaalde keuze horen ook op je wilt nemen. Als je gewoon doet wat ome Mick zegt, dan komt het allemaal goed.'

'Oké, ik zal doen wat je me vraagt, maar dat is de laatste keer. Daarna laat je me met rust.'

'Laten we per keer bekijken hoe het gaat. En haal het niet in je hoofd om ook maar een millimeter van je opdracht af te wijken. Geen eigen inbreng of creativiteit. Duidelijk?'

De man knikte.

'Ik wil het je horen zeggen.'

'Ja, verdomme. Ik zal precies doen wat je vraagt.'

Mick leunde tevreden achterover op zijn stoel en seinde naar de bewaker. Die knikte terug. Micks hand verdween in zijn onderbroek en daarna boog hij naar voren. '*Let's shake hands*.'

Zijn tafelgenoot pakte met tegenzin Micks hand en de handgeschreven brief wisselde van eigenaar.

'En nou oprotten. Je hebt een klusje te klaren.'

De man stond op en werd door de bewaker naar buiten begeleid. Mick stopte de bewaker snel vijftig euro toe, waarmee hij zich ervan verzekerde dat de brief ongelezen de gevangenis zou verlaten, en liet zich even later fluitend terugbrengen naar zijn cel.

14

De trein raasde door het witte landschap. Olivia had een plekje bij het raam weten te bemachtigen en staarde naar buiten. Ze was alleen te zeer in gedachten om iets te zien. Merel had haar zo overvoerd met informatie dat ze er hoofdpijn van had gekregen. Ze was in die paar uur meer te weten gekomen over haar tante dan ze in haar hele leven uit haar familie had weten te trekken. Door de verhalen van Merel en de foto's die ze had laten zien, was Johanna echt voor haar gaan leven. Ze kon zich nu een veel beter beeld van haar vormen en het vervulde haar met trots dat haar tante een aantal karaktereigenschappen had gehad die zijzelf ook bezat. Dat eigenzinnige en eigenwijze. De doelgerichtheid en nieuwsgierigheid naar de wereld en alles wat daarin te koop was. Moeite met autoriteit. Buiten gebaande paden denken en leven. Johanna was net als zij iemand die graag zelf nadacht en niet klakkeloos maar alles van anderen aannam.

Dat Johanna ongelukkig was geweest met haar gezinssituatie was de rode draad in alle verhalen van Merel geweest. Ze had echt geleden onder het strenge regime dat haar vader had gevoerd. Maar ook voor haar broer Jeroen, Olivia's vader, liet het geen twijfel dat de gezelligheid vaak ver te zoeken was geweest. Merel had gezegd dat het voor hem makkelijker was omdat hij een jongen was, maar Olivia moest terugdenken aan wat haar vader had gezegd over haar opa. *'Hij was een moeilijke man. Dat is hij eigenlijk nog steeds.'* Ze kreeg ineens medelijden met haar vader, en meteen ook bewondering voor hem. Hij had haar met wat hulp van zijn ouders grotendeels alleen opgevoed, maar ze had nooit het gevoel gehad dat ze iets tekort was gekomen. De gezelligheid die in zijn eigen jeugd had ontbroken, had hij haar volop gegeven en er was altijd tijd geweest voor een spelletje, een grapje, warme chocomel of een verhaaltje voor het slapengaan. Hij had haar nooit een strobreed in de weg gelegd en haar altijd gesteund. Door de verhalen van Merel besefte ze eigenlijk pas ten volle hoeveel geluk ze met hem had gehad. Dat hij vroeger niet altijd een lieverdje was geweest, was hem vergeven.

Ze probeerde zich haar vader voor te stellen als ontspoorde jongere. Diefstal: ze vond het totaal niet bij hem passen. Moest er zelfs een beetje om lachen. Het verbaasde haar eigenlijk ook niet dat hij betrapt was en dat hij nooit verdere schreden op het dievenpad had gezet. Maar wat haar niet lekker zat, was het feit dat hij haar nooit iets had verteld over die koffer van Johanna die hij van Merel had gekregen. Ze vroeg zich af of hij dat sowieso ooit met iemand had gedeeld; haar opa en oma had ze er ook nooit over gehoord. Waarom toch al die geheimzinnigheid? Het mysterie rond de verdwijning van Johanna was al groot genoeg zonder dat iedereen informatie achterhield.

Wat had haar vader met die koffer gedaan? Als hij hem had bewaard, kon ze eigenlijk maar één plek verzinnen waar dat kon zijn: de zolder, want elders in huis kende ze elk hoekje en gaatje en wist ze precies waar alles stond. Ze keek op haar horloge. De trein zou over vijf minuten Rotterdam Centraal binnenrijden. Als ze een beetje door zou fietsen, was ze ruim een uur eerder thuis dan haar vader. In een uur kon ze een goede start maken met het doorzoeken van de zolder.

Olivia kroop op haar knieën langs dozen en kratten die keurig geordend naast elkaar stonden. Een paar dozen had ze even opengemaakt en ze had er vluchtig in gekeken. Er had onder andere een fotoalbum in gezeten uit de tijd dat haar vader en moeder nog bij elkaar waren, en wat schoolrapportjes van zichzelf van de basisschool. Het had haar moeite gekost om niet alles op haar gemak te bekijken, maar daar was te weinig tijd voor. Ze wilde hier weg zijn voordat haar vader thuiskwam, om te voorkomen dat ze hem moest uitleggen wat ze aan het doen was. Ze had een duidelijk doel voor ogen, namelijk voldoende informatie verzamelen om hem mee te confronteren, maar als ze hem meteen al zou bestoken met vragen over alles wat Merel haar had verteld, zou hij het vast ontkennen – hij had al zo lang gezwegen, waarom zou hij daar nu ineens van afwijken? Ze had altijd gedacht dat ze haar vader goed kende, dat hij geen geheimen voor haar had of belangrijke dingen voor haar verzweeg, maar na vandaag was dat helemaal veranderd.

Dus eerst moest ze die koffer zien te vinden, zodat ze met bewijs kon wapperen als hij haar onzin probeerde te verkopen. Tegelijkertijd voelde ze zich ook schuldig, omdat ze zo over haar vader dacht en hem desnoods om de tuin wilde leiden om de waarheid boven tafel te krijgen. En er was nog iets wat knaagde. Stel dat ze de koffer vond en haar vader ontkende in eerste instantie het bestaan ervan, dan loog hij tegen haar. Mensen logen alleen maar als ze iets te verbergen hadden. Meestal was dat niet veel goeds. Dus ze wilde niet dat haar vader wat te verbergen had, zo simpel was het.

Olivia kroop verder langs de opgeslagen spullen, tot haar hart opeens sneller begon te kloppen. Een viertal koffers stond achter een stapel dozen. De grijze en de roze herkende ze als de koffers die zij en haar vader altijd meenamen op vakantie, maar de zwarte en de blauwe die ernaast stonden had ze nog nooit gezien. Ze duwde wat zware dozen opzij zodat ze er goed bij kon en pakte als eerste de zwarte koffer. Aan het gewicht kon ze al voelen dat het niet veel zou zijn, als er al iets in zat. Voor de zekerheid maakte ze hem toch open.

Op een spanband en een rol vuilniszakjes na was hij leeg. Ze klikte hem dicht en pakte de blauwe, die aanmerkelijk zwaarder was. Zou het? Ze speurde de zolder af en zag een stapel dozen die ongeveer van gelijke hoogte waren, en ze legde de koffer er plat bovenop. Vol verwachting probeerde ze hem open te klikken. Het lukte niet. Haar blik viel op het slot met de cijfercode. Waarom zat deze koffer als enige op slot? Zou het inderdaad de koffer van Johanna zijn? Maar waarom zat er dan niet meer stof op, zoals ook op die doos had gezeten waarin ze het fotoalbum van de huwelijkstijd van haar ouders had gevonden? Als ze Merel moest geloven, had haar vader de koffer al vijftien jaar in zijn bezit en ze nam niet aan dat hij hier in de loop der jaren vaak met een stofdoek overheen was gegaan. Sterker nog, het gros van al het poetswerk in huis nam zij al een paar jaar voor haar rekening. Dat was haar 'betaling' voor de kost en inwoning.

Ze trok nog eens aan de koffer, maar kreeg hem echt niet open. Dus concentreerde ze zich op het slot. Ze begon met de meest voor de hand liggende cijfercode: de geboortedag en -maand van haar vader. Er gebeurde niets. Ze probeerde haar eigen geboortedag en -maand. Het slot bleef gesloten. Die van haar moeder. Weer niks. Wat was ook alweer de geboortedatum van Johanna? 23 oktober. Ook daar reageerde het slot niet op. Op de gok probeerde ze de dag van de verdwijning van Johanna. Dit moest het zijn. Dat kon niet anders. Maar ook deze cijfercombinatie bleek niet te kloppen. *Kom op, Olijf, wat zou nog meer logisch zijn?* Haar vader zou toch niet tot de groep mensen behoren die niet de moeite nam om de viercijferige standaardcode die op het slot was ingesteld te wijzigen? Ze probeerde vier keer een nul en het slot ging open. Met kloppend hart klapte ze de koffer open… en vond twee leren motorpakken en twee paar motorlaarzen.

Teleurgesteld klapte ze de koffer weer dicht. Reed haar vader vroeger motor? Weer zo'n dingetje waar ze geen weet van had. Dat was dan vast in die wilde periode van hem, want de man die zij als haar vader kende, zag ze niet zo één-twee-drie op een motor zitten. Het leek wel of haar vader zoals hij nu was en de man die hij vroeger was totaal niet met elkaar overeenkwamen. Ze keek de zolder nog eens rond. Nergens viel er nog een andere koffer te ontdekken. Maar hoe groot was de kans dat haar vader hem hier had neergezet en er vijftien jaar niet meer naar om had gekeken? Misschien deed ze er beter aan om de zoektocht die ze zo voortvarend was gestart te staken en haar vader die avond gewoon naar de koffer te vragen. De kans dat ze daar verder mee kwam, leek ineens weer een stuk groter dan ze in eerste instantie had gedacht.

Ze kwam overeind, klopte haar knieën af en was al op weg naar de trap toen ze langs de zijschotten liep waar bergruimten achter zaten. Haar vader had haar toen ze nog een kind was altijd verboden om achter de schotten te kijken, bang als hij was dat ze zo'n ding op haar kop kreeg of zich voor de grap in een van de verborgen ruimten zou verstoppen en er dan niet meer op eigen kracht uit zou kunnen komen. Hij had het haar zo ingeprent, dat het niet eens bij haar was opgekomen om erachter te kijken. Maar ze was geen kind meer... Ze trok het eerste schot los en keek erachter. Een stapel oude gordijnen en een verhuisdoos. Het tweede, derde en vierde schot leverden alleen maar meer verhuisdozen op. Een ervan stond een stukje open en ze herkende het afgesleten oor van meneer Konijn, de knuffel die ze als klein meisje overal mee naartoe had gesleept. Uiteindelijk bleef er nog één schot over en ze moest eerst een aantal dozen verplaatsen om erbij te kunnen. Ze gaf een ruk aan het schot en het schoot los.

De ruimte was leeg... op een zwarte koffer na.

Durfde ze nog te hopen? Was dit waar ze naar op zoek was? Ze trok de koffer naar zich toe en constateerde dat van alle koffers die die middag door haar handen waren gegaan, dit de zwaarste was. Het ding was van nylon en het slotje dat eraan hing stelde niet veel voor, maar het zat wel dicht. Aan de voorkant van de koffer zaten een groot en een kleiner ritsvak. Ze ritste het kleinste vak open en voelde erin met haar hand. Een paar setjes knaloranje oordoppen in plastic verpakking, een pakje Stimorol-kauwgom en een pen kwamen tevoorschijn. Het vak leek nu leeg, maar ze liet haar vingers nog eens goed langs alle randen gaan en voelde iets kleins en hards bij de onderste naad. Ze frummelde het eruit en kreeg een triomfantelijke blik in haar ogen. Tussen haar vingers hield ze een kleine sleutelring van vernikkeld staal waaraan twee sleuteltjes bungelden. Ze stopte er een in het slotje en het klikte open. *Yes!* Ze trok de koffer nog wat dichter naar zich toe en opende de klep, en haar oog viel meteen op een paar roodbruine westernlaarzen. Maat 38, las ze op de zool. Een meisjeslaars. Voorzichtig zette ze de laarzen naast zich neer om te zien wat er nog meer in de koffer zat. Ze vond een warme gebreide wintertrui met een rendiermotief in de kleuren blauw en wit, een crèmekleurige fleecetrui, een rode en een groene houthakkersblouse, twee blauwe spijkerbroeken en een zwarte, onderbroeken, sokken en een paar beugelbeha's maat 75C en een toilettasje. Ze opende het en vond wat make-up en een haarborstel. Duidelijk zichtbaar zaten er enkele roodbruine haren in de borstel.

Johanna.

Olivia staarde naar het tastbare bewijs dat haar tante echt had bestaan. Ze liep naar het Velux-dakraam en draaide de borstel rond in het daglicht om de haren beter te kunnen bekijken. Nu pas viel haar op dat er naast de roodbruine haren ook een paar blonde haren in zaten. Ze waren dunner en langer dan de roodbruine en waarschijnlijk niet van Johanna. Van wie dan wel? Merel? Mette? Olivia stopte het ding terug in het toilettasje. Ben de Groot zou er vast nog wel een bruikbaar DNA-profiel uit kunnen halen. In de toilettas zat verder nog een aangebroken flesje parfum. Ze pakte het eruit.

Het rode flesje met gouden letters van het merk Maroussia had een oosters uiterlijk. Olivia trok de dop ervan af en spoot een klein beetje parfum op haar pols. Ze ademde de geur in. Omdat het flesje al vijfentwintig jaar in aangebroken staat in de koffer lag, was de kracht van het parfum wel wat afgenomen, maar toch kon ze de bloem- en houtachtige geur nog goed ruiken. Het bezorgde Olivia even kippenvel. Voorzichtig sloot ze het parfumflesje weer af en stopte het terug in de toilettas. Daarna legde ze het samen met het stapeltje kleren op een dichte verhuisdoos en hervatte haar zoektocht door de koffer. Ze stuitte op een bundel uit 1988 van Renate Dorrestein met de titel *Korte Metten*. Olivia las de achterkant van het boek en zag dat het een verzameling maatschappijkritische columns betrof met een humoristische en feministische ondertoon. Een boek dat helemaal in het straatje van Johanna paste, als ze Merel mocht geloven. Daaronder lag een stukgelezen Engelstalig exemplaar van *The Catcher in the Rye*. Het papier van het boek had de geelbruine kleur van veroudering en sommige pagina's bevatten ezelsoren. Olivia sloeg de eerste pagina open. Met blauwe pen waren op de eerste pagina de initialen M en K geschreven. De M zou voor Mette kunnen staan en de K voor haar achternaam, maar dat was een gok. Merel had haar niet kunnen vertellen hoe Mette verder heette. De M kon natuurlijk ook nog van Merel zijn, maar ook dan bleef de K een raadsel. Merel heette in die tijd Peters. Mette was dus logischer. Misschien was het ook nog wel mogelijk om DNA-sporen van het boek af te halen. Heel even werd Olivia overspoeld door een gevoel van trots: doordat zij de koffer had gevonden, kon het onderzoek naar Johanna's verdwijning wellicht een nieuwe impuls krijgen.

Tot slot vond ze nog drie nieuwe pocketboeken. *The Tenant of Wildfell Hall* van Anne Brontë, *Jane Eyre* van haar zus Charlotte en *Wuthering Heights* van de derde zus, Emily. Johanna was, net als Olivia zelf, duidelijk een fan van klassieke

Engelse literatuur en het kon bijna niet anders dan dat deze boeken belangrijk voor haar waren. Het gaf Olivia een fijn gevoel om rond te neuzen in de koffer van haar verdwenen tante en zo meer over haar te weten te komen. Om Johanna's kleren aan te raken, de bladzijden van haar boeken om te slaan en de laarzen waarmee ze voetstappen in het huis van Olivia's grootouders had gezet in haar handen te hebben. Ze weerstond de verleiding om ze aan te trekken en letterlijk in Johanna's voetsporen te treden. Haar vingerafdrukken zaten nu al op Johanna's spullen en ze wilde het 'bewijsmateriaal' niet nog verder bevuilen. Straks was ze nog verantwoordelijk voor het vernietigen van sporen… Ze wist best dat ze de koffer natuurlijk meteen aan Ben de Groot had moeten overhandigen toen alles erop wees dat hij weleens van Johanna zou kunnen zijn, maar ze gunde zichzelf dit privémoment met haar tante. Want zo voelde het. Alsof de geest van haar tante uit de koffer was gekomen toen ze hem opende.

'Kon je me maar vertellen wat er met je is gebeurd,' zei ze hardop.

Ze wilde de spullen weer terug in de koffer leggen, maar bedacht zich dat ze nog niet in het vak aan de binnenkant had gekeken. Ook het grotere vak aan de buitenkant, waar zich een soort bobbel aftekende, had ze nog niet onderzocht. De bobbel bleek een walkman te zijn van Sony. Er zat nog een cassettebandje in. Olivia drukte tegen beter weten in op de PLAY-knop. Natuurlijk gebeurde er niks, de batterijen waren allang leeg. Ze haalde het cassettebandje uit het apparaat. Er was een sticker opgeplakt met de tekst 'Madonna – Erotica'. Het was met een zwarte ballpoint geschreven. Olivia vergeleek het handschrift met de initialen M.K. die ze in *The Catcher in the Rye* had gevonden. Duidelijk anders. De letters op het cassettebandje waren veel hoekiger en kleiner dan die in het boek. Het handschrift van haar tante? Olivia streelde met haar vinger over de letters, stopte de cassette terug in de walkman en borg die weer op in het voorvak. Toen was het binnenvak aan de beurt. Aangezien het er volledig plat uitzag, verwachtte Olivia niet daar nog iets in te vinden, maar voor alle zekerheid ritste ze toch het vak open. En niet voor niets...

Haar vingers omsloten een witte, dichtgevouwen envelop. Ze haalde hem uit de koffer en haar opwinding nam alleen nog maar toe toen ze hem opende en de randen van een foto zag. Voorzichtig schoof ze hem uit de envelop. Het was een foto van twee meiden. Een van hen leek zo op Olivia dat het haar de adem benam. Ze had vaker gehoord dat ze op Johanna leek, maar op deze foto was de gelijkenis zo groot dat het bijna eng was. Als dit geen bewijs was dat dit de koffer was die Johanna aan Merel in bewaring had gegeven, dan wist ze het niet meer. Het meisje naast Johanna was een kop groter en had sluik blond haar dat tot ver over haar schouders viel. Ze droeg een witte blouse met een donkerblauwe spijkerbroek en eenzelfde soort laarzen als ze in Johanna's koffer had gevonden, maar dan in een zwarte uitvoering. Het meisje leek wat mollig naast de slanke Johanna, maar had een open en knap gezicht dat werd gesierd door een gelukzalige lach. Ze had haar arm om Johanna heen geslagen. Ook Johanna zag er blij uit. Trots, levenslustig. Sprankelend. Ze leunde met haar hoofd tegen de schouder van het meisje. Olivia draaide de foto om. In het handschrift dat ook op het cassettebandje stond, was te lezen: *Mette en Johanna, 21 september 1992*. Er was een groot hart bij getekend met een pijl erdoor. De foto was dus van een maand of drie voor Johanna's verdwijning. Wie zou hem genomen hebben? Merel? Dat zou Olivia haar even kunnen vragen.

Ze fotografeerde de voor- en achterkant van de foto en appte haar foto's naar Merel met de tekst: *Komt deze je bekend voor? Door jou gemaakt?* PS *Ik denk dat ik Johanna's koffer heb gevonden.*

Ze stuurde er een paar foto's van de koffer achteraan. Vrij snel piepte haar telefoon.

Dat is hem! was het antwoord. *Wat goed dat je hem hebt gevonden! Die foto heb ik inderdaad gemaakt. Het was in het park achter de school. Daar aten we in de pauze altijd onze lunch op.*

Olivia wilde de foto terugstoppen in de envelop toen ze zag dat er nog een klein wit briefje in zat dat ze in eerste instantie over het hoofd had gezien. Er stond een adres in Kopenhagen op geschreven.

Ze had Mette Kristensen gevonden.

15

Ben de Groot stond met zijn handen in zijn zakken uit te kijken over de Wilhelminapier. Zijn hoofd was diep weggedoken in de omhoogstaande kraag van zijn jas en hij trok zijn muts nog wat verder over zijn koude oren. Het water klotste woest tegen de kade en liet een rand van schuim en vuil achter op het beton. In de verte naderde een watertaxi met hoge snelheid. Een woeste wolkenlucht hing boven de skyline van de stad. De wind maakte een fluitend geluid en sneed zijn adem af. Hij huiverde.

'*Ga naar binnen, Ben, je wordt veel te koud*', hoorde hij mevrouw De Groot in gedachten zeggen. Haar stem was altijd en overal bij hem en niet op een vervelende manier. In een dronken bui had hij haar weleens verteld dat hij gesprekjes met haar voerde in zijn hoofd als ze niet samen waren. Dat hij haar denkbeeldig om advies vroeg als hij weer eens voor een dilemma stond of vastliep met een zaak. Ze had hem toen een kus gegeven en een romanticus genoemd. Het grappige was wel dat hij daardoor altijd het gevoel had dat ze bij hem was, ook als hij alleen was. Zoals nu. Hij staarde over het water en bedacht dat ze zich hier helemaal thuis zou voelen. Ze zeurde hem al jaren aan zijn hoofd over een cruise, maar hij had altijd de boot weten af te houden. Met een club onbekende mensen op het water dobberen, opgesloten op een schip waar hij niet elk moment dat hij dat wilde vanaf kon? Het zweet brak hem al uit als hij er alleen maar aan dacht. Dan ging hij toch veel liever met mevrouw De Groot naar een onbewoond eiland.

Hij schudde de gedachte van zich af. Op dit moment moest hij zich concentreren op andere zaken. Olivia van Vliet had hem een halfuur geleden opgewonden opgebeld met de mededeling dat ze hem dringend moest spreken. Ze had iets ontdekt over haar tante en het kon niet wachten, en dus had hij ingestemd met een ontmoeting hier op de Kop van Zuid. Zijn nieuwsgierigheid was geprikkeld. Wat zou Olivia van Vliet hem te vertellen kunnen hebben dat zoveel haast had? Welke 'ontdekking' had ze gedaan?

'*Als je niet naar binnen gaat, kom je er nooit achter.*'

Met een glimlach op zijn gezicht draaide hij zich om en kuierde op zijn gemakje richting het trapje dat naar de ingang van het restaurant van Hotel New York leidde. Twee keer gleed hij bijna uit over de spekgladde platgetrapte sneeuw. Misschien moest hij zijn afgesleten zolen toch maar eens laten vervangen door een stel waar hij meer grip mee had. Hij trok de deur open en stapte de industrieel ingerichte ruimte binnen. Gepraat en gelach steeg op richting de hoge plafonds, waar buizen van indrukwekkende afmeting overheen liepen. Het kaatste terug als aangenaam geroezemoes en verspreidde zich gelijkmatig over de ruimte. De kleurrijke lampen en de robuuste scheepselementen droegen bij aan de bijzondere sfeer.

Alle tafeltjes in de buurt van de ingang waren bezet en Ben liep door naar achteren, waar een paar vrije plekjes waren op een verhoginkje bij het raam. Hij hing zijn jas over zijn stoel en legde zijn muts op tafel. Ondertussen keek hij de zaak rond en hij constateerde dat Olivia er nog niet was, maar gezien de haast die ze had om met hem af te spreken, zou ze vast elk moment het restaurant kunnen betreden. Hij bestelde een espresso met een glas water, pakte een krant die op het tafeltje naast hem lag en begon te lezen.

Ben sloeg net de laatste slok van zijn tweede espresso achterover toen hij Olivia zag binnenkomen. Haar gezicht zag er verhit uit, alsof ze met flinke wind tegen had gefietst. Toen hij de zwarte koffer zag die ze met zich meezeulde, streepte hij in gedachten het woord 'fiets' door en verving het door 'een te warme taxi'.

'Reisplannen?' begroette hij haar vriendelijk.

'Niet bepaald.'

Ze gaf hem een hand en ging tegenover hem zitten. Hij wachtte rustig tot ze haar royale colsjaal af had gedaan en haar jas los had geritst. Ondertussen wist ze ook de ober nog aan te schieten en een wijntje voor zichzelf en een cola voor hem te bestellen. Toen keek ze hem triomfantelijk aan. 'Weet u van wie deze koffer is?'

'Nee,' zei hij glimlachend, 'maar dat ga je me vast vertellen.'

'Van mijn tante.'

Onwillekeurig schoot Ben naar achteren en zijn stoel botste tegen de stoel van het tafeltje achter hem. Het kwam hem op een geërgerde blik te staan en hij mompelde een verontschuldiging, waarna hij zich weer tot Olivia richtte.

'Wat zei je?'

'Deze koffer was van mijn tante Johanna.'

'De koffer,' zei Ben ernstig. 'Je denkt dat hij van Johanna is?'

'Ik dénk het niet, ik wéét dat hij van Johanna is en u wilt vast weten hoe ik eraan ben gekomen. Ik heb hem thuis op zolder gevonden. Hij stond al een jaar of vijftien verborgen achter een schot.'

'Waar je hem toevallig ontdekte? Was je de zolder aan het opruimen?'

'Niet alle vrouwen zijn huishoudbeesten, inspecteur De Groot,' corrigeerde ze hem. 'Ik had een tip gekregen die ik opvolgde en die leidde me uiteindelijk naar de zolder.'

'En wat voor tip was dat? Van wie? Is je vader soms eindelijk gaan praten?'

'Nee. Sterker nog, hij weet niet eens dat ik die koffer heb gevonden.'

'En dus ook niet dat je hem aan mij gaat geven.'

'Rustig aan, alles op zijn tijd. Uiteraard krijgt u de koffer, maar daar zit wel een voorwaarde aan vast.'

'Ik wist niet dat ik aan een onderhandelingstafel had plaatsgenomen.'

'U krijgt van mij de koffer en het verhaal dat erachter zit en in ruil daarvoor betrekt u me bij het onderzoek naar Johanna. Ik wil graag uw persoonlijke assistente worden. Ik heb al bewezen dat ik beter kan speuren dan u en uw team.'

Ze liet haar blik op de koffer vallen en keek hem toen weer aan.

Ben stootte een lach uit. 'Jij bent me er eentje. Leuk geprobeerd, maar je bent slim genoeg om te begrijpen dat het zo niet werkt. We betrekken burgers nooit bij een onderzoek op de manier zoals jij die voorstelt, zelfs niet als het om een coldcasezaak gaat. Bovendien ben jij ook nog eens familie van het onderwerp van ons onderzoek. Ik moet je een beetje tegen jezelf beschermen.'

'Ik hoef niet beschermd te worden, inspecteur De Groot. Ik kan heel goed voor mezelf zorgen.'

'O, dat geloof ik best.' Hij grinnikte.

'Moet u luisteren, ik schrijf mijn afstudeerscriptie over de geschiedenis van forensisch onderzoek. Welke opsporingstechnieken waren er vroeger, welke zijn er nu en leidt het tot meer opgeloste zaken? In mijn onderzoek betrek ik ook een heropende coldcasezaak en u mag drie keer raden welke dat is.' Ze keek hem triomfantelijk aan. 'Ik wil graag weten welke onderzoeksmethoden jullie hebben ingezet na Johanna's verdwijning tot het moment waarop haar dossier in een la verdween. En nu het dossier recentelijk weer uit die la is gehaald, ben ik erg geïnteresseerd welke opsporingsmethoden jullie nu willen gaan inzetten en welke forensische technieken. Wat betreft dat laatste is deze koffer een heel interessant object. Er zit bijvoorbeeld een borstel in waar nog haren van Johanna in zitten. Daar kunt u vast nog wel een mooie DNA-streng uit halen die u aan Johanna kunt koppelen met verwantschapsonderzoek. Ik sta graag een beetje wangslijmvlies af.' Ze glimlachte liefjes.

Hij glimlachte terug en wenkte de ober. Om zich te weren tegen deze wijsneus had hij iets sterkers nodig. Zijn maag begon ook te knorren en hij vermoedde dat het weleens een lange zit kon worden... Hij keek Olivia aan.

'Heb je er bezwaar tegen als ik iets te eten bestel?'

'Ik laat me graag trakteren.'

Ze bestudeerde de papieren placemat op tafel die tevens als menukaart diende en bestelde vervolgens bij de ober die aan hun tafeltje stond een portie saté en een tweede glas chardonnay, hoewel ze amper van haar eerste glas had gedronken.

'En doet u mij de varkenshaas maar en een biertje van de tap. En misschien een mandje brood vooraf?'

De ober voerde de bestelling in en ging er weer vandoor, en terwijl hij wegliep zag Ben achter hem een oud-collega van de recherche door het restaurant lopen. Hij legde zijn hand op zijn voorhoofd in de hoop dat hij niet herkend zou worden, maar het was al te laat. 'Harry met de handjes' – een bijnaam die verwees naar zijn handtastelijke neigingen richting vrouwelijke collega's – kwam naar hun tafeltje toe lopen en klopte hem joviaal op de schouder. Daarna liet hij zijn blik goedkeurend over Olivia gaan. Hij keek alsof hij haar ter plekke met zijn ogen wilde uitkleden. Ben kuchte luidruchtig.

'Op jouw leeftijd nog aan de vrouwtjes, Ben? Respect hoor.' Hij gaf Ben nog een klap op zijn schouder en keek Olivia nog eens goedkeurend aan. 'Het is wel een plaatje, hoor, ouwe snoeperd.'

Olivia hoorde het allemaal onbewogen aan en stak toen haar hand uit. Natuurlijk werd die gretig vastgegrepen.

'Olivia van Vliet, aangenaam.'

Ze keek de man zo diep in zijn ogen dat hij er zichtbaar

ongemakkelijk van werd. De grijns op zijn gezicht maakte plaats voor een nerveuze blik. Ben bekeek het tafereeltje vol leedvermaak. *Daar sta je dan met je grote bek.* Harry leek iets te willen zeggen, maar Olivia kneep haar ogen tot spleetjes en dat was genoeg voor hem om zijn mond weer dicht te doen.

'U stoort inspecteur De Groot en mij in een goed gesprek. U kunt zich daar waarschijnlijk niet zoveel bij voorstellen, een goed gesprek met iemand van het andere geslacht, maar misschien moet u dat toch eens proberen. Hoewel ik vermoed dat er weinig "vrouwtjes" zijn die zich tot uw niveau zullen willen verlagen.'

'Harry met de handjes' leek in elkaar te krimpen.

'Maar u kunt er ook niks aan doen, hè, dat heb je nou eenmaal met mannen bij wie hun verstand in hun ballen zit.' Ze wierp een medelijdende blik op zijn kruis. 'En zo te zien is dat bij u een beetje een trieste zaak.'

Ze liet zijn hand los en Ben tilde zijn muts even een stukje op van de tafel als een saluut, en 'Harry met de handjes' droop zonder verder nog iets te zeggen af.

'Goed, waar waren we gebleven?'

Hij dacht heel even een twinkeling in haar ogen te zien.

'Bij die borstel met haren die je gevonden had in de koffer.'

'Precies.' Ze prikte met haar wijsvinger in zijn richting. 'Hou die gedachte nog even vast, dan app ik mijn pa even dat ik vanavond in de stad eet. Thuis wonen heeft zo zijn voordelen, maar brengt ook een verantwoordingsplicht met zich mee.'

Ben keek sprakeloos naar haar duimen, die zo snel over haar toestel schoten dat hij het amper kon bijhouden. Hij knipperde met zijn ogen. 'De borstel,' hielp hij haar herinneren toen ze klaar was. 'Wat wilde je daar nog meer over vertellen?'

'Naast de roodbruine haren, die waarschijnlijk van mijn tante zijn, zitten er ook lange blonde haren in. Die zouden mogelijk van een vriendin van mijn tante kunnen zijn die weleens een rol in de hele zaak zou kunnen spelen.'

'Een vriendin? Je maakt me nu wel héél nieuwsgierig.'

'Ik heb vandaag uitgebreid gesproken met Merel Gianotten. U kent haar waarschijnlijk als Merel Peters.' Olivia keek hem verwachtingsvol aan.

'Merel Peters. Dat was een vriendin van je tante, ik heb haar destijds gesproken.'

'Heel goed, u kent uw klassiekers.' Ze nam een slok van haar wijn. 'Maar de details hebt u niet meer helemaal helder.'

Zat die meid hem hier nou een standje te geven?

'Merel was niet "een" vriendin van mijn tante, maar de béste vriendin van mijn tante. Daarom snap ik ook niet dat jullie destijds maar één keer met haar hebben gesproken.'

'Merel was al verhuisd naar Limburg voordat je tante verdween. Ze had nauwelijks nog contact met Johanna en weinig te melden.'

'Nou, gelukkig dan maar dat ze vandaag tegen mij een stuk loslippiger was. Ze woont tegenwoordig in Utrecht.'

In de daaropvolgende minuten kreeg Ben kort samengevat hoe Olivia deze Merel Gianotten, geboren Peters, had weten te vinden. Zonder onnodige uitweidingen, maar ook zonder ook maar iets weg te laten, was zijn indruk.

'Kordate aanpak. Goed speurwerk.' Ben stak zijn biertje in de lucht en nam een slok. Olivia beantwoordde zijn toost met een slok wijn.

'En daarom, inspecteur De Groot, denk ik dat ik een aanvulling kan zijn op uw team. Ik ben zelfs bereid om af en toe koffie te halen. Als een soort stagiaire.'

'Ik vrees echt dat dat niet gaat, jongedame. Zo werken we niet bij de politie. Wat ik wel kan doen is je af en toe eens bijpraten en je kunt me vragen stellen voor je scriptie. Het echte speurwerk moet je aan ons overlaten. Wij hebben de expertise en de opleiding.'

'Met gezond verstand kom je anders ook een heel eind in

deze wereld.' Ze leek gepikeerd te zijn en ging toen op zakelijke toon verder. 'Wilt u nog weten welke informatie ik allemaal aan Merel heb weten te ontfutselen? Over de koffer, over de nacht dat Johanna verdween en ook waarom ze verdween? Ik durf er iets om te verwedden dat dit allemaal nieuwe info is. Verkregen zonder opleiding.'

'Oké, die had ik verdiend. Het spijt me, ik bedoelde het niet zo vervelend; er wordt me wel vaker verweten dat ik wat horkerig overkom. Zou je me alsjeblieft willen vertellen wat je weet en me Merels contactgegevens willen geven?'

Hij keek Olivia quasismekend aan en er verscheen een voorzichtige glimlach op haar gezicht. Toen vertelde ze hem alles wat Merel haar had verteld en hij schoof steeds verder naar het puntje van zijn stoel. Vergat zijn biertje en het stokbrood dat op tafel stond. Af en toe stelde hij een vraag, maar grotendeels hield hij zijn mond en luisterde naar het gedetailleerde verhaal dat Olivia uit de doeken deed. Een gevoel van spijt nam bezit van hem. Als hij deze dingen vijfentwintig jaar geleden had geweten, dan waren ze veel verder gekomen met het onderzoek. De aanknopingspunten die Olivia hem nu aanreikte hadden destijds misschien wel naar een oplossing kunnen leiden. Het deed hem ook goed om te merken dat zijn intuïtie ten aanzien van het gezin Van Vliet wel klopte. Hij had altijd geweten dat er problemen waren, dat er dingen niet in de haak waren, maar hij had er nooit vat op gekregen. Tot nu. Ineens begreep hij ook veel beter waarom het gezin zo gesloten als een oester was geweest na Johanna's verdwijning. Waarom ze zich zo terughoudend hadden opgesteld gedurende het onderzoek. Ze schaamden zich voor Johanna's seksuele geaardheid en waren als de dood dat het zou uitlekken. Bovendien sloten ze niet uit dat Johanna was weggelopen naar haar vriendin Mette. Destijds was er met geen woord gerept over de Deense uitwisselingsstudent – hij hoorde nu pas voor het eerst van haar bestaan. Hoe hadden ze dat nou kunnen missen? Zou het kunnen dat Johanna al die jaren in Denemarken had gezeten? Was het mogelijk dat ze nog leefde? Maar waarom had ze haar koffer dan niet opgehaald, zoals ze had afgesproken met Merel? Dat was een detail waar hij onrustig van werd.

'Je hebt toevallig geen achternaam van die Mette?' vroeg hij peinzend.

'Jazeker. En het adres waar ze destijds woonde en waar Johanna naar op weg was.' Olivia haalde een witte envelop uit de binnenzak van haar jas. 'Kijk, dit is een foto van Johanna en Mette, en dit...' ze overhandigde hem een briefje, '... is het adres van haar appartement in Kopenhagen. Althans, het adres waar ze rond Johanna's verdwijning woonde.'

'Je begrijpt dat ik de foto en het briefje mee moet nemen om ze te laten onderzoeken op sporen?'

'Ja. Ik heb van beide een foto gemaakt voor mezelf. Ik zal mijn vingerafdrukken vrijwillig afstaan, want ik vrees dat die in overvloed aanwezig zijn op het materiaal. Het spijt me, maar ik kon het niet laten om de koffer eerst zelf te bekijken en door Johanna's spulletjes te grasduinen. Het is tenslotte mijn tante.'

'Het was handiger geweest als je de spullen meteen aan mij had gegeven, maar ik begrijp het wel.' Ben lachte. Hij had bewondering voor de jonge vrouw die tegenover hem zat. Ze had hem heel wat werk bespaard. Het was nu eerst zaak dat hij zelf nog eens met die Merel ging praten en dat hij Mette Kristensen zou opsporen om haar kant van het verhaal te horen. Hij schatte de kans dat hij Johanna bij haar zou aantreffen niet hoog in, maar sloot het ook niet volledig uit. Zolang er een kans was, moest je het een kans geven. Dat was altijd zijn motto geweest en daar was in al die jaren dat hij bij de politie werkte niets aan veranderd. Soms, heel soms gebeurden er wonderen en hij hoopte van harte dat dat voor deze zaak gold. Hij dacht aan Hendrika, die duidelijk nog steeds gebukt ging onder het verlies van haar dochter. Aan Leendert, 'die er niks van moest weten', maar diep vanbinnen waarschijnlijk dezelfde pijn voelde. En schuldgevoel, stelde hij zich zo voor. Door zijn strenge regime en zijn plan om Johanna weg te stoppen in een klooster was het meisje weggelopen.

De hoofdgerechten werden gebracht en hij maakte wat ruimte op de tafel. Olivia snoof genietend de geur van de royale portie satésaus op. 'Hmm, zalig.' Daarna keek ze hem aan met die heldere groene ogen. 'Zouden ze ook satésaus hebben in Denemarken?'

Hij knipperde met zijn ogen. 'Pardon?'

'Ach, laat ook maar, ik kom er snel genoeg achter.'

Ben keek haar verbijsterd aan, maar wist geen woord uit te brengen.

'Wat? Dacht u soms dat ik dit los zou laten? Dat ik niet hoogstpersoonlijk naar Kopenhagen zou gaan om uit te zoeken of Mette daar nog woont? De enige vraag is: ga ik als uw assistent of op persoonlijke titel?'

En wie zou Mette Kristensen dan als eerste vinden: hijzelf met alle opsporingsmiddelen en mankracht die hij tot zijn beschikking had, of deze jonge vrouw?

Ben wist bij voorbaat eigenlijk het antwoord al. En het verontrustte hem.

16

'Was het leuk, je etentje?' Jeroen keek van zijn krant op toen Olivia de kamer binnenkwam.

'Ja, zeker. Het was met inspecteur De Groot.'

'Wat? Ben de Groot? Waarom, waarom... met hem?'

'Omdat ik vandaag bij Merel ben langs geweest en ik hem daarover heb bijgepraat.'

'Merel...'

'Merel Peters. Ze heet tegenwoordig trouwens Gianotten.'

'Wat...? Hoe...?'

'Kom op, pap. Je hebt me zelf verteld dat ze destijds Johanna's beste vriendin was, dus wilde ik weten of ze nog leuke anekdotes over Johanna wist of zo.'

'Leuke anekdotes? En had ze die?'

'Om eerlijk te zijn, zijn we daar niet aan toegekomen. Ze had zoveel te vertellen dat we eerst de serieuze dingen maar besproken hebben.'

'Zoals?'

'Zoals dat Johanna in de nacht van haar verdwijning met Merel had afgesproken op Utrecht Centraal om een koffer op te halen en nooit is komen opdagen. Een koffer die ik overigens vandaag bij ons op zolder vond.'

Jeroens wangen werden bleek en hij greep zich vast aan de bank. 'Wat heb je met die koffer gedaan?'

'Hem eerst eens uitgebreid bekeken en daarna aan de politie overhandigd.'

'Je hebt wát gedaan? O, mijn god.' Jeroen begon ongecontroleerd te ademen en het zweet brak hem uit. Olivia bekeek het allemaal met argusogen.

'Je moet die koffer terughalen! Het kan me niet schelen hoe, maar het moet, hoor je me?'

Het was lang geleden dat haar vader tegen haar geschreeuwd had en Olivia deed geschrokken een stap naar achteren. 'Je was dus niet vergeten dat die koffer boven stond? Volgens Merel heb je hem al zo'n vijftien jaar in je bezit. Waarom heb je hem niet aan de politie gegeven?'

Jeroen was even stil. Olivia zag aan hem dat hij op zoek was naar uitvluchten, naar een excuus, maar waarom in godsnaam?

'Omdat Johanna's dossier gesloten was en het me niet meer zinnig leek om die koffer aan de politie te overhandigen. Ik was bang dat als ik hem af zou geven, alles voorgoed zou verdwijnen.'

'Verdwijnen?'

'Hoe vaak raken er geen spullen kwijt? Wordt er slordig mee omgegaan waardoor de boel beschadigt? Ik wilde Johanna's bezittingen bij me houden en ze koesteren. Het is het laatste wat ik van haar heb.'

'Prachtig, hoor, pa, ik krijg er bijna tranen van in mijn ogen, maar wie denk je dat je voor je hebt? Deze koffer zou juist aanleiding zijn geweest om Johanna's dossier te heropenen. Het feit dat je de koffer hebt achtergehouden geeft mij sterk de indruk dat je dat juist wilde voorkomen. Waarom? Leg het me uit zodat ik het kan snappen, want op dit moment begrijp ik er geen bal meer van.'

'Olijf, waarom kun je nou nooit eens iets gewoon van me aannemen? Waarom moet je altijd honderdduizend vragen stellen en vraagtekens zetten bij alles wat ik zeg?'

'Misschien moet je dat eens aan jezelf vragen? Als jij niet zo verrekte gesloten was in deze kwestie, dan was mijn gehengel naar antwoorden helemaal niet nodig. Er zijn rare dingen gaande rond Johanna, en jij en opa reageren allebei even spastisch als haar naam valt. Ik wil gewoon weten wat er aan de hand is.'

'Is het al eens bij je opgekomen dat ik zwijg omdat dat minder schade oplevert dan praten?'

'Wat bedoel je daar nou weer mee? Wie neem je in bescherming? Wíl je eigenlijk wel dat Johanna gevonden wordt?'

'Natuurlijk wil ik dat, niets liever. Ze is mijn zus.'

'Weet je dat heel zeker, of kots je haar net als opa uit omdat ze lesbisch was?'

'Wat? Wat heeft Merel je allemaal wijsgemaakt?'

'Genoeg om te begrijpen waarom Johanna wilde weglopen. Als je mij voor straf in een klooster zou proberen op te bergen, dan nam ik ook de eerste de beste trein naar Verweggistan. Wat een kleinzieligheid om iemand zo te veroordelen om haar seksuele geaardheid. Van opa kan ik het me nog een beetje voorstellen, met zijn ouderwetse ideeën, maar van jou? Je hebt me altijd ruimdenkend opgevoed, terwijl je zelf dus enorm bekrompen bent.'

'Nu moet je ophouden! Ik heb er nooit moeite mee gehad dat Johanna lesbisch was of dacht het te zijn. De manier waarop opa met haar omging heb ik altijd verafschuwd, maar wat kon ik doen?'

'Het voor haar opnemen, misschien? Je was haar grote broer, ze had je nodig.'

'Geloof me, Olijf, opa sprak je niet tegen omdat hij dat simpelweg niet toeliet. Sterker nog, het maakte alles vaak alleen maar erger. Ik hielp Johanna het meest door mijn mond te houden.'

'Wist je dat ze weg wilde lopen?'

'Ja.'

'En ook dat ze naar Kopenhagen wilde afreizen om daar met Mette een nieuw leven te beginnen?'

'Ook daarvan was ik op de hoogte, maar ik heb haar dat

sterk afgeraden. Ik heb daar een paar uur voor haar verdwijning nog een heel gesprek met haar over gehad. Ik heb haar gesmeekt geen ondoordachte dingen te doen, voorgesteld om bij Merel in Limburg onder te duiken, gezegd dat we wel een oplossing zouden vinden, maar ze wilde er allemaal niets van weten. Ze moest en zou naar Denemarken vertrekken. Ze wilde bij Mette zijn en daar moest alles voor wijken.'

'"Echte liefde" noemen ze dat.'

'Ik betwijfel of het dat was of dat ze extra gemotiveerd was door het verbod dat opa haar had opgelegd. Johanna had een sterke eigen wil en liet zich niet snel iets door anderen vertellen of opleggen. Dat botste al lange tijd met opa. Ook voordat Mette in beeld was.'

'Waar heb je dat laatste gesprek met Johanna gevoerd?'

'Op een feestje waar we allebei waren in de bewuste oudjaarsnacht. Ze is uiteindelijk boos weggelopen. Daarna heb ik haar nooit meer gezien of gesproken.'

'Heb je dat destijds tegen de politie verteld?'

'Nee, natuurlijk niet.'

'Hoezo niet?'

'Je weet toch hoe dat gaat? Omdat ik ruzie met haar had gemaakt, zou ik de eerste verdachte zijn.'

'Wat een vooringenomen standpunt.'

'Ik woonde in De Kaap, Olijf, dat was in die tijd geen beste buurt. De jongens met wie ik destijds optrok werden al in de gaten gehouden door de politie. Er zaten een paar echt foute gasten bij die al een paar keer voor het een en ander waren opgepakt en als ik de politie had verteld over die ruzie, dan had ik bij voorbaat al met één-nul achtergestaan. Dat risico wilde ik niet lopen. Ik wilde mezelf niet hoeven verdedigen voor iets waar ik niets mee te maken had.'

'Ik heb Ben de Groot nu een paar keer gesproken en het lijkt me eerlijk gezegd een redelijke man die heel goed in staat is om zin en onzin van elkaar te scheiden. Ik weet zeker dat hij naar je geluisterd zou hebben en je op een eerlijke manier had behandeld.'

'Nou, neem me niet kwalijk dat ik het risico niet heb genomen.'

'Waarom is ze boos weggelopen? Hadden jullie ruzie?'

'Ze vond dat ik haar niet begreep. Dat ik niks van de liefde begreep. Ik had me laten ontvallen dat ik dacht dat haar liefde voor Mette een bevlieging was, dat ze de relatie voornamelijk in stand hield om opa dwars te zitten. Dat viel niet in goede aarde.'

'Nee, dat begrijp ik wel, dat was behoorlijk bot van je. Ze was pas zestien, pa, dan zeg je zoiets toch niet? Ze zat al in de knoop met zichzelf en dan gaat haar wijsneuzerige broer haar ook nog eens vertellen dat ze de verkeerde keuzes maakt door een bevlieging. Als je dat tegen mij had gezegd, was ik ook boos weggelopen.'

Haar vader keek naar de grond.

'Maar goed, je hebt de politie dus niet verteld van die ruzie en van die koffer. Zijn er nog meer dingen die je hebt achtergehouden? Je kunt het me beter nu vertellen, want ik kom er toch wel achter. Of de politie. Inspecteur De Groot zal je morgen wel willen spreken over die koffer.'

'Er is verder niks meer, Olijf. Dit is het.'

Olivia keek haar vader strak aan en zag dat het hem moeite kostte om niet weg te kijken. 'Zeker weten?'

'Ja, waarom geloof je me niet?'

'Omdat je het al eerder niet zo nauw hebt genomen met de waarheid. Ik kan je niet meer blindelings vertrouwen.'

Olivia zag dat haar woorden hem pijn deden, maar ze was niet van plan ze terug te nemen. Hij had haar ook heel erg gekwetst door dingen te verzwijgen. Niet alleen voor haar, maar ook voor de politie, wat het onderzoek naar Johanna's verdwijning had belemmerd. Dat kon niet anders.

'Weten opa en oma eigenlijk van die koffer?'

Haar vader schudde zijn hoofd. 'Opa en oma wisten niets van de koffer. Het leek me beter als ik hem bewaarde voor Johanna, mocht ze terugkomen, maar de kans dat dat zou gebeuren heb ik nooit hoog ingeschat. Als opa die koffer in handen had gekregen, zou hij hem uit woede waarschijnlijk net als de foto's van Johanna hebben verbrand. Daar zou oma weer ontzettend overstuur van zijn geraakt. Misschien zou ze hem zelfs hebben geprobeerd tegen te houden, met alle gevolgen van dien. Het was allemaal al ingewikkeld en moeilijk genoeg, en niemand zat te wachten op nog meer emotionele toestanden, dus heb ik gedaan wat me het beste leek. En bovendien had opa mij en oma strikt verboden om iets te vertellen over Johanna's lesbische neigingen en dat was waar die ruzie op dat feestje, die koffer, eigenlijk alles om draaide. Zonder dat detail was er geen steekhoudend verhaal waarbij ik mezelf niet in allerlei bochten hoefde te wringen. Dat krampachtige gedoe had de politie vast als verdacht aangemerkt en dan zouden we nog verder van huis zijn geweest.'

'Is het ooit in je opgekomen om tegen de wensen van opa in te gaan, omdat dat in het belang van je zus en het onderzoek naar haar verdwijning zou zijn geweest?'

'Destijds niet.'

Olivia rolde met haar ogen.

'Ik zou het met de kennis van nu allemaal heel anders doen, Olijf, maar wat hebben we daar nu nog aan?'

'Je zou kunnen beginnen met Ben de Groot morgen te vertellen wat je mij nu vertelt... Hij zal zich in eerste instantie vooral op Nederland richten bij het onderzoek en daarbij zal hij alle mensen die hij destijds heeft gesproken nogmaals aan de tand willen voelen. Mogelijk zijn er meer mensen die net als jij en Merel dingen hebben verzwegen en nu wel willen praten.'

'Hoezo "vooral op Nederland richten"? Waar zou hij zich anders op moeten richten?'

'Op Denemarken. Ik ga morgen een reis boeken naar Kopenhagen. Ik vond in de koffer een briefje met Mettes toenmalige adres. Dat is een mooi uitgangspunt om mijn zoektocht naar haar te starten.'

'Je hebt niks te zoeken in Denemarken, Olijf, je kunt je de trip besparen.'

'Hoe kun je dat nou zo stellig zeggen? Ergens heb ik nog een sprankje hoop dat Johanna vijfentwintig jaar geleden wel veilig is aangekomen in Kopenhagen en daar al die tijd met Mette heeft gewoond. Misschien niet meer op het adres dat ik nu in handen heb, maar...'

'Uitgesloten. Johanna en Mette hebben elkaar nooit meer gezien nadat Mette uit Nederland is vertrokken. Daar ben ik honderd procent van overtuigd.'

'Nou, ik niet, dus ik ga. Ik wil Mette zelf spreken, haar met mijn eigen ogen zien en van haar horen dat ze geen flauw benul heeft waar Johanna is of destijds is gebleven. Bovendien kan ze me sowieso heel veel over Johanna vertellen. Ik wil mijn tante beter leren kennen. Merel heeft me al wat op weg geholpen en ik hoop dat Mette dat kan aanvullen en me nieuwe verhalen kan vertellen.'

'Olijf...'

'Pa, je kunt op je kop gaan staan, maar ik ga naar Kopenhagen.' Ze stond op en stampte naar boven, haar vader in vertwijfeling achterlatend.

17

Ben de Groot zat geconcentreerd over een stapel papieren gebogen. Het was een opluchting dat hij het dossier van Johanna van Vliet ongeschonden uit het archief had weten te halen. Hoe vaak gebeurde het niet dat met een verhuizing of een reorganisatie dossiers zoekraakten? Het was een slordigheid waar hij zich al bijna zijn hele carrière over opwond, maar het was wel de realiteit. Terwijl hij zijn aantekeningen van vijfentwintig jaar geleden doorlas, greep zijn hand automatisch naar het plastic bekertje waar nog een paar slokken koude koffie in zaten. Hij dronk het leeg zonder door te hebben hoe smerig het eigenlijk smaakte en gooide het lege bekertje op de automatische piloot in de prullenbak onder zijn bureau.

'Zijn we aan het doen, Ben?' Robbie haalde hem met een schouderklop uit zijn concentratie.

'Lijstje aan het maken van alle mensen die ik wil spreken en hun huidige adressen erbij aan het zoeken.'

'Het bewijsmateriaal dat je gisteren van dat meisje kreeg ligt bij de forensische dienst?'

'Ja, dat wordt op dit moment onderzocht. Met een beetje mazzel kunnen we er DNA-sporen uit extraheren. Vooral die blonde haren zijn interessant.'

'Ik neem aan dat je begint met het aan de tand voelen van Johanna's broer?'

'Die staat inderdaad bovenaan mijn lijstje. Hij heeft die koffer vijftien jaar lang voor ons achtergehouden en ik wil heel graag weten waarom. Ik heb het altijd een beetje een rare jongen gevonden. Altijd het gevoel gehad dat hij niet helemaal eerlijk was, meer wist dan hij ons vertelde.'

'Meestal wijst dat erop dat iemand zichzelf of iemand anders probeert te beschermen. Hoe groot acht je de kans dat hij iets met haar verdwijning te maken heeft?'

'Ik sluit het niet uit. Zou wel heel sneu zijn voor zijn dochter. Aardig, enthousiast meisje, jonge vrouw eigenlijk, die niets liever wil dan dat het raadsel rondom haar tante wordt opgelost. Ze reist vandaag of morgen af naar Kopenhagen om te zien of ze Johanna's toenmalige geliefde kan vinden.'

'Heb je haar gezegd dat ze dat beter aan ons kan overlaten?'

Ben dacht terug aan de avond daarvoor en het lange gesprek dat hij met Olivia had gevoerd nadat ze haar intentie om naar Denemarken af te reizen had bekendgemaakt. Hij bromde: 'Meerdere malen, maar wat dat meisje in haar hoofd heeft... Voel je vrij om zelf nog een poging te wagen, maar ik geef je op een briefje dat het geen zin heeft.'

'Denk je dat haar vader met haar meegaat? Want in dat geval moet je maar meteen bij hem langsgaan voordat hij het hazenpad kiest.'

'Was ik ook van plan. Ik maak mijn lijstje even af en dan ga ik op pad.'

'Dan zal ik je niet langer ophouden.'

Wederom een schouderklop en Ben moest zich bedwingen om er niets van te zeggen. Hij hield niet van aanrakingen, tenzij die van mevrouw De Groot waren.

'Ik ga nog even een kop koffie halen. Jij nog behoefte?' vroeg Robbie.

'Dank voor het aanbod, maar nee.'

Ben dacht met weemoed aan de heerlijke koffie die mevrouw De Groot altijd voor hem maakte na het eten. Van versgemalen bonen en met een dikke laag opgeklopte melk. Een klein schepje suiker voor de smaak. Toen hij de avond daarvoor thuiskwam van het gesprek met Olivia was het echter al te laat geweest voor koffie, en in plaats daarvan was de rode port op tafel gekomen. De kaasjes en toastjes die hij onderweg naar huis had gekocht bij een avondsupermarkt hadden er prima bij gesmaakt. Mevrouw De Groot had zoals altijd geduldig geluisterd naar zijn verhalen en hem waar nodig met raad en daad bijgestaan.

Het was haar steun geweest waardoor hij het zware werk altijd had kunnen volhouden. Hij had meer leed gezien dan een mens aankon in een leven en soms was hem dat zo aangevlogen, dat hij een paar weken thuis moest blijven om weer op te laden. Hij was daar altijd open en eerlijk over geweest tegen zijn collega's en was daarmee dwars tegen de heersende cultuur bij de politie ingegaan. Het interesseerde hem niet of ze hem een zwakke broeder vonden. Hij was in de basis een taaie, maar soms even niet. Niets menselijks was hem vreemd. Na verloop van tijd waren andere collega's uit zijn team hun schroom ook een beetje kwijtgeraakt, sommigen volgden zelfs zijn voorbeeld en meldden zich voor een korte periode ziek. Dat voorkwam escalaties en de psychische nood bleef behapbaar. Het praten met collega's over traumatische gebeurtenissen was ook iets wat Ben in zijn team op gang had geholpen. Het luchtte op, schiep een hechtere band en verbeterde de samenwerking. De korpsleiding kon wel willen dat ze zich als robots gedroegen, maar in de praktijk was dat natuurlijk niet werkbaar.

'Eens even zien,' mompelde hij tegen zichzelf. 'We hebben Jeroen van Vliet, Merel Gianotten-Peters, Ruud Mulder, Kees Bakker en Chris Brouwer.' Hij krabbelde de namen en adressen over van zijn computerscherm en stak het papiertje in zijn zak. Daarna pakte hij zijn telefoon en belde het nummer dat Olivia hem de vorige dag had gegeven.

'Dag Jeroen, je spreekt met Ben de Groot. Ik zou vandaag graag even wat dingen met je bespreken. Kun je ergens een uurtje vrijmaken in je agenda?'

Ben roerde wat onbeholpen met zijn stokjes in zijn *priaw wan*, wat zoveel betekende als groente in zoetzure saus met kip. Eten met stokjes vond hij sowieso al een crime, maar helemaal als hij er niet rustig bij kon zitten. Jeroen van Vliet had – toen Ben hem belde – voorgesteld om van de nood een deugd te maken en er een snelle lunch van te maken bij de thai in de Delistraat, vlak bij zijn ouderlijk huis, en Ben was ervan uitgegaan dat ze in het restaurant zouden eten. In plaats daarvan stonden ze even later met een afhaalmaaltijd weer op straat. Jeroen had er duidelijk minder moeite mee. Met het grootste gemak werkte hij zijn *med mamuang* naar binnen en stapte daarbij ook nog eens stevig door. Het was Bens eer te na om hem te vragen het wat rustiger aan te doen.

'Ik heb altijd geleerd dat het goed is om rust te nemen tijdens het eten,' hintte hij met een knik naar het bankje dat ze naderden in het Kaappark.

'Dat is een ouderwetse gedachte. De nieuwe inzichten zeggen dat bewegen tijdens het eten juist heel goed is. Ooit van lunchwandelen gehoord?'

'Nee, daar zal ik wel te ouderwets voor zijn.'

'U bent het nu aan het doen. Het is een nieuwe gezondheidstrend en mijn baas stimuleert het erg. Hij heeft al zijn medewerkers een stappenteller gegeven.' Jeroen klopte op zijn beginnende buikje. 'Zoals u ziet ben ik nog niet zo lang bezig, maar het streven is om deze jongen kwijt te raken.'

Een gewone boterham met kaas in plaats van deze koolhydraatrijke hap zou ook al een slok op een borrel schelen, mopperde Ben in gedachten, terwijl hij zijn best deed om een stukje kip dat droop van de kleverige saus tussen zijn stokjes te vangen. Jeroen zag hem worstelen en ging hem godzijdank voor naar het bankje.

'Dus u hebt Olivia uitgebreid gesproken?' opende Jeroen het gesprek.

Ben slikte zijn stuk kip door en spoelde het weg met een

slok cola voordat hij antwoordde. 'Dat klopt. Leuke meid. En heel gedreven om boven tafel te krijgen wat er met haar tante is gebeurd. Eerlijk gezegd zie ik die betrokkenheid bij u en uw vader niet terug. Is daar een reden voor?'

'Die reden kent u, die heb ik u al gegeven toen u het verjaardagsfeestje van mijn vader kwam verstoren. Pa en ik voelen er niks voor om al die ellende opnieuw op te rakelen. We willen niet weer door dat verdriet heen gaan. In tegenstelling tot mijn dochter, hebben wij Johanna's verdwijning wel geaccepteerd, het een plekje gegeven. Dat heeft heel veel moeite gekost en nu willen we verder met ons leven. Hoewel mijn moeder er nog steeds niet aan wil, geloven mijn vader en ik niet dat Johanna nog in leven is.'

'Maar willen jullie dan niet weten wat er met haar is gebeurd?'

'Wat heeft dat voor zin? Het zal niet veel fraais zijn en dat hoef ik niet en détail te horen. Waarom zou ik mezelf blootstellen aan de gruwelijkheden die mijn zus in de laatste uren van haar leven mogelijk heeft moeten doorstaan? Waar zit 'm de meerwaarde in om dat te weten? Ik wil niet dat de laatste beelden die ik heb van mijn zus worden vervangen door... zoiets traumatisch. Dat is toch niet zo raar?'

'Dat ligt eraan. Als u het oprecht meent niet, maar als u zich distantieert omdat u meer weet over haar verdwijning...'

Ben liet even een stilte vallen. Een stilte die hard aankwam bij Jeroen en de toon van het gesprek meteen op scherp zette.

'Hoe durft u mij te beschuldigen of dat zelfs maar te insinueren! Ik hield van mijn zus.'

'Maar legt u me dan eens uit waarom u die koffer vijftien jaar voor ons verborgen hebt gehouden. Als Olivia hem niet had gevonden, hadden we nog niet van het bestaan geweten. Of wel?'

'Dat kunt u net zo goed aan Merel vragen. Zij heeft dat ding tien jaar in haar bezit gehad.'

'Ik vraag het nu aan u. Merel komt ook aan de beurt, maakt u zich geen zorgen.'

'Het leek me niet meer relevant na al die tijd. Het waren de laatste spullen van mijn zus. Die wilde ik voor mezelf houden. Ik wilde niet dat vreemde handen haar bezittingen aanraakten. Bovendien vond ik het lastig om mijn ouders over de koffer te vertellen. Het zou weer een hoop onrust veroorzaken en daar zag ik tegen op. Mijn vader heeft hartproblemen en ik wilde hem in bescherming nemen. Van uitstel kwam afstel. Ik was er ook van overtuigd dat die koffer tien jaar na de verdwijning van Johanna geen verschil meer zou maken. De zaak was gesloten, dus wat had het nog voor zin?'

'Bij nieuw bewijsmateriaal kan een zaak heropend worden. U had het aan de politie moeten laten om het belang van die koffer te beoordelen. Het is niet uw expertise, wel de onze. Of was er misschien een andere reden dat u de koffer op zolder verborg? Was u bang dat de politie Johanna's geheim zou ontdekken met behulp van de inhoud van die koffer? Het geheim over haar geaardheid dat onder de pet moest blijven? Misschien wel koste wat het kost...?'

'Nou doet u het weer! Acht u mij werkelijk in staat om mijn eigen zus iets aan te doen?'

'Ik heb gekkere dingen meegemaakt.'

'Ongetwijfeld, maar hier slaat u de plank volledig mis. Ik denk dat we zijn uitgepraat.'

'En daar maakt ú nou een denkfout. We zijn pas uitgepraat als ik dat zeg. We kunnen hier verder kletsen, terwijl u aan uw BMI werkt, of ik neem u mee naar het bureau en dan zetten we het gesprek dáár voort. Ik kan u vast vertellen dat wij bij de politie niet aan lunchwandelen doen, dus dat wordt gewoon stilzitten in een krap kamertje met af en toe een bekertje lauwe koffie of water.' Ben stond op en gooide het restant van zijn maaltijd in de prullenbak naast het bankje. 'Komt u?'

Jeroen keek hem vijandig aan en stond met duidelijke weerzin op. 'Als ik dingen verborgen had willen houden, dan had ik die koffer toch wel vernietigd? Dan zou ik toch niet het risico lopen om mogelijk bewijsmateriaal in mijn eigen huis te verbergen? Dat zou me alleen maar verdacht maken.'

'Misschien waande u zich júíst veilig door het materiaal dicht bij huis te houden, omdat u hoopte dat de politie er dezelfde redenatie op zou na houden als u?'

'U hebt het mis, inspecteur De Groot. Ik kon het gewoon niet over mijn hart verkrijgen om de spullen van mijn zus weg te gooien. Noem het sentimenteel, maar dat is de enige reden dat ik die koffer nog had.'

'Dit is de eerste keer dat u iets van emotie toont als het over uw zus gaat. Tot nu toe zijn uw reacties steeds terughoudend en afwijzend geweest als ik met u over haar sprak. Zowel in het verleden als toen ik laatst bij uw ouders thuis was.'

'Ik ben geen man die makkelijk over emoties praat in het bijzijn van anderen. Dat wil niet zeggen dat ik ze niet heb.'

'Luister, ik zal eerlijk tegen u zijn. Ik heb altijd het gevoel gehad dat u en uw ouders iets achterhielden. Dat is een van de redenen waarom deze zaak me nooit heeft losgelaten. U hebt met dat zwijgen en het niet praten over uw emoties dus eigenlijk een averechts effect bereikt. Hoe meer terugtrekkende bewegingen u maakt, hoe gedrevener ik word om te achterhalen waarom. Dus vertelt u me nou eindelijk eens wat er op de avond en in de nacht dat Johanna verdween écht is gebeurd. Als u het niet voor uzelf doet, doe het dan voor Olivia en uw moeder.'

'Ik heb u alles verteld wat ik weet.'

'Dat is niet waar. U hebt mij en mijn collega's bijvoorbeeld nooit verteld dat u ruzie met Johanna hebt gehad vlak voor haar verdwijning. U hebt óók niet verteld dat u wel degelijk op dat feestje bent geweest waar Johanna voor het laatst is gezien. Sterker nog, u hebt tot nu toe met droge ogen beweerd dat u nooit op dat feestje bent geweest en zich elders bevond met wat vrienden. Waarom hebt u zoveel belangrijke informatie achtergehouden? Dat kunt u toch niet scharen onder "moeilijk over emoties kunnen praten"? Het komt op mij over alsof u niet wilt dat uw zus gevonden wordt. Als u daar een andere uitleg bij hebt, dan hoor ik die graag.'

Die ochtend was Olivia op het politiebureau geweest voor de afname van DNA en vingerafdrukken. Ze had Ben verslag gedaan van het gesprek dat ze de avond daarvoor met haar vader had gehad en die informatie kwam hem nu goed van pas.

'Hoe weet u... Is het weleens bij u opgekomen dat mensen bang zijn voor de politie? Dat ze geïntimideerd zijn door die uniformen en zich daardoor anders gaan gedragen? Jullie geven mensen per definitie al het gevoel dat ze ergens schuldig aan zijn, ook als dat helemaal niet zo is.'

'O, dus nu ligt het weer aan de politie. U bent wel goed in het wijzen naar anderen, hè, meneer Van Vliet? Misschien wordt het eindelijk eens tijd om uw eigen rol in het geheel onder de loep te nemen. Laatste kans, anders neem ik u mee naar het bureau. Vertel me alles wat er die avond is gebeurd, elk minutieus detail, hoe onbelangrijk het u ook lijkt. Laat het trekken van conclusies over de bruikbaarheid van de informatie maar aan mij over.'

'U houdt niet op, hè?'

'Dat klopt. Als ik eenmaal beet heb, laat ik niet meer los.'

Jeroen zuchtte. 'Goed, ik zal u alles vertellen wat ik weet, maar niet omdat u "beet" hebt. Ik heb niks met de verdwijning van mijn zus te maken. Ik wil dat u mij en mijn familie met rust laat. Tenzij u echt iets concreets te melden hebt.'

'Uw dochter heeft zelf contact met me gezocht en ik vraag me af of ze het bij één keer laat. Uw ouders zal ik toch moeten spreken over hun problemen met Johanna en hun voornemen om haar in een klooster te stoppen. Dat is een cruciaal element in het hele verhaal en heeft haar ertoe aangezet om met Mette Kristensen plannen te maken om weg te lopen.'

'Zoals ik u al eerder zei: mijn vader heeft een zwak hart. Het is niet goed voor zijn gezondheid als u weer gaat wrijven in een vlek. U kunt mij de vragen stellen die u aan mijn vader wilt stellen.'

'Aardig aangeboden, maar ik zal uw ouders toch echt zelf moeten spreken. U bent vast niet van alles op de hoogte en de dingen die u wel weet, geeft u uw eigen interpretatie mee. Wellicht onbedoeld, maar toch. Dus...'

'Goed, ik zal u vertellen wat ik me nog herinner van die avond. Het is natuurlijk al vijfentwintig jaar geleden, dus niet alles zal me meer even helder voor de geest staan.'

'Vertel,' was het enige wat Ben zei.

'Ik denk dat het begin december 1992 was toen mijn vader ontdekte dat Johanna en Mette elkaar meer dan gewoon aardig vonden. Hij betrapte ze zoenend op Johanna's bed. Voor mijn vader als trouwe kerkbezoeker en rigide denker was dat onverteerbaar. Hij flipte. Hij heeft Mette van Johanna af getrokken en sleurde haar mee naar de trap. Johanna was natuurlijk compleet overstuur en probeerde mijn vader tegen te houden. Ze wrong zich tussen mijn vader en Mette in, en hij sloeg haar aan de kant. Johanna gaf niet op. Toen hij met Mette de trap af liep sprong Johanna op zijn rug en het scheelde weinig of ze vielen alle drie naar beneden. Dan waren er pas echt ongelukken gebeurd.'

'Bent u hier zelf getuige van geweest?'

'Nee, Johanna heeft het me verteld en me haar blauwe plekken laten zien van de klap die mijn vader haar had gegeven.'

'Waar was u toen dit allemaal gebeurde?'

'Overal en nergens. Ik hing op straat rond met mijn vrienden. Beetje gein trappen, jongens onder elkaar. Ik kwam pas tegen etenstijd thuis, toen alles weer een beetje tot bedaren was gekomen.'

'Was dat "gein trappen" die diefstal waar u ooit voor bent opgepakt? Dat was toch ook in die tijd?'

Jeroen rolde geërgerd met zijn ogen. 'Puberaal kattenkwaad, dat is maar één keer gebeurd.'

'Wat niet wil zeggen dat u nooit meer iets anders heeft gestolen of andere onwetmatige dingen heeft gedaan… Niet gepakt is niet per definitie onschuldig.'

'Zullen we het weer over mijn zus hebben?'

'Gaat uw gang. Wat gebeurde er met Mette nadat uw vader haar het huis uit had gezet? Hebt u haar nog gesproken?'

'Nee. Ik heb haar die ochtend bij het ontbijt voor het laatst gezien. Toen was er nog niks aan de hand.'

'Wist u dat Johanna en Mette verliefd op elkaar waren?'

'Nee. Ze hadden het goed verborgen weten te houden. Eerlijk gezegd was homoseksualiteit iets compleet vreemds voor mij. Het kwam niet eens in me op dat Johanna verliefd zou kunnen worden op een meisje. Eigenlijk vond ik Mette zelf wel leuk, wat de schok alleen maar groter maakte. Het werd me ineens wel duidelijk waarom ze me steeds afwees. Ik dacht dat het aan mij lag, maar daar had het dus niks mee te maken.'

'Was u jaloers op Johanna omdat het haar wel was gelukt om speciale aandacht van Mette te krijgen?'

'Als ik daar ja op antwoord, ben ik natuurlijk meteen verdacht. Dan denkt u dat ik in een opwelling een crime passionnel heb begaan.'

'Ik ben heel goed in staat om zelfstandig te denken, dat hoeft u niet voor mij te doen. Ik ben niet zo'n boeman als u denkt. Er is verschil tussen gezonde jaloezie en ziekelijke jaloezie, en als ik u zo inschat, dan vind ik dat laatste niet bij u passen. Ik zou in uw geval ook jaloers zijn geweest. En verbaasd.'

'Nou, goed dan. Ik was inderdaad een beetje jaloers.'

'Maar u vond het dus in principe geen probleem dat uw zus die gevoelens had?'

'Nee, ik was alleen niet zo ruimdenkend opgevoed, dus ik moest er even aan wennen. Ik hield van Johanna en daar kon ik niet van de ene op de andere dag mee stoppen omdat ze “anders” was. Ze bleef mijn zus. Bovendien waren haar gevoelens nog zo pril, voor hetzelfde geld was het een bevlieging.’

‘Was Johanna geïnteresseerd in jongens voordat ze Mette leerde kennen? Ze had er de leeftijd voor.’

‘Ze was samen met Merel wel altijd aan het flirten. Merel had zo’n brommertje en daar reden ze dan op rond. Vond mijn pa natuurlijk ook verschrikkelijk.’

‘Je kon het niet gauw goed doen bij die man, hè? Dat moet voor u en Johanna toch best moeilijk en frustrerend zijn geweest.’

‘Dat was het ook wel, maar over het algemeen was mijn vader streng maar rechtvaardig. Hij sloeg niet altíjd de plank mis, zeker niet. Ik zou hem tekortdoen als ik dat zou beweren. Ik weet zeker dat hij alles altijd heeft gedaan met de beste intenties. Hij had nou eenmaal bepaalde overtuigingen en daar liet hij zich door niets of niemand van afbrengen. Hij nam de Bijbel heel serieus en vaak ook letterlijk.’

‘Hebben uw ouders in uw ogen een goed huwelijk?’

‘Wat is goed? Ze hebben een manier gevonden om met elkaar om te gaan. Ze verdragen en respecteren elkaar. Het huwelijk is iets heiligs en daar stap je niet uit, zo denken ze er allebei over. “Tot de dood ons scheidt”, inspecteur.’

‘Dan waren ze vast niet blij toen u en Olivia’s moeder besloten om uit elkaar te gaan.’

Jeroen keek verbaasd naar Ben. Hij had de vraag duidelijk niet zien aankomen. ‘Dat klopt. In eerste instantie wilde vooral mijn vader daar ook niks van weten. Mijn moeder reageerde begripvoller. Ze vond het moeilijk, maar ze zag ook wel dat ik niet gelukkig was en mijn vrouw evenmin. Mijn vrouw had een baan aangeboden gekregen in de VS, die ze accepteerde ongeacht wat ik daarvan vond. Als ik getrouwd wilde blijven, moest ik dus samen met Olivia meeverhuizen en dat zag ik niet zitten. De band met mijn vrouw was niet zo sterk dat ik bereid was om huis en haard voor haar op te geven.'

'Olivia's moeder accepteerde dat?'

'Ja. Ik denk zelfs dat het een opluchting voor haar was. Ze heeft altijd meer oog gehad voor haar carrière dan voor haar kind.'

Ben bespeurde onbegrip en een vleugje bitterheid in Jeroens stem. Het was duidelijk dat daar nog wat oud zeer zat. 'Is er nog contact met Olivia's moeder?'

'Sporadisch. Af en toe belt en mailt Olivia met haar moeder, maar het initiatief ligt over het algemeen bij Olivia en haar moeder is sinds haar vertrek uit Nederland nooit meer teruggekomen.'

'Het klinkt alsof u dat toch dwarszit.'

'Natuurlijk zit dat me dwars! Niet voor mezelf, maar voor Olivia. Ze verdient gewoon beter.'

'Het lijkt me een grote verantwoordelijkheid om vader en moeder in één te moeten zijn voor een kind. U zult het daar niet altijd gemakkelijk mee hebben gehad.'

'Ik heb veel steun van mijn ouders gekregen, en Olivia was en is een relatief makkelijk kind. Met een eigen willetje, dat wel, en soms wat impulsief, maar we komen er altijd wel uit met zijn tweetjes.'

'Dus u neemt het haar niet kwalijk dat ze die koffer meteen aan mij heeft overgedragen, zonder dat eerst met u te bespreken?'

'Mooi bruggetje, inspecteur. Daar is-ie weer, de koffer. Luister, ik wist niet dat Merel dat ding in haar bezit had, totdat ze hem aan me overhandigde. Ik wist ook niets van de afspraak op Utrecht Centraal die ze met Johanna had gemaakt. Johanna deelde wel dingen met me, maar lang niet alles. We hadden een echte broer-zusrelatie. Konden niet met en niet zonder elkaar, vonden op bepaalde punten steun bij elkaar, maar over vriendjes en vriendinnetjes hadden we het niet in detail.'

'Wist Johanna dat u Mette ook leuk vond?'

'Ik denk dat ze wel een vermoeden had, maar ik heb het haar nooit verteld.'

'Kan het ook zijn dat ze iets met Mette begon om u dwars te zitten?'

'Nee, daar geloof ik helemaal niets van.' Het klonk verbaasd. 'Zo zat ze niet in elkaar. Bovendien was er geen enkele reden om me dwars te zitten. Johanna en ik maakten absoluut veel ruzie, maar we waren er nooit op uit om elkaar moedwillig te kwetsen.'

Ben knikte om aan te geven dat hij tevreden was met het antwoord. 'Ik wil het nog even hebben over dat geflirt van Merel en Johanna als ze met dat brommertje de buurt onveilig maakten. Dat moet bij sommige jongens de hormonen toch wat hebben doen opspelen. Waren er jongens met speciale belangstelling voor Merel of uw zus?'

'Het clubje vrienden waar ik destijds mee omging was wel gecharmeerd van die twee, ja. Vooral Johanna viel in de smaak. Ze was een mooie meid, met dat roodbruine haar en die groene ogen. Een combinatie die je niet veel zag bij ons in de buurt. Merel had in die tijd een veel ruiger uiterlijk, punkerig, tatoeages. Haar vonden ze vooral stoer, maar mijn zus vonden ze… nou ja, lekker.'

'Hoe ging uw zus om met die aandacht van jongens?'

'Ze vond het leuk en spannend, maar als het te dichtbij kwam, haakte ze al snel af. Ze zoende weleens met een jongen zonder dat het veel te betekenen had, maar daar bleef het ook bij. Echt verkering heeft ze voor zover ik weet nooit gehad. Tot Mette in beeld kwam, toen veranderde ze ineens.'

'Hoe?'

'Ze ging bijvoorbeeld ineens niet meer mee naar de plek waar ik altijd met mijn vrienden rondhing.'

'Werd daar niet over gekletst?'

'Er gingen wel geruchten, maar die nam ik in eerste instantie niet serieus. Ik werd er boos om. Heb weleens iemand een klap verkocht die mijn zus een pot noemde. Eerst was ze hot, en toen ze minder belangstelling toonde voor mijn vrienden was ze ineens een hoer. Dat pikte ik niet. Niemand kwam daarmee weg.'

'Iedereen die Johanna uitschold kreeg dus een klap?'

'Doe nou niet net of ik een Badr Hari ben, inspecteur. Als ik iedereen die mijn zus beledigde had moeten slaan, was ik wel een tijdje bezig geweest. Zo ben ik niet. Slechts één keer kon ik me niet inhouden. Die jongen ging maar door en op een gegeven moment was ik het zat. Toen hij ook mijn laatste waarschuwing in de wind sloeg, heb ik hem een handje geholpen. Ik heb zijn mond dichtgeslagen. Vuist onder zijn kin.'

'Wat is de naam van die jongen?'

'Ik weet alleen zijn voornaam. Hij was niet meer dan zijdelings betrokken bij mijn vriendenclub. Twee van mijn vrienden kochten weleens wiet bij hem. Wij waren straatschoffies, hij was het serieuzere werk.'

'Zijn naam?' drong Ben aan.

'Mick. Maar zijn achternaam weet ik dus niet.'

'Van Wezel, zou dat het kunnen zijn?'

'Of Jansen, of De Vries. Ik weet het niet.'

'Zou u hem herkennen als ik u een foto liet zien?'

'Het is al heel wat jaartjes geleden, maar hij had toen een rotkop en die zal hij nog steeds wel hebben.'

Ben zocht op zijn telefoon een foto van Mick op. 'Zou dit hem kunnen zijn?'

Jeroen bekeek de foto vluchtig en knikte. 'Ja, dat is hem.'

'Kijk er even goed naar.'

'Niet nodig. Hij is het, zeker weten. Het feit dat u hem kent, is vast geen goed teken. Daar leid ik uit af dat hij het rechte pad uiteindelijk niet heeft gevonden.'

'Mick is inderdaad een oude bekende van me. Hij zit op dit moment een straf uit van tien jaar voor doodslag en verkrachting.'

'Hij heeft het dus niet alleen bij drugs gehouden.'

'Ik heb hem pas nog opgezocht in de gevangenis. Hij heeft de coldcasekalender onder ogen gekregen en beweert meer te weten over Johanna's lot. Weet u zeker dat u hem toch niet wat beter kent dan u beweert?'

'Wat weet hij over Johanna?'

Het ontging Ben niet dat de intonatie van Jeroens stem veranderde en dat hij nerveus aan zijn neus krabde. Ben besloot het even te laten gaan. 'Meneer Van Wezel is niet iemand die meteen het achterste van zijn tong laat zien. Tot nu toe heeft hij nog niets concreets gemeld, alleen wat geïnsinueerd. Morgen spreek ik hem opnieuw, misschien dat ik dan wat meer informatie uit hem weet te krijgen. Vooralsnog is hij vooral geïnteresseerd in de beloning die vastzit aan de gouden tip. In hoeverre hij echt bruikbare informatie heeft of bluft, kan ik na één gesprek nog niet goed inschatten. Meneer Van Wezel is niet bepaald dol op me, aangezien ik degene ben geweest die hem heeft gearresteerd voor die doodslag en nog wat andere vergrijpen. Hij geniet er zichtbaar van om een spelletje met me te spelen.'

'Als ik het zo hoor, hoeft u zijn beweringen niet zo serieus te nemen. Criminelen spreken nooit de waarheid. Een hoop gezwets, meer is het niet.'

'Dat is wat al te stellig. Ik acht het niet onmogelijk dat meneer Van Wezel echt informatie heeft over Johanna. Zeker nu u me zojuist hebt verteld dat Johanna en Merel vaker met u en uw vriendenclub optrokken.'

Jeroen krabde weer aan zijn neus. Mick riep duidelijk meer gevoelens bij hem op dan 'een vage kennis' zou doen en Ben voelde haarfijn aan dat hij voorzichtig te werk moest gaan om Jeroen niet weer in zijn schulp te laten kruipen. Toch ontkwam hij er niet aan om te proberen de relatie tussen Mick en Johanna helderder te krijgen.

'Gebruikte Johanna drugs?'

'Absoluut niet! Mijn vader had haar wat aangedaan als ze

dat deed.' Zijn wangen kleurden rood en dat had niets te maken met de ijzige wind die zijn huid tartte. 'Bij wijze van spreken. Ik bedoel natuurlijk niet dat hij haar echt iets zou hebben aangedaan.'

Duidelijk iets om in een volgend gesprek op terug te komen, dacht Ben. Dit gesprek had als doel om zo veel mogelijk informatie uit Jeroen te krijgen en op een later moment zou hij de diepte in gaan. Voor nu wilde hij zo veel mogelijk munitie verzamelen om goed beslagen ten ijs te komen in de gesprekken met de andere mensen op zijn lijstje. Elk woord dat Jeroen vanmiddag had gezegd, had hij opgeslagen in zijn olifantengeheugen, en als hij straks terug was op het bureau zou hij het gesprek tot in detail uitwerken.

'Het kan dus niet zo zijn dat Johanna weleens wiet kocht van Mick? Of dat Merel dat deed? Dat kan natuurlijk ook nog.'

'Niet dat ik weet. Op Merel had ik natuurlijk minder zicht, maar zij deed dat ook niet, denk ik.'

Jeroen leek duidelijk meer ontspannen nu ze het niet langer over zijn vader hadden.

'En uzelf?'

'Absoluut niet. Ik geef toe dat ik in die tijd behoorlijk veel dronk, maar wiet of andere verdovende middelen heb ik nooit gebruikt. Nooit behoefte aan gehad ook. Ik zag wat het met mijn vrienden deed. Hoe wazig en giechelig ze ervan werden. Daar had ik geen zin in. Kan nooit goed zijn voor je hersenen, dat is altijd mijn overtuiging geweest. Dat heb ik Olivia ook bijgebracht. Ik denk dat ze mijn advies ter harte heeft genomen. Het zou me ernstig teleurstellen als dat niet zo was.'

'Olivia lijkt me veel te levenslustig om de verdoving op te zoeken. Ze is een slimme meid. Leergierig ook, schat ik zo in. Die wil haar kop erbij houden om niks te missen.'

Ben moest in zichzelf lachen toen hij terugdacht aan het etentje dat hij de dag ervoor met Olivia had gehad. Het meisje had zijn respect gewonnen door de wijze waarop ze de speurtocht naar Merel had aangepakt en hoe ze de koffer van Johanna als onderhandelingsmiddel had gebruikt om betrokken te worden bij het onderzoek.

'Wat? Wat lacht u nou?'

'Wees maar trots op uw dochter, dat verdient ze.'

'Dat is dan ten minste één ding waar we het over eens zijn, inspecteur.' Jeroen keek op zijn horloge. 'Zijn we bijna klaar? Ik moet weer aan het werk.'

'Nog een laatste vraag. Was er in uw vriendengroep wellicht iemand die extra interesse voor Johanna toonde, iemand die meer met haar praatte dan de anderen, bijvoorbeeld?'

'Mijn vrienden werden stuk voor stuk haantjes als zij in de buurt was. Er werden heel wat wedjes op haar afgesloten, ook in de nacht dat ze verdween. Degene die haar het eerst wist te zoenen en haar van "haar lesbische neigingen af wist te helpen", zou een krat bier winnen.'

'Een kratje bier in ruil voor een zoen van uw zus? Wat vond u daarvan?'

'Walgelijk, natuurlijk. Mijn zus was echt wel meer waard dan een krat bier. Dat heb ik de jongens ook verteld, maar ik werd uitgelachen. Ik heb Johanna nog wel proberen te waarschuwen over die weddenschap, maar dat had een averechts effect. Ze werd boos en vertrok voortijdig van het feestje.'

'Was dat de enige reden dat ze kwaad wegliep of had u nog over andere dingen ruziegemaakt met haar?'

'Ik had haar gezegd dat ze beter naar huis kon gaan. Mijn pa had haar eigenlijk verboden om die nacht uit te gaan, maar ze was uit het raam geklommen en vertrokken.'

Bens wenkbrauwen schoten omhoog. Johanna had huisarrest gehad?

'Mijn ouders waren in de veronderstelling dat ze boven op haar kamer zat met een boek,' ging Jeroen verder, 'terwijl ze in werkelijkheid dus buiten de deur aan het feesten was. Daarom was de schok in eerste instantie ook zo groot toen ze de dag erna niet naar beneden kwam en ik mijn ouders moest vertellen dat ik haar de avond ervoor op een feestje had gezien. Ik wilde haar niet verraden, maar ik maakte me zorgen. Daarom besloot ik om toch mijn mond open te trekken.'

'Dat Johanna in de nacht dat ze verdween huisarrest had, is compleet nieuw voor me. U en ook uw ouders hebben altijd aan de politie verteld dat ze buiten de deur oud en nieuw aan het vieren was met vriendinnen.'

'Als we hadden verteld dat ze huisarrest had, dan had u willen weten waarom, nietwaar? Wij waren er als gezin nog niet aan toe om dat "waarom" met de buitenwereld te delen. Het zou de positie van mijn ouders in de kerk hebben aangetast, wat mijn vader koste wat het kost wilde voorkomen. Mijn moeder en ik hebben hem daarin gesteund. Dat kunt u afkeuren of weet ik veel wat u ervan vindt, maar dat is hoe het is gegaan.'

'Kunt u me vertellen…' Ben kreeg niet de kans zijn zin af te maken.

'Ik moet er nu echt vandoor, anders krijg ik problemen met mijn baas.'

De problemen met je baas vallen in het niet bij de problemen die je met mij krijgt als blijkt dat je nog steeds informatie achterhoudt, dacht Ben grimmig. Als hij deze informatie vijfentwintig jaar geleden toch eens had gehad… Hij kon zijn haren wel uit zijn kop trekken van frustratie en moest zijn best doen om dat niet aan Jeroen te laten merken.

'Ik beloof u, het is echt mijn allerlaatste vraag en dan laat ik u gaan. Voorlopig.'

Jeroen trok wat witjes weg. 'Wat wilt u weten?'

'De namen van uw vrienden van destijds.'

Jeroen keek zichtbaar opgelucht dat de vraag niet over hem ging en wilde maar al te graag antwoorden. 'Ruud Mulder, Kees Bakker, Chris Brouwer en M…'

Ben keek op. Jeroen herpakte zich en zei: 'Meer weet ik er niet. Dat waren de jongens met wie ik toen optrok. Ik heb met geen van allen nog contact. Met niemand uit die tijd, eigenlijk. Toen ik vader werd veranderde mijn leven volledig en heb ik ervoor gekozen een brave huisvader te worden.'

Jeroens blik schoot alle kanten op en hij knipperde veelvuldig. Ben wist genoeg. De namen die Jeroen had opgesomd stonden allemaal op zijn eigen lijstje van mensen die hij graag wilde spreken. Hij was benieuwd of ze stuk voor stuk zouden bevestigen dat ze geen contact meer met Jeroen hadden. Hij betwijfelde het ten zeerste.

Ben stak zijn hand uit en bedankte Jeroen voor zijn tijd. 'Als ik meer weet over het onderzoek naar de koffer, dan neem ik contact met u op. Het zou zomaar kunnen dat het tot nieuwe vragen leidt.'

'Hoe lang duurt zo'n onderzoek?'

'Lastig te zeggen. U hoort van mij als er iets te melden valt. Ik zou u wel willen vragen om een DNA-monster af te staan. We hopen uit de toiletspullen van Johanna een bruikbaar DNA-profiel te halen. Via een verwantschapsonderzoek met uw DNA kunnen we dan vaststellen of het verkregen DNA echt van Johanna is en het profiel opnemen in de databank van vermiste personen en de databank voor strafzaken.'

'Waarom hebt u vijfentwintig jaar geleden geen DNA-monsters genomen van Johanna's tandenborstel en van mij en mijn ouders?'

'Omdat DNA-onderzoek in 1993 nog in de kinderschoenen stond en het nog nauwelijks werd ingezet. In het onderzoek naar de verdwijning van uw zus is er ook geen gebruik van gemaakt.'

'O. En ben ik verplicht om DNA af te staan?'

'Nee, maar als u weigert, dan moet u er rekening mee houden dat we u heel scherp in de gaten gaan houden en verder in uw verleden gaan graven.'

'Dus formeel kunt u me niet dwingen, maar informeel zet u zoveel druk op de ketel dat u uw zin toch wel krijgt. Is dat hoe de zaken ervoor staan, inspecteur De Groot?'

'Dat zijn inderdaad de smaken waar u uit kunt kiezen.'

Jeroen gooide met een boos gebaar zijn servetje in de prullenbak waar ze langsliepen. 'Ik sta mijn DNA af op één voorwaarde.'

'En dat is?'

'Dat u mijn ouders met rust laat en bij hen geen monster afneemt.'

'Het is heel nobel van u dat u hen zo afschermt.'

'Ze zijn oud en hebben genoeg geleden. Ze verdienen niet nog meer circus op hun oude dag.'

'Oké, dan spreken we het zo af. Met uw profiel hebben we genoeg voor een verwantschapsonderzoek. Ik zorg dat u een oproep krijgt via een van mijn collega's.'

Jeroen knikte grimmig. 'Mag ik u om nog een gunst vragen?'

'Dat ligt eraan.'

'Wilt u het Olivia in godsnaam uit haar hoofd praten dat ze naar Denemarken gaat? Ze heeft het in haar hoofd gehaald dat ze Mette wil zoeken.'

'Ik begrijp dat u niet wilt dat ze Mette gaat zoeken?'

'Mette is verleden tijd. Al heel lang. Het lijkt mij verstandig om dat zo te laten.'

'Uw dochter is volwassen, meneer Van Vliet. Ze lijkt me niet het type dat zich laat tegenhouden als ze iets in haar hoofd heeft. Toen ik haar vanochtend sprak, was ze uitermate stellig over haar reisplannen.'

18

Olivia zat in kleermakerszit op haar bed met een kop warme chocomel en haar laptop. Op haar nachtkastje stond een spuitbus met slagroom. Ze had net het laatste restje slagroom uit haar mok gelepeld en dus was het tijd voor meer. Kwistig spoot ze de room in de nog halfgevulde beker chocolademelk totdat er een flinke toef boven de rand uitstak. Ze duwde haar mond erin en slurpte luidruchtig. Likte haar lippen af en herhaalde het ritueel net zo lang tot de slagroom een paar centimeter onder de bekerrand zat. Daarna concentreerde ze zich weer op haar laptopscherm.

Al ruim een uur was ze aan het googelen naar Mette Kristensen, maar tot nu toe had ze nog niets gevonden over de voormalige geliefde van haar tante. Natuurlijk waren er wel Mettes te vinden, zelfs met dezelfde achternaam, maar geen van allen matchte wat betreft leeftijd of uiterlijk met de Mette die zij zocht. 'Johanna's Mette' had voor zover Olivia kon nagaan geen Facebook-account, geen Twitter en was niet te vinden op Instagram. Het internet was mooi en handig, maar het bood niet altijd alle oplossingen die je zocht. Soms was de informatie die je nodig had zo goed verstopt in de brij aan gegevens die samen het world wide web vormden, dat je bijna een zoekcursus moest volgen om de gewenste gegevens naar boven te halen. En Olivia was best handig met computers, maar geen expert. Als het te ingewikkeld werd, haakte ze af. Bovendien vond ze achter zo'n toetsenbord hangen al gauw saai. Waarom binnen zitten als je ook naar buiten kon?

Ze besloot haar digitale zoektocht te staken en haar oorspronkelijke ingeving te volgen. Ze moest naar Kopenhagen, de plek waar Mette in elk geval vroeger had gewoond. Als ze daar het adres dat ze in handen had als uitgangspunt nam en wat ging rondvragen, kwam ze vast verder. Met behulp van Google zocht ze naar een goedkope vlucht naar Kopenhagen en in no time verscheen een aantal opties op het scherm. De eerste mogelijkheid was de volgende ochtend vroeg met Transavia – een vlucht vanaf Eindhoven Airport die slechts een paar tientjes kostte – en ze regelde de boeking meteen. Daarna ging ze op zoek naar een goedkoop hotel, maar ze schrok toen ze de prijzen zag die voor een week werden gevraagd. Dat kon nog weleens een probleem worden met haar studentenbankrekening. Haar vader had al laten blijken dat hij haar plannen om naar Kopenhagen te gaan niet erg kon waarderen, dus van hem hoefde ze waarschijnlijk geen financiële bijdrage te verwachten. Er bleef dus niets anders over dan te backpacken en neer te strijken op een slaapzaal van een hostel. Niet ideaal, maar het was niet anders.

Haar oog viel op Copenhagen Downtown Hostel, dat slechts op vijf minuten van de Tivoli-tuinen en het Stadhuisplein lag. Het station was in tien minuten te belopen en de centrale winkelstraat Strøget lag op vijfhonderd meter van het hostel. Na wat getuur op de kaart van Kopenhagen schatte ze dat de Klosterstræde, waar Mette had gewoond of nog woonde, ook een halve kilometer van het hostel vandaan was. De locatie was dus uitstekend en het hostel leek een prima uitvalsbasis voor wat ze van plan was. De vierpersoonskamer was maar een paar tientjes duurder dan de tienpersoonsslaapzaal en dat had ze wel over voor een klein beetje extra privacy en een betere nachtrust. Met een paar muisklikken en na het invullen van haar gegevens was het hostel ook geregeld. Ze printte haar boekingsbevestiging van de vlucht en het hostel en dat was dat.

Het volgende item op de agenda was haar rugzak inpakken. Omdat ze geen eigen kamer in het hostel had, zou ze hem overal mee naartoe moeten sjouwen, wat inhield dat ze haar e-reader zou meenemen in plaats van echte boeken. Ze was van plan om tijdens haar verblijf in Kopenhagen de boeken te lezen die ze in Johanna's koffer had gevonden. Het had iets bijzonders om die Engelse klassiekers te herlezen in de stad waar Johanna had willen neerstrijken om haar leven met Mette te delen. Gelukkig waren ze allemaal ook te koop als e-book en ze besloot de aankopen meteen te doen en op haar e-reader te zetten. Eerste levensbehoefte gecoverd, dacht ze tevreden.

Als kind zat ze altijd al graag met haar neus in de boeken. Haar vader had er altijd op gelet dat de verhouding tussen lezen en buitenspelen een beetje in balans was en daar was ze hem dankbaar voor. Daardoor was ze niet opgegroeid als een kluizenaar, een buitenbeentje dat nergens bij paste. Integendeel, ze had altijd veel vrienden gehad, en dat was nog steeds zo. Maar 's avonds voor het slapengaan pakte ze steevast een boek. Het was haar manier om haar hoofd rustig te krijgen en alle dingen die op de dag hadden plaatsgevonden even te vergeten. In Kopenhagen zou ze dat hard nodig hebben om alle indrukken die ze zou opdoen te kunnen verwerken.

Ze pakte haar rugzak, die onder in haar kledingkast lag, en begon hem te vullen. Als eerste pakte ze een paar setjes thermo-ondergoed in. Door dat onder haar kleding te dragen kon ze toe met dunnere truien en dat was weer ruimtebesparend. Ze vulde de tas verder met ondergoed en sokken, truien en broeken en wat toiletspulletjes. In een voorvak stopte ze haar paspoort, rijbewijs (je wist maar nooit), bankpas en de oplader van haar mobiele telefoon en e-reader. Haar boekingsbevestigingen stopte ze er ook bij. Het leek haar het handigst om zo snel mogelijk naar Eindhoven te gaan, aangezien haar vlucht zo vroeg vertrok. Er zou daar vast wel een goedkoop hotelletje in de buurt van het vliegveld zijn waar ze nog een paar uurtjes slaap kon pakken. Dat liet nog maar één ding over om zich druk over te maken: haar vader. Legde ze een briefje voor hem neer, belde ze hem op of wachtte ze met vertrekken tot hij thuis was? Dat laatste was eigenlijk geen optie, omdat ze ter plekke in Eindhoven een hotel wilde zoeken. Ze had geen zin om stress te krijgen doordat ze in tijdnood kwam. Een briefje was te onpersoonlijk. Sinds de verdwijning van Johanna lag vertrekken zonder afscheid te nemen erg gevoelig bij haar vader. Wat logisch was. Bellen dus maar.

Ze pakte haar telefoon en voordat ze zijn nummer intoetste, herhaalde ze in haar hoofd nog eens alle argumenten voor waarom ze vond dat ze naar Kopenhagen moest gaan. Ze wist namelijk zeker dat haar vader net als de vorige dag zou proberen om haar tegen te houden. En ook nu zou hem dat niet lukken.

Deel 2

19

Jesper Larsen stond met een vergenoegd gezicht voor het grote raam van zijn kantoor. Hij genoot nog dagelijks van het prachtige uitzicht dat hij had over de haven van Kopenhagen. Met een kop koffie in zijn hand en zijn stropdas losjes om zijn nek keek hij naar de rots waar de Kleine Zeemeermin op zat. De vroege ochtendzon lichtte het bronzen beeld aan en gaf het een magische glans. Het beeld was ruim een meter hoog en had twee benen en twee staarten, en was nog steeds een van de belangrijkste toeristische attracties van de Deense hoofdstad.

Hij herinnerde zich nog goed de commotie die in 2010 rond het beeld was ontstaan. Samen met zijn kersverse echtgenote Jytte was hij net in Kopenhagen neergestreken. Toen ze hem vol enthousiasme het beeld wilde laten zien dat de hoofdpersoon voorstelde uit een van haar lievelingssprookjes van Hans Christian Andersen, troffen ze een rots aan met een lege sokkel en mopperende demonstranten met spandoeken. De zeemeermin bleek ter gelegenheid van de wereldtentoonstelling tijdelijk te zijn uitgeleend aan Shanghai. Uiteindelijk leidde het tot een ludieke actie van het Deense natuurhistorisch museum. Zij plaatsten een skelet op de lege sokkel dat bestond uit menselijke en dierlijke botten. Kopenhagen haalde opgelucht adem toen 'hun zeemeermin' na de tentoonstelling weer veilig thuis was. Het was trouwens niet de eerste keer dat de zeemeermin, die al sinds 1913 de haven bevolkte, het zwaar te verduren had gehad. In 1964 werd het beeld onthoofd door een kunstenaar en ook daarna was het meerdere malen beschadigd en beklad door vandalen. Een aantal keren was het naakte zeemeerminnenlijf door onbekenden gekuist met kleding, zelfs tweemaal met een boerka en een keer met een hoofddoekje. Er werd over gedacht om het beeld wat verder in het water te plaatsen om het vandalen moeilijker te maken en het beeld beter te beschermen. Jesper hoopte dat dat ook daadwerkelijk ging gebeuren. Hij was aan het beeld gehecht geraakt, zag het als onderdeel van zijn kantoor. Zo rotsvast als de meermin op haar sokkel zat, zo stevig zat hij aan de onderhandelingstafel. Op de zeldzame momenten dat zijn zelfvertrouwen wat haperde, putte hij kracht uit het beeld, dat altijd overeind bleef.

Hij liep naar zijn bureau en zette zijn halfvolle kop koffie tussen de stapels papieren. Hij trok zijn stropdas wat strakker aan. Jytte had hem net als elke ochtend gestrikt met een dubbele knoop. Het was een traditie die sinds zijn toetreden tot de directie van het bedrijf een vast onderdeel was geworden binnen hun huwelijk. Zittend op de rand van hun royale tweepersoonsbed trok hij haar dan naar zich toe en legde zijn handen op haar gespierde billen. Met een glimlach rond haar volle lippen pakte ze met haar slanke handen de uiteinden van de das. Hij kon nog steeds niet genoeg krijgen van haar vingers die vaardig met de stof speelden. Vingers die nog zoveel meer konden. In eerste instantie had hij alleen met Jytte aangepapt omdat ze de dochter van de directeur was, maar in de loop van de tijd was hij haar toch wel gaan waarderen. Liefde was wellicht een te groot woord voor wat hij voor haar voelde, maar hij verdroeg haar gezelschap goed en hij vond haar nog steeds aantrekkelijk genoeg om met haar te slapen.

Een klop op de deur haalde hem uit zijn gedachten en hij nam vlug plaats achter zijn bureau. Boog zich met een pen in de hand over de stapel brieven die hij nog moest ondertekenen voordat hij op het geklop reageerde met een afgemeten 'ja'. Zijn secretaresse kwam binnen en overhandigde hem een stapel post. 'Uw afspraak met de premier is een uur vervroegd. Hij verwacht u om één uur op de afgesproken plaats.'

Jesper knikte. 'Verder nog iets?'

'De gebruikelijke protesttelefoontjes, een defect kopieerapparaat waar vanmiddag een monteur naar komt kijken en deze envelop.' Ze tikte op het bovenste poststuk van de stapel die hij zojuist van haar had aangepakt. 'Er staat "persoonlijk" op, dus misschien is het belangrijk.'

'Ik ga ernaar kijken,' zei hij. 'Het zal wel weer een brief zijn van zo'n actievoerder. Koppijn krijg ik ervan. Dank je wel, Ulrike, je kunt gaan.'

Hij wachtte tot de deur achter haar in het slot was gevallen en pakte de gouden briefopener die hij ooit van zijn vader had gekregen toen hij naar de universiteit ging. De man was apetrots geweest dat zijn enige zoon was gaan studeren. 'Op een gouden toekomst, jongen,' had zijn vader hem toegewenst toen hij de briefopener overhandigde. Nou, zijn pa had niets te klagen, die gouden toekomst was er gekomen. Hij had er hard voor moeten werken, tegen schenen moeten schoppen en zijn ellebogen moeten gebruiken, maar het had hem gebracht waar hij wilde wezen. Als schoonzoon van de grote baas op de directiestoel waar hij nu zat, en als het aan hem lag zou hij die nooit meer afstaan. Voor het eerst in zijn leven had hij het gevoel dat hij op waarde werd geschat en dat hij kreeg wat hem toekwam.

Het papier van de envelop maakte een scheurend geluid toen de briefopener er moeiteloos doorheen sneed. Met duim en wijsvinger pakte hij de brief eruit en hij vouwde hem open. Zijn blik schoot diagonaal over de zinnen en de wereld stond even stil. Hij begon opnieuw te lezen. Deze keer sloeg hij geen woord over. Nadat hij de tekst vijf keer had gelezen, kwamen de woorden nog steeds even hard binnen. Hij kon er niet omheen.

Het zweet brak hem uit en prikte onaangenaam in zijn nek en oksels. Hij trok zijn stropdas weer los om zichzelf wat lucht te geven. Het kostte hem moeite om zijn ademhaling onder controle te houden. *Geen paniek, geen paniek, geen paniek*, herhaalde hij net zo lang in zijn hoofd tot de mist optrok en hij weer wat helderder kon nadenken. Moest hij dit serieus nemen of negeren? Hij kon er in elk geval met niemand over praten. Er was niemand die hij genoeg vertrouwde om zijn dilemma aan voor te leggen, advies te vragen. Er belandden wel vaker brieven met een dubieuze inhoud op zijn bureau, maar deze was anders. Serieuzer, dreigender. Of maakte hij dat er zelf van omdat er diep vanbinnen iets knaagde? Hoe hadden ze hem gevonden na al die tijd? Blijkbaar had hij zijn sporen minder goed uitgewist dan hij altijd had gedacht. Maar waar had hij dan steken laten vallen? En waarom na al die tijd nu ineens dat bericht?

Hij zette zijn computer aan en googelde op een paar trefwoorden. Toen begreep hij het. Gedeeltelijk dan. Hij begreep het waarom, hij begreep de timing, maar hij wist nog steeds niet wie. Niemand kon het weten. Dat kón gewoon niet. Elke reactie van zijn kant zou een schuldbekentenis zijn, dat besefte hij ineens maar al te goed. Negeren, uit zijn systeem ermee. Dat had hem nooit veel moeite gekost, dus waarom nu wel? Hij stond op en liep naar het raam. Met een verbeten gezicht trok hij zijn stropdas strak tot hij hem voelde knellen op zijn adamsappel. Hij keek naar de Kleine Zeemeermin, knikte haar toe en stopte de envelop in een la met een slot erop. Daarna wiste hij zijn zoekgeschiedenis en ging over tot de orde van de dag. Alsof er niks gebeurd was.

20

Olivia stapte uit de overvolle trein die haar van vliegveld Kastrup naar het centrum van Kopenhagen had gebracht. Haar reis was tot nu toe voorspoedig en zonder vertraging verlopen. Ze had na haar aankomst op de luchthaven niet lang op haar trein hoeven wachten en de verbinding van station Københavns Lufthavn Kastrup naar het centrum was uitstekend geweest.

Pas toen ze een uur geleden de Sontbrug, die Kopenhagen verbond met de Zweedse stad Malmø en die ze kende uit de serie *The Bridge*, vanuit haar vliegtuigraampje had gezien, had ze echt beseft dat ze op het punt stond voet op Deens grondgebied te zetten. De afgelopen dagen was er zoveel gebeurd en had ze zoveel informatie en indrukken opgedaan, dat ze amper de tijd had gehad om alles te verwerken. Starend uit het raam had ze gezien dat de stad een structuur had die deed denken aan vijf vingers. Tussen de 'vijf vingers' van bebouwing lagen groenstroken en autowegen. Van bovenaf had het er allemaal heel logisch en overzichtelijk uitgezien en nu ze lopend het laatste stukje van de route naar haar hostel vervolgde, had ze dat gevoel nog steeds. Ze was echt in Kopenhagen!

Twee dingen waren haar meteen opgevallen: de mensen oogden vriendelijk en het klimaat was een stuk aangenamer dan ze het zich had voorgesteld. Het was hier zeker niet kouder dan het in Nederland was geweest, met een temperatuur die ze net boven het vriespunt schatte. De lucht was grijs met hier en daar een witte wolk, en de laatste restjes sneeuw waren aan het wegdooien van de straten en daken. De stapel thermokleding in haar rugzak voelde ineens een beetje overbodig. En hoewel ze geen woord verstond van de Deense taal, klonken de klanken die ze om zich heen hoorde toch vertrouwd door alle Scandinavische misdaadseries die ze had gekeken. Ze had het gevoel dat ze op de filmset van *The Killing*, *Borgen*, *Trapped* en *The Lawyer* was terechtgekomen.

Turend op haar routeplanner volgde ze de aangegeven wegen die naar haar hostel leidden. Ze had bus 14 kunnen nemen, die rechtstreeks voor haar hostel stopte, maar ze had besloten te gaan lopen om vast een idee van de stad te krijgen. Bij het stadhuis aan het immense Rådhuspladsen bleef ze even staan om het gebouw te bewonderen. In het vliegtuig had ze gelezen dat de ruim honderd meter hoge toren aan de linkerkant van het gebouw gedeeltelijk uit brons bestond en het stadhuis tot het hoogste gebouw van Kopenhagen maakte. Ze stelde zich voor dat het uitzicht over de stad vanuit die toren prachtig moest zijn. Boven het balkon in het midden van het gebouw hing een gouden beeld van Absolon, de grondlegger van Kopenhagen, en daarboven, tussen de kantelen, was het oude wapen van de stad bevestigd. De tientallen ramen waren allemaal in vieren verdeeld door raamlatten en de stenen muren hadden een bruine kleur. De architect van het gebouw had zich destijds laten inspireren door het gemeentehuis van Siena. Dat verklaarde meteen het Italiaans aandoende uiterlijk.

Hoewel er behoorlijk wat mensen over het plein liepen en het duidelijk een centrale plek was van het stadscentrum, kon ze geen rommel op straat ontdekken. Geen smerige zakdoekjes, verpakkingen van etenswaren of andere rotzooi die in prullenbakken thuishoorde. Daar konden ze in Nederland, waar je op sommige plekken struikelde over het op straat gegooide afval, een voorbeeld aan nemen. Ze wierp een laatste blik op het stadhuis en vervolgde haar route. Het viel haar op hoe goed de wegen, fietspaden en stoepen waren aangelegd, hoe statig en soms ook kleurrijk de gebouwen en huizen waren, en hoe gezellig de horecagelegenheden die ze onderweg tegenkwam eruitzagen. Ze wist nu al dat ze hier ongeacht de uitkomst van haar zoektocht naar Mette nog eens terug wilde komen om op haar gemak rond te kijken.

Na een klein kwartiertje liep ze het plein op waar haar hostel aan lag. Ze volgde de straat tot ze voor nummer vijf stond. Onder een zwarte luifel stond een houten bank die bijna de hele voorgevel besloeg en op de gekleurde kussens zaten vrolijk pratende gasten van het hostel. De receptie was met een bordje aangekondigd op de grijs geverfde muur en de deur stond uitnodigend open. Ze liep naar binnen en wachtte geduldig tot de vrouw die net voor haar naar binnen was gestapt klaar was met inchecken. De receptioniste die de balie alleen bemande, liet Olivia met een vriendelijke wenk weten dat het haar beurt was en begroette haar in het Engels. Olivia overhandigde de vrouw haar uitgeprinte reservering samen met haar paspoort en studentencreditcard. In een mum van tijd was ze ingeschreven en kreeg ze de sleutel van een kamer die uitkeek op het plein en die ze met drie andere gasten moest delen.

'Allemaal leuke vrouwen,' verzekerde de receptioniste haar. 'Er zit een badkamer bij de kamer. Als u overdag op pad gaat en niet de hele dag met al uw bagage wilt rondsjouwen, kunt u een bagagekluis in de lobby huren. Op de kamer is een kleinere kluis aanwezig die gratis is. Ontspannen kan in de lounge en mocht u het leuk vinden, dan kunt u zich opgeven voor de stadswandelingen die we vanuit ons hostel organiseren of een fiets huren.'

'Klinkt allemaal goed, maar ik heb mijn eigen plannen voor de komende dagen. Mocht ik me alsnog gaan vervelen, dan hou ik dat wandelen en fietsen zeker in gedachten.' Olivia pakte haar paspoort en papieren van de balie en wilde weglopen, maar de receptioniste riep haar terug.

'Er ligt schoon beddengoed klaar waar u uw bed mee kunt opmaken.'

'En handdoeken, neem ik aan?'

'Die zitten niet bij de prijs inbegrepen, maar zijn wel te huur. Het gros van onze gasten heeft zelf handdoeken bij zich.'

'Nou, daar behoor ik niet toe, vrees ik.' Olivia gaf haar creditcard weer aan de dame achter de balie. 'Doet u mij maar een pakketje.'

De vrouw maakte het in orde. 'Hebt u weleens van de Copenhagen Card gehoord?'

'Nee, wat is dat?'

'Het is een kaart waarmee u gebruik kunt maken van het openbaar vervoer en ook nog eens toegang krijgt tot zestig bezienswaardigheden in de regio. De kaart is er in twee varianten, de ene is vierentwintig uur geldig en kost negenentwintig euro en van de tweede kunt u tweeënzeventig uur gebruikmaken voor slechts achtenvijftig euro. Indien u interesse hebt, kunt u de kaart hier bij ons kopen.'

'Dat is goed om te weten.'

De vrouw dook onder de balie om de kaart te pakken en Olivia maakte snel een rekensommetje in haar hoofd. Op de extra kosten voor de handdoeken had ze niet gerekend. Voor zover ze het nu kon inschatten, waren alle plekken waar ze naartoe wilde prima te belopen en had ze het openbaar vervoer niet nodig. Ze kon haar geld maar één keer uitgeven en besloot het te besteden aan de huur van een bagagekluis in plaats van aan een Copenhagen Card.

'Op dit moment heb ik geen interesse in die kaart, maar misschien over een paar dagen alsnog, als ik blaren onder mijn voeten heb,' zei ze grinnikend. 'Ik zou wel graag een bagagekluis huren.'

De baliemedewerkster knikte en maakte ook dat in orde.

Achter Olivia schraapte een nieuwe gast zijn keel en ze maakte plaats nadat ze de vrouw had bedankt. Ze wurmde zich langs de jongeman, die haar plek meteen innam. Hij was kleiner dan zij en zijn lange groene parka met bontkraag zat strak om zijn brede schouders. Olivia's blik bleef hangen op een sieraad dat met een leren touwtje om zijn nek hing. Het was een poppetje dat gemaakt was van iets wat op drijfhout leek en ivoor, voor zover ze in de gauwigheid kon zien. Ze kreeg de kriebels van het enge gezicht en de puntige tanden en moest denken aan het wezen Gollem uit *Lord of the Rings.* In tegenstelling tot zijn sieraad had de man zelf wel een sympathiek gezicht. Zijn donkere ogen keken alert de wereld in en hij had de verweerde gezichtshuid van iemand die zijn leven grotendeels buiten doorbracht. Zijn wangen waren wat ingevallen en op zijn bovenlip zat een vlassig donker snorretje. In het Engels en met een zwaar accent vroeg hij om zijn kamersleutel. Hij verbleef op dezelfde verdieping als zij.

Olivia pakte haar rugzak en liep ermee naar de lobby. Ze pakte het heuptasje eruit en stopte haar telefoon, creditcard en cashgeld erin. De rest van haar spullen borg ze op in haar kluis. Toen besloot ze eerst boven een kijkje te gaan nemen om te zien waar ze zou slapen, en met haar handdoeken onder haar arm liep ze de trap op. De kamer was niet heel ruim, maar het rook er fris en het zag er schoon uit. Er stonden twee stapelbedden waarvan drie matrassen waren opgemaakt. Op de vierde, die zich links onderaan bevond, lag een keurig gevouwen stapeltje met een molton, een laken, een kussensloop en een dekbed met een witte hoes. De kamer was verder leeg. Ze klikte haar heuptasje af en hing het aan de spijlen van het bed boven het hare. De matras zag er stevig uit en net toen ze hem wilde uitproberen, vloog de deur open. Drie vrouwen, die aan hun enthousiaste gekwetter en gelach te horen geen vreemden voor elkaar waren, kwamen bepakt en bezakt de kamer binnen.

Olivia stond op om zichzelf voor te stellen. Haar hand werd driemaal stevig gedrukt door Shauna, Libby en Carol, drie Amerikaanse vrouwen die zo weggelopen konden zijn van de set van *Sex and the City*. Binnen vijf minuten wist Olivia al dat Shauna binnenkort ging trouwen, Libby pas weer vrijgezel was en Carol 'even helemaal klaar was met mannen'. Ze werkten alle drie op de redactie van een tijdschrift en waren hard toe aan '*a girls' week out*' voordat Shauna in het huwelijksbootje stapte met Matt. Een foto van de bruidegom in spe die met zijn surfboard uit het water kwam lopen, werd onder Olivia's neus geduwd en pas weer opgeborgen nadat ze herhaaldelijk had gezegd dat hij echt *cute* en *handsome* was.

'En jij? Verliefd, verloofd, getrouwd?' vroeg Libby aan Olivia.

'Niets van dat alles. Slechts een simpele student geschiedenis uit Nederland die erg van haar vrijheid geniet.'

'*Good for you!*' zei Carol.

'Eerste keer in Kopenhagen?' vroeg Shauna.

'Ja, ik ben net aangekomen.'

'Wij zijn hier nu twee dagen. Geweldige stad hè, girls?' Libby en Carol knikten enthousiast met hun vriendin mee.

'Beetje fijn hostel, dit?' vroeg Olivia.

'Absoluut. Goede sfeer, leuke mensen en de ligging is perfect. Wij zijn vandaag helemaal losgegaan op Strøget. We móésten de bekendste winkelstraat van Kopenhagen met eigen ogen zien.'

'En met succes,' zei Olivia lachend, wijzend naar de vele papieren en plastic tassen die de meiden aan hun armen hadden hangen.

'We vliegen volgende week terug met een extra koffer,' zei Libby met een knipoog, terwijl ze haar schoenen uitschopte. 'O, ik heb geen voeten meer over.'

'Kun je ze mooi laten afkoelen in de haven,' reageerde Carol onverbiddelijk.

‘Pff, kunnen we niet morgen gaan zwemmen? Ik ben zo moe van dat geshop dat ik ter plekke verzuip als ik in dat ijskoude water spring.’

‘Dramaqueen.’ Carol rolde met haar ogen.

‘Zwemmen in de haven?’ vroeg Olivia vol ongeloof. ‘Zijn jullie gek geworden?’

‘Als wij het zijn, dan zijn die twintigduizend winterzwemmers in Kopenhagen dat ook. Het schijnt hier een hele happening te zijn. Eerst in de sauna en dan afkoelen in een wak in de haven.’

Olivia trok een vies gezicht.

‘Het water in de havens is hier hartstikke schoon.’

‘Nou, bij ons in Rotterdam hoef je zoiets niet te proberen.’

‘Weet je wat? Ga met ons mee! Dan kun je het zelf ervaren.’

‘Sorry, maar ik heb er niet aan gedacht om mijn bikini mee te nemen in hartje winter...’ probeerde Olivia eronderuit te komen.

Carol scande Olivia’s lichaam met haar blik. ‘Volgens mij hebben wij wel ongeveer dezelfde maat, dus je kunt er eentje van mij lenen.’

Ze plukte meteen een knalroze bikini uit een van haar tassen en gaf deze aan Olivia. Daarna pakte ze een felblauwe bikini en beet met haar tanden het plastic bevestigingsmateriaal van het prijskaartje door.

‘Kom dames, omkleden,’ spoorde ze de anderen aan.

Olivia aarzelde nog even, maar ging toen overstag. Waarom ook niet.

21

Ben de Groot liet in gedachten het gesprek dat hij de dag ervoor met Jeroen van Vliet had gevoerd nog eens de revue passeren. Hij had meer informatie uit de man gekregen dan hem ooit eerder was gelukt, maar hij was nog lang niet tevreden. Er bleef iets knagen. Nog steeds had hij het gevoel dat Jeroen dingen verborgen hield, dat hij hem voor de zoveelste keer met een kluitje in het riet wilde sturen. Wat hij had verteld over het gezinsleven, de lesbische gevoelens die Johanna had gehad en de afkeurende reactie daarop van met name vader Leendert had eerder gevoeld als afleiding. Een zoethoudertje om hem tevreden te stellen en te voorkomen dat hij verder zou vragen of dieper ging graven. Ook de argumenten die Jeroen had gebruikt voor het verborgen houden van Johanna's koffer vond hij zwak en niet overtuigend. En toch had hij het gevoel dat het op dit moment geen zin had om Jeroen het vuur nader aan de schenen te leggen. Het leek hem zinniger om de kring waarin Jeroen zich destijds begaf te bevragen. Kijken wat zij zich nog herinnerden van die tijd en hoe zij tegen Jeroen aankeken.

Hij pakte het oude dossier erbij en spitte het nogmaals zorgvuldig door op namen om zeker te weten dat hij niks gemist had. Ruud Mulder, Kees Bakker en Chris Brouwer waren de jongens die rond de verdwijning van Johanna als Jeroens vrienden te boek stonden. Kees en Chris woonden nog steeds in Rotterdam en omgeving, Ruud kon hij zo gauw niet terugvinden, maar met een beetje mazzel konden de andere twee hem vertellen waar Ruud zich tegenwoordig ophield.

Kees Bakker woonde het dichtst in de buurt, dus hij zou met hem beginnen. Ben prentte het adres in zijn hoofd en pakte zijn jas van de staande kapstok. 'Even een paar mensen spreken voor de zaak-Van Vliet,' mompelde hij in het voorbijgaan tegen Robbie.

'Succes!'

De rest van zijn collega's was zo druk met elkaar in gesprek en aan het geinen dat ze niet eens doorhadden dat hij de kantoortuin verliet. Hij begreep er nog steeds niets van dat ze tussen al dat geneuzel door nog tijd vonden om te werken en zelfs ook nog resultaten boekten. Hij trok zijn muts ver over zijn hoofd voordat hij de kou in stapte en kneep even liefkozend in de pompon die mevrouw De Groot met hart en ziel voor hem had geknutseld.

Kees Bakker woonde tegenwoordig in stadsdeel Overschie in de wijk Zestienhoven, vlak bij Rotterdam The Hague Airport, waar hij werkte als beveiliger. Het tuintje voor de woning was keurig onderhouden, met aangeharkt wit grind rond kale struiken die in de zomer weer vol in bloei zouden staan. Daartussen leidde een sneeuwvrij gemaakt looppad van grijze betonklinkers naar de voordeur.

Ben drukte op de deurbel en een vrolijk muziekje schalde door de gang, al snel gevolgd door het geluid van voetstappen. De deur ging open en een enthousiast kwispelende labrador duwde zijn kop tegen Bens benen. De vrouw die opendeed trok de hond aan zijn halsband terug om Ben wat ruimte te geven.

'Max, af.'

Ben klopte het beest goedmoedig op zijn kop. 'Ik ben niet bang voor honden, hoor, zeker niet als ze zo leuk zijn als deze.'

De vrouw knikte en keek met een bevreemd gezicht naar de muts op Bens hoofd. Hij haalde hem vlug van zijn hoofd en stopte hem diep weg in zijn jaszak.

'Kan ik u ergens mee helpen?' vroeg de vrouw.

'Wellicht. Ik ben op zoek naar Kees Bakker en volgens mijn informatie woont hij hier. U bent zijn vrouw?'

'Wie wil dat weten en wat wilt u van Kees?'

'Sorry, ik heb me helemaal niet voorgesteld, wat onbehoorlijk van me.' Ben stak zijn hand uit. 'Ik ben inspecteur Ben de Groot van de politie Rotterdam.'

'Politie?' De vrouw klonk geschrokken. 'Is er iets met Kees? Heeft hij een ongeluk gehad?'

'Nee, maakt u zich geen zorgen. Ik onderzoek een verdwijningszaak van vijfentwintig jaar geleden waar ik meneer Bakker graag even over zou willen spreken.'

'Vijfentwintig jaar geleden? En Kees heeft daar iets mee te maken?'

'Nee, hoor. Tenminste, niet dat ik weet. Hij was destijds bevriend met de broer van het verdwenen meisje en ik wil hem daar graag wat vragen over stellen. Kijken wat hij zich nog herinnert uit die tijd waar ik misschien wat aan heb.'

De vrouw leek wat te ontspannen. 'Hij is aan het werk. Vanavond is hij pas weer thuis en daarna moet hij squashen.'

'Hij werkt nog steeds op de luchthaven, toch?'

'U bent goed geïnformeerd.' De schouders van de vrouw verstrakten. 'Hebt u een legitimatie bij u?'

Ben haalde zijn politiepenning tevoorschijn.

'Daar had ik natuurlijk meteen naar moeten vragen.'

'Ik had hem eerder moeten laten zien. Mijn excuses.'

De vrouw bestudeerde zijn legitimatie zorgvuldig. 'Dus u gaat nu naar Kees' werk?'

Ben knikte. 'Ik wens u een fijne dag, mevrouw Bakker.'

De deur viel met een zachte klik in het slot toen Ben het keurig betegelde paadje weer afliep. Hij pakte de verfrommelde muts uit zijn zak en zette hem weer op zijn hoofd. Zonder dat ding had hij toch het gevoel dat hij iets miste.

Er hing een grauwe sluier boven de luchthaven toen Ben zijn auto zo dicht mogelijk bij de ingang parkeerde. Hij huiverde toen hij uitstapte en de waterige kou in zijn gezicht sloeg. Hij kon niet wachten tot het voorjaar weer begon. Met zijn linkerhand leunde hij op het dak van zijn auto en met zijn andere hand trok hij zijn hak naar zijn bil om zijn stijve been wat te rekken. Zijn knie kraakte vervaarlijk toen er te veel spanning op kwam te staan. Hij herhaalde het ritueel met zijn andere been en volgde toen de aangegeven omleiding naar de ingang langs pionnen en ongelijke stoepjes.

Het zou mooi zijn als die verbouwing eindelijk eens klaar was, dacht hij.

Ben had besloten om zijn bezoek niet van tevoren aan te kondigen. Door mensen te verrassen hadden ze geen tijd om zich voor te bereiden en waren leugens sneller te doorzien. Er bestond natuurlijk een kans dat mevrouw Bakker had geprobeerd om haar man te waarschuwen, maar dat merkte hij vanzelf.

Hij stiefelde door naar de informatiebalie en liet het hoofd Beveiliging oproepen. Hij wilde dat Kees' baas op de hoogte was van het gesprek dat hij met diens medewerker ging voeren en hoewel de man, die zich had voorgesteld als Joop van Leeuwen, in eerste instantie heel terughoudend en argwanend deed bij het zien van zijn politiepenning, sloeg hij als een blad aan de boom om toen Ben hem vertelde dat het om een cold case ging en dat Kees geen verdachte was.

'Dat kunnen we niet hebben, dat een van onze beveiligers een smetje heeft. We krijgen altijd al de schuld als er dingen misgaan, ongeacht of we er iets mee te maken hebben. Met al die aanslagen overal en idioten die de boel op stelten zetten, screenen we onze mensen al tot achter de komma. Als we ook maar één oneffenheidje vinden, dan vliegen ze er meteen uit, dat begrijpt u wel. Ik zou Kees niet graag kwijtraken. Goeie kerel.'

'Is er ergens een rustig plekje waar ik even met Kees van gedachten kan wisselen?'

'U kunt wel even in mijn kantoor gaan zitten. Loop maar mee.'

Ben volgde de man naar een sobere kamer waar een oude zwart-witluchtfoto van het vliegveld en een groepsfoto van een stel mannen en vrouwen in beveiligingsuniform ingelijst aan een witte muur hingen. In de diepe vensterbank stonden twee vetplanten in blauwe geglazuurde potten naast een eveneens blauw Senseo-apparaat en een pak met plastic bekertjes. Op het bureau stonden een computer, een telefoon en een foto. Het hoofd Beveiliging zelf stond er in korte broek op met een poloshirt dat strak om zijn lijf sloot. Hij lachte breeduit in de camera. Een vrouw met hoogblond haar leunde tegen zijn brede, gespierde borstkas en zijn grote handen rustten op de schouders van twee jongens van een jaar of tien die de grove trekken van hun vader en het hoogblonde haar van hun moeder hadden.

De man zag Ben naar de foto kijken. 'Er gaat niks boven een happy family. Moeder de vrouw die op me wacht en elke avond een potje kookt en die twee doerakken. Ik zou niet meer zonder ze kunnen.'

Ben glimlachte.

De man pakte de hoorn van het toestel op zijn bureau en drukte op een paar knoppen. 'Lucia, Joop hier. Ik wil Kees in mijn kantoor hebben. Kun jij dat even regelen?'

'Wat wilt u van me?'

Kees Bakker was een kalende veertiger die duidelijk niet veel tijd aan zijn lichaam besteedde. Zijn uniform zat strak om zijn veel te dikke buik en Ben kon zich moeilijk voorstellen dat hij het erg lang op de squashbaan zou uithouden.

'Ik wil even met u praten over Johanna en Jeroen van Vliet.'

'Geen contact meer mee,' mompelde hij, 'dus bij mij moet u niet zijn.'

'U was vroeger toch bevriend met Jeroen van Vliet?'

'Ik was vroeger met zoveel mensen bevriend,' was de stuurse reactie.

'Kunt u zich nog herinneren dat Jeroens zus Johanna van Vliet vijfentwintig jaar geleden een nieuwjaarsfeestje verliet en sindsdien vermist is?'

'Misschien.' Hij ontweek Bens blik.

'U was ook op dat feestje met Jeroen en wat andere vrienden, toch?'

'Dat weet ik niet meer. Ik heb niet elk feestje dat ik de afgelopen vijfentwintig jaar heb bezocht nog helder voor de geest.'

'Maar een feestje waar de zus van een vriend voor het laatst is gezien toch nog wel? Dat is iets wat wel blijft hangen, toch?'

'Wie zegt er dat ik op dat feestje was? Jeroen?'

Ben knikte. 'Vijfentwintig jaar geleden beweerde u dat u met uw vrienden in de stad was in die bewuste nacht. Iets wat Jeroen overigens destijds ook verklaarde. Maar toen ik hem gisteren sprak, gaf hij toe dat hij wel degelijk op het feestje was geweest waar zijn zus toen was. Hij heeft zelfs nog ruzie met haar gemaakt voordat ze kwaad vertrok. Enig idee waar die ruzie over ging?'

De man zweeg.

'Luister, als u me nu vertelt wat u weet, dan vergeten we even dat u destijds een valse verklaring hebt afgelegd.'

'Van Jeroen moest ik toen zeggen dat we in de stad waren en nou lapt hij me erbij. Nou, dan kan hij 'm krijgen. Ik weet niet waar de ruzie tussen Jeroen en Johanna over ging, maar ze was in elk geval pislink toen ze vertrok. Pittig wijffie, hoor, die Johanna. Knap ook, dat vonden we allemaal.' Hij grinnikte. 'Maar waarom komt u nu met al die vragen aanzetten?'

'Ik werk voor het coldcaseteam Rotterdam en we hebben de zaak van Johanna in samenspraak met haar familie pas heropend.'

'Wat heeft dat na al die tijd nog voor zin?'

'Het zal u verbazen wat we met de opsporingstechnieken van tegenwoordig allemaal kunnen achterhalen. Het lukt niet altijd om een heropende zaak alsnog op te lossen, maar we behalen regelmatig heel mooie resultaten. Maar dat terzijde. U zei dat Jeroen u destijds heeft gevraagd om te liegen over uw aanwezigheid op dat feestje.'

'Ik heb niet gelogen. Ik heb iets verzwegen, dat is wat anders.'

'Dus u was wel in de stad met uw vrienden?'

'Ook. Later. Nadat we bij dat feestje weg waren gegaan.'

'Waarom bent u niet op het feestje gebleven?'

'Het was saai. Jeroen wilde weg na die ruzie met zijn zus.'

'Weet u of er iemand achter Johanna aan is gegaan toen ze het feestje verliet?'

'Niet op gelet.'

Ben zag zijn ogen naar links bewegen. 'Niet op gelet?' herhaalde hij.

'Dat zeg ik toch.'

'Dat is moeilijk voor te stellen. Als je ziet dat iemand met een hoop bombarie vertrekt, dan blijf je kijken. Dat is heel menselijk.'

'Hoe zeggen ze dat ook alweer in de politiek? Ik heb er geen actieve herinnering aan.' Het gezicht van de man werd steeds roder.

'Wat hebben u en uw vrienden eigenlijk in de stad gedaan nadat jullie bij dat feestje zijn vertrokken?'

'Beetje rondhangen. Geinen. Rotjes afsteken.'

'Hoe gedroeg Jeroen zich? Had hij last van de ruzie die hij met Johanna had gemaakt of gedroeg hij zich net als anders?'

'Beetje opgefokt misschien, maar dat heb ik niet meer helder voor de geest.'

'Is hij al die tijd bij jullie gebleven?'

'Nee, hij ging als eerste naar huis. Hij wilde zijn zus gaan zoeken, omdat die ruzie hem niet lekker zat.'

‘Weet u nog hoe laat dat ongeveer was?’

‘Ik heb er geen stopwatch bij gehouden.’

‘Gokje?’

‘Ik denk dat hij na een uur is vertrokken of zo. Weet ik veel.’

‘Met wie was u precies in de stad?’

‘Toen Jeroen weg was blccf Chris over.’

‘Ruud Mulder behoorde toch ook tot jullie vaste vriendenclubje?’

‘Ja.’

‘Waar was die gebleven?’

‘Weet ik veel. Zal wel weer achter een chickie aan hebben gezeten. Ik ben geen babysitter, weet je. Iedereen moet doen wat-ie niet laten kan. Ruud ging altijd graag zijn eigen gang. Hij vertrok als hij daar zin in had en dook ineens weer op. Zo ging dat altijd.’

‘Hebt u nog weleens contact met Ruud?’

Hij schudde zijn hoofd. ‘Nee.’ Zijn blik flitste weer kort naar links en bleef toen hangen op de foto van zijn baas met diens gezin.

‘Weet u toevallig waar Ruud woont?’

‘Nee, toevallig niet.’ Deze keer keek hij Ben weer recht aan. ‘Ik heb met geen van die gasten uit die tijd nog contact.’

‘Met niemand?’ Ben keek hem doordringend aan.

‘Ik zeg toch: met niemand!’

Ben bleef hem aankijken en de man werd steeds nerveuzer. Het geluid van Bens telefoon verbrak de beladen stilte.

‘Sorry, maar deze moet ik even aannemen.’

‘Doe wat u niet laten kunt.’

Ben nam op en hoorde de beller aan. Na een kort bedankje hing hij op. ‘Wat hebt u vorige week gedaan bij Mick van Wezel? Ik dacht dat u geen contact meer had met de “gasten” van vroeger.’

Kees Bakker trok wit weg. ‘Mick van Wezel? Wie is dat?’

‘Houdt u zich nou maar niet van de domme. Mick en ik

hebben zo af en toe eens een gesprekje en ik word op de hoogte gehouden van de bezoekjes die hij krijgt en de mensen die hij spreekt.'

'Fijn voor u.'

'Wat deed u bij Mick?'

'Is het verboden om een oude kennis op te zoeken?'

'Nee hoor. Het is alleen opmerkelijk dat iemand die u in eerste instantie niet schijnt te kennen, in een paar minuten tijd ineens verandert in een kennis. Blijft het daarbij of zou u Mick misschien zelfs een vriend willen noemen?'

'Zeker niet.'

'Hebt u hem de laatste tijd vaker bezocht?'

'U bent toch zo goed op de hoogte? Dan kunt u dat makkelijk even zelf nakijken, toch?'

'Fijn dat u zo behulpzaam bent,' reageerde Ben cynisch. 'Was u vroeger close met Mick? Of een van uw vrienden?'

'We zagen hem weleens, maar hij was geen deel van onze groep.'

'Hield u vroeger van een blowtje?'

'Wat doet dat ertoe?'

'Ik weet toevallig dat Mick in softdrugs dealde en later ook in het zwaardere spul. Kocht u spul bij hem?'

Het bleef stil.

'Nou? Ik zal het niet tegen u gebruiken, dus u kunt het net zo goed vertellen.'

'Misschien.'

'Ja dus.'

'Oké! Ja, ik kocht weleens iets van hem. Nou tevreden?'

'Ook in de nacht dat Johanna verdween? Was Mick toevallig op dat feestje met zijn handel?'

'Hij zwierf een beetje door de straat, maar kwam niet binnen. Vonden de ouders van dat meisje dat het feestje gaf niet goed. Daarom hebben we later in de stad afgesproken met hem.'

'En wie zijn "we"?'

'Chris en ik.'

'Maar Mick was dus buiten op straat toen Johanna boos vertrok.'

'Zou kunnen, ja.'

'Hij kan haar dus tegengekomen zijn.'

'Kan. Waarschijnlijk wel.'

'Wat vond Mick eigenlijk van Johanna?'

'Lekker ding. Dat vonden we allemaal. Maar ze gaf niet veel sjoege. Er gingen geruchten, weet je. Dat ze van de verkeerde kant was.'

'Jullie hadden toch een weddenschap lopen? Wie haar als eerste wist te zoenen, kreeg een kratje bier.'

'Wie zegt dat? Jeroen?'

Ben knikte bevestigend. 'Deed Mick ook mee met die weddenschap?'

Kees schudde zijn hoofd. 'Als Mick iets wilde hebben, dan zorgde hij ervoor dat hij het kreeg. Tegen Mick zei je geen nee. Zo simpel was dat.'

'Heeft Mick zich weleens laten ontvallen dat hij Johanna wilde "hebben"?'

'Dat weet ik niet meer. Mick kon iedereen krijgen. Hij zag er goed uit en de meiden vonden hem spannend.'

'Dan was Johanna dus een uitdaging voor hem, omdat ze niet wilde. Ik kan me zo voorstellen dat hem dat extra geprikkeld heeft. Wat denkt u?'

'Wat doet het ertoe wat ik denk? Het is allemaal suggestief wat u nu zegt. Dat heeft toch geen enkele zin? Vraag het Mick zelf, zou ik zeggen.'

'U hebt gelijk, ik zal het Mick zeker zelf vragen. Waarom bent u eigenlijk bij hem op bezoek geweest? U hebt hem nooit eerder bezocht in de gevangenis, toch?'

'Hij belde me op om te vragen of ik langskwam. Hij was eenzaam.'

'Mick is een solist pur sang. Die heeft mensen alleen maar nodig als hij hen kan gebruiken om er zelf beter van te worden. Waar had hij u voor nodig?'

'Voor een praatje. Dat zeg ik toch.'

'Sorry, maar daar geloof ik helemaal niks van.'

'Geloof het maar. Ik zeg niks meer.'

'Heeft hij u bedreigd? Gechanteerd met iets?'

Kees zweeg en keek weer naar het bureau. Ben zag zweetdruppeltjes ontstaan op zijn voorhoofd. 'Ik kom er toch wel achter, dus u kunt het me net zo goed vertellen. Als Mick u bedreigt, kan ik zorgen dat er maatregelen tegen hem worden genomen.'

'Wat voor maatregelen?'

'Een tijdje in afzondering om zijn zonden te overdenken, bijvoorbeeld.'

'Mick vindt altijd wel manieren om contact te leggen.'

'Mick is een blaaskaak, overschat hem niet.'

'Ik zou u het tegenovergestelde willen zeggen: ónderschat hem niet.'

'Meneer Bakker, waarom bent u nou echt bij hem op bezoek geweest?'

De man aarzelde overduidelijk, maar toen kreeg zijn gezicht weer die stuurse uitdrukking. 'Ik heb een oude kennis gezelschap gehouden, inspecteur. Niet meer en niet minder.'

'Ik ga het Mick zelf wel vragen en dan kom ik weer bij u terug.'

'Zeg hem niet dat u mij gesproken hebt.'

'Waarom niet? Een oude kennis met wie u gezellige gesprekjes voert zal daar toch geen aanstoot aan nemen?'

Ben glimlachte quasivriendelijk en verliet de kamer. Het werd tijd om weer eens een babbeltje te maken met de man die Ben, in tegenstelling tot wat Kees Bakker dacht, zeker niet onderschatte. Hij wilde weten wat Mick te vertellen had over zijn gesprek met Kees, maar wat hem vooral niet lekker zat, was dat Mick in de nacht dat Johanna verdween rond het huis had gezworven dat zij boos had verlaten. Was hij haar achternagegaan? Had Johanna hem afgewezen en was dat uit de hand gelopen? Kees Bakkers verklaring was de eerste concrete aanwijzing dat Mick in de buurt was geweest toen Johanna overstuur in haar eentje op straat liep. Ben wist dat hij over de schreef ging, dat hij zich aan concrete feiten moest houden en niet mocht toewerken naar een gewenst scenario, maar als hij Mick toch eens kon linken aan Johanna's verdwijning… Het zou hem een lief ding waard zijn om ervoor te zorgen dat die man nooit meer op vrije voeten kwam. Mick was *serious trouble* en dat zou hij altijd blijven.

Het begon zachtjes te sneeuwen toen Ben in zijn auto stapte. Net toen hij weg wilde rijden, ging zijn telefoon. 'Ben de Groot,' bromde hij. Aandachtig luisterde hij naar wat zijn collega aan de andere kant van de lijn hem te vertellen had. Een rilling liep over zijn rug. Met trillende hand pakte hij het notitieboekje dat hij altijd bij zich had uit de binnenzak van zijn jas en schreef op aanwijzing van zijn collega een naam en adres op. Daarna hing hij op en bleef even roerloos zitten. De blonde haar uit de borstel van Johanna had een match opgeleverd.

22

Mick van Wezel zat al in de spreekruimte toen Ben binnenkwam. Zijn handen lagen geboeid op tafel en zijn vingertoppen tikten in een traag tempo tegen elkaar. Hij nam niet de moeite om achterom te kijken en wachtte rustig tot Ben tegenover hem had plaatsgenomen.

'Inspecteur De Groot,' zei hij en hij knikte zogenaamd eerbiedig.

'Meneer Van Wezel,' speelde Ben het spelletje mee.

'Hoe maakt u het?'

'Uitstekend.' Ben liet een korte stilte vallen die Mick zichzelf meteen toe-eigende.

'Het zou beleefd zijn als u nu vroeg hoe het met mij gaat. Zo gaat dat als beschaafde mensen een gesprek voeren.'

'Dat is nou precies het punt, Mick. Jij en ik hebben niet dezelfde opvatting over het begrip beschaafd. Het interesseert me eerlijk gezegd geen biet of het goed of slecht met je gaat.'

'Nou, wat een onaardigheden weer. Zal ik koffie voor je laten halen? Misschien knap je daarvan op.'

'Daarvoor ben ik hier niet.'

'Waar kom je dan wel voor? Ik dacht dat we hadden afgesproken dat ik contact met jou zou opnemen als me iets te binnen zou schieten over je cold case en niet andersom?'

'Ik heb een getuige gesproken die beweert jou gezien te hebben in de buurt van het huis waar Johanna van Vliet in de nacht dat zij verdween een feestje bijwoonde. Dat betekent dus ook dat jij haar het huis hebt kunnen zien verlaten en haar mogelijk op straat zelfs bent tegengekomen. Ik weet van de weddenschap, Mick.'

'Weddenschap? Ik weet niet waar je het over hebt.'

'Geef het toch op, je maakt jezelf alleen maar belachelijk met je ontkenningen.'

'Speculaties, dat is alles wat je hebt. Niets anders dan speculaties.'

'Was je in de nacht dat Johanna verdween in de Delistraat?'

'Denk je nou echt dat ik me dat nog herinner? Het is vijfentwintig jaar geleden. Het is allemaal wat wazig in de bovenkamer op sommige momenten.'

'Volgens mij is er niks mis met je geheugen of je bovenkamer, Mick. Ik kan me nog herinneren dat je niet in aanmerking kwam voor tbs omdat je bij je volle verstand was toen je de misdaden pleegde waar je nu voor zit.'

'Volgens de rechter, ja, maar rechters hebben het ook weleens mis.'

'Geef antwoord. Heb je Johanna gezien of gesproken in de nacht dat ze verdween?'

'Die getuige van je weet het toch allemaal zo goed? Vraag het hem of haar maar.'

'Ik wil het van jou horen, Mick.'

Mick perste demonstratief zijn lippen op elkaar en Ben zuchtte.

'Ik krijg hoofdpijn van je. Weet je wat, ik vertel wat ik denk dat er die avond gebeurd is en jij hoeft alleen maar te knikken.'

Mick trok zijn wenkbrauwen op, maar bleef verder onbewogen zitten.

'Net als Kees Bakker, Ruud Mulder en Chris Brouwer vond je Johanna van Vliet een lekker ding. Ze flirtte samen met haar vriendin Merel wel met jullie, maar als het erop aankwam, gaf ze geen sjoege. Dat was frustrerend. Zeker voor jou, omdat "nee" toen ook al niet in je woordenboek voorkwam. Ik heb haar broer gesproken en die vertelde dat je haar uitschold voor hoer en pot als ze je afwees. Daar heeft hij je een keer voor op je gezicht getimmerd.'

Micks gezicht trok strak en hij kneep zijn ogen tot spleetjes, terwijl hij met een hand langs zijn kin streek. Kennelijk herinnerde hij zich de klap nog levendig. Waarschijnlijk omdat er überhaupt niet veel mensen in zijn leven waren geweest die het hadden aangedurfd om hem van repliek te dienen.

Ben glimlachte en vervolgde zijn verhaal. 'Ik heb uit verschillende bronnen vernomen dat er een weddenschap liep die om Johanna draaide. Degene die haar het eerst wist te zoenen, zou een kratje bier krijgen. Kun je me tot zover nog volgen, Mick? Want ik heb je nog niet één keer zien knikken.'

Mick trok zijn wenkbrauwen weer op, maar bewoog zijn hoofd verder geen millimeter.

'Ik denk dat je Johanna bent gevolgd toen ze het huis in de Delistraat verliet,' ging Ben toen maar verder. 'Je hebt waarschijnlijk geprobeerd een praatje met haar te maken en haar te versieren. Toen ze aangaf dat ze geen zin in je had, begon je haar lastig te vallen. Je probeerde haar te zoenen, drong je aan haar op en zij probeerde onder je grijpgrage handen uit te komen. Heeft ze je geslagen, Mick? Een knietje gegeven? Werd je toen zo boos dat je je zelfbeheersing bent verloren en haar wat hebt aangedaan?'

Ben was steeds harder gaan praten en hing nu dreigend over Mick heen. Hij voelde het bloed verhit door zijn aderen suizen en moest zijn uiterste best doen om zijn zelfbeheersing niet te verliezen. Mick wist meer, veel meer, dat voelde Ben aan alles, maar hij gaf niets prijs. Ben moest een manier verzinnen om de waarheid uit die man te krijgen, maar tot nu toe had niets gewerkt. Dat uitgestreken smoelwerk, alle vreselijke dingen die Mick op zijn kerfstok had; het vloog hem vandaag zo aan dat het ten koste ging van zijn professionaliteit. Hij wist dat hij buiten zijn boekje ging, dat het not done was om te speculeren zoals hij zojuist had gedaan. Hoe vaak waren collega's niet tot de orde geroepen omdat ze zo sterk geloofden in hun eigen verhaal dat de waarheid daar ondergeschikt aan werd gesteld en onschuldige mensen werden veroordeeld voor iets wat ze niet gedaan hadden? Het achterhalen van de werkelijke feiten, dat was zijn taak. Ben wist het donders goed, maar in het geval van Mick van Wezel lukte het hem steeds minder goed om zich aan de regels te houden. De man deed iets met hem waar hij geen grip op had. Hij wílde dat hij Mick kon aanwijzen als de schuldige aan de verdwijning van Johanna. Hij wílde dat Mick haar wat had aangedaan. Dan zou de vermissingszaak die hem al vijfentwintig jaar achtervolgde eindelijk zijn opgelost en zou Mick voorgoed achter de tralies blijven.

'Ben je klaar?'

Ben schrok van Micks stem en meer nog van het feit dat hij nog steeds over de man heen hing, zijn handen tot vuisten gebald. Hij gooide zijn handen in de lucht en stapte achteruit.

'Ik denk dat we dit gesprekje maar snel moeten vergeten, dat we moeten doen alsof het niet heeft plaatsgevonden, hè, inspecteur De Groot? Het verdient niet de schoonheidsprijs, daar zijn we het denk ik wel over eens. Met de leeftijd neemt ook de labiliteit toe, nietwaar?' Mick grijnsde vals naar Ben. 'Dan wil ik nu graag terug naar mijn cel.'

Ben kon zichzelf wel voor zijn kop slaan. Hoe had hij zo stom kunnen zijn om zijn overwicht op Mick uit handen te geven? Die sluwe vos munitie te geven die hij op een zeker moment om zijn oren zou krijgen? Want dat dat zou gebeuren stond voor honderd procent vast. Hij kende Mick inmiddels goed genoeg om dat met zekerheid te kunnen zeggen.

Hij klopte op de deur en de bewaker kwam vrijwel meteen de ruimte binnen. 'Je kunt hem weer meenemen.'

De man knikte en pakte Mick bij zijn arm. Mick keek nog een keer om voordat hij werd weggevoerd en Ben sloeg zijn ogen neer. Hij had zichzelf te kakken gezet. Was zijn zelfbeheersing verloren en had daarmee zwakte getoond. En als je één ding niet moest doen bij zo'n roofdier als Mick, dan was dat het wel.

23

Met wat yoghurt, vers fruit en een koffie ging Olivia op een lege stoel tussen twee mannen in zitten. Ze had heerlijk geslapen en was vroeg opgestaan, en na een lekker warme douche begon ze nu langzaam maar zeker een beetje wakker te worden.

Ze had het gevoel dat haar huid nog steeds tintelde van haar duik in de haven, zelfs na de douche van daarnet nog. Geheel tegen haar verwachting in was het verrassend aangenaam geweest om zich onder te dompelen in het ijskoude water en toen ze weer op de kant stond, had zich een prettige warmte door haar lijf verspreid, waardoor ze niet had staan rillen of klappertanden. Alleen haar huid had koud aangevoeld toen ze zich afdroogde met de handdoek die ze uit het hostel had meegenomen. De geleende bikini had als gegoten gezeten en ze had er de nodige aandacht mee getrokken van de vele mannen die samen met hen stonden te wachten tot ze het water in konden. Carol had weliswaar gezegd dat winterzwemmen in de haven erg populair was, maar het had Olivia toch verbaasd hoe druk het was geweest. Er was in elk geval een behoorlijke wachtrij geweest.

Na een tweede kop koffie en een leuk gesprek met de twee mannen naast haar werd het tijd om te beginnen met haar zoektocht naar Mette Kristensen. Ze zocht het adres waar Mette vroeger had gewoond op in de kaartenapp op haar telefoon, selecteerde de optie TE VOET en tikte op START. Met haar ogen op het scherm gericht liep ze naar buiten en botste daar tegen iemand aan. Geschrokken en 'sorry' mompelend keek ze op…

en keek recht in het gezicht van de jongeman die de vorige dag achter haar had gestaan bij de receptie. Het vreemde poppetje hing nog steeds aan het leren touwtje om zijn hals.

'Dat is een Tupilaq, een soort beschermengel tegen het kwaad,' zei hij in moeizaam Engels. Toen lachte hij vriendelijk.

'Nou, dan zal ik wel goed zijn, als dat ding zijn krachten niet heeft aangewend om mij langs je heen te leiden,' grapte Olivia.

'Mooi meisje, mooi hart.'

'Ik ben Olivia uit Nederland.' Ze stak haar hand uit.

'Malik uit Groenland.' Zijn hand omsloot de hare. Zijn huid voelde ruw en eeltig, maar niet onprettig aan.

'Groenland? Ben je dan een Eskimo?'

'Inuit,' corrigeerde hij haar. 'Wij noemen onszelf Inuit. Eskimo is meer een scheldwoord.'

'O, sorry. Ik ben wel lekker bezig. Eerst loop ik je omver en nu scheld ik je uit. Als ik niet zo'n haast zou hebben, dan bood ik je nu een kop koffie aan om het goed te maken.'

'Ik ben hier in elk geval nog tot morgen, dus wie weet. Kan ik je alles over de Inuit vertellen.' Zijn lippen krulden weer op en er verschenen rimpeltjes aan weerszijden van zijn ogen. Hij had een leuke lach.

'Dat zou ik best leuk vinden, ik weet eigenlijk niks van Groenland. Weet je wat, ik geef je mijn telefoonnummer. Misschien heb je vanavond zin in een drankje?'

Malik pakte zijn telefoon en voerde haar nummer in. Zijn verweerde vingers schoven onhandig en langzaam over het schermpje.

'Tegen de tijd dat je mijn nummer hebt opgeslagen in je telefoon ben ik alweer terug,' zei Olivia grinnikend.

'Sorry, ik gebruik dat ding niet zo vaak,' verontschuldigde Malik zich. 'Waar ik woon hebben we meer met de natuur dan met techniek.'

'Klinkt fijn.'

'Dat is het ook.'

'Nou, leuk je ontmoet te hebben, maar ik moet er nu vandoor. Ik moet iemand zien te vinden die hier vijfentwintig jaar geleden heeft gewoond.'

'Zo lang geleden? Nou, dan wens ik je succes. Heb je iets van een adres?'

'Ja, en een naam. Mette Kristensen. Ze was destijds bevriend met mijn tante en daar wil ik haar wat over vragen.'

'Mette Kristensen? Dat... is een veelvoorkomende naam.'

'Ja, dat heb ik gemerkt. Net zoiets als Van Vliet.'

'Pardon?'

'Van Vliet. Dat is mijn achternaam, maar ook die van mijn tante Johanna, en die komt in Nederland ook best vaak voor.'

'Mette Kristensen en Johanna van Vliet.'

'Ja.'

'Nou, dan zal ik je niet langer ophouden.' Malik klonk ineens gehaast en maakte aanstalten om bij Olivia vandaan te lopen.

'Misschien zien we elkaar vanavond nog?' vroeg Olivia, verbaasd over zijn abrupte aftocht.

'Wie weet. Ik stuur je wel een bericht als ik nog puf heb.'

'Doen, hoor. Ik wil graag meer horen over je leven in Groenland.'

Malik knikte en liep langs haar heen het hostel binnen. Toen Olivia nog eens omkeek, zag ze dat hij geconcentreerd op het scherm van zijn telefoon keek.

Een koude windvlaag waaide in haar gezicht toen ze naar buiten stapte. Ze kroop diep weg in haar rode colsjaal. Het weer was vandaag net zo onbestemd als ze zich voelde. De grijze wolken legden een sombere sluier over Kopenhagen en het zag eruit of het elk moment kon gaan sneeuwen.

Het gesprek met Malik echode nog na in haar hoofd. Ze

wist niet zo goed wat ze ervan moest denken. In eerste instantie was het allemaal heel spontaan en vriendelijk geweest, maar ze kon zich niet aan de indruk onttrekken dat ze iets verkeerds had gezegd. Wat was anders de verklaring voor zijn abrupte aftocht? Er had hem duidelijk iets dwarsgezeten en ze piekerde zich suf over wat dat dan kon zijn. Vanavond zou ze het aan hem vragen. Als hij haar niet sms'te, dan zou ze zelf het initiatief nemen. Ze wist dat hij op dezelfde verdieping verbleef als zij, dus als ze een rondje langs de kamers deed, dan zou ze hem wel vinden.

In stevige pas verliet ze de Vandkunsten en sloeg af naar Rådhusstræde. Ze passeerde spelletjescafé Bastard en duwde haar neus tegen het grote raam om naar binnen te kijken. Groepjes mensen zaten onder het genot van een kop koffie te kaarten of deden een bordspel. Het zag er ongelofelijk knus uit. Heel erg *hygge*. Toen een nieuwe windvlaag haar kippenvel bezorgde, moest ze zich bedwingen om niet naar binnen te gaan; met een spijtig gevoel liep ze verder en volgde de route die haar telefoon aangaf. Ze sloeg de eerste straat rechts af naar Kompagnistræde en volgde die bijna een halve kilometer langs wat clubs en cafeetjes tot ze aan haar linkerhand de Hyskenstræde zag. Volgens haar routeplanner ging deze straat verderop over in de Klosterstræde. Ze kruiste eerst nog Strøget, de winkelstraat waar haar kamergenoten zich de vorige dag hadden uitgeleefd, en toen bereikte ze Klosterstræde. Al snel zag ze het geel gestucte appartementengebouw waar Mette had gewoond. Op de benedenverdieping was een kledingboetiekje gevestigd en naast de ingang van de winkel zat een deur met een rij bellen waar huisnummers bij stonden. Ze drukte op het juiste nummer en wachtte ongeduldig af. Het kostte haar moeite om de bel niet meteen weer in te drukken.

Ergens boven haar ging een raam open en een struise vrouw van in de veertig met lang knalrood haar hing half naar buiten en keek haar aan.

‘*Vil du komme til mig?*’

‘Spreekt u ook Engels?’ vroeg Olivia.

‘Een beetje,’ zei de vrouw aarzelend.

’Kunt u misschien even naar beneden komen? Dat praat wat makkelijker. Ik zou u graag een paar vragen stellen.’

‘Waar is het voor?’ vroeg de vrouw achterdochtig. ‘Toch niet weer een of ander buurtonderzoek?’

‘Nee, iets persoonlijks.’

‘Kennen wij elkaar?’

‘Nog niet, maar ik wil me graag aan u komen voorstellen.’

De vrouw deed het raam met een klap dicht en Olivia kon niet goed inschatten of dit het signaal was voor ‘einde gesprek’ of ‘ik kom naar beneden’. Tot haar opluchting hoorde ze gestommel en een zoemend geluid. De deur gaf een klik en Olivia deed hem open.

De vrouw stond haar boven aan de trap op te wachten. Olivia glimlachte vriendelijk in de hoop dat het haar wat op haar gemak zou stellen.

‘Ik ben Olivia van Vliet uit Nederland,’ zei ze vrolijk, terwijl ze de vrouw haar hand toestak. Hij werd aarzelend aangepakt.

‘Bente Nilsen.’

Olivia keek langs de vrouw heen het appartement binnen. De Deense begreep de hint en nodigde haar uit om door te lopen, en Olivia wurmde zich langs haar heen. Daglicht weerkaatste op de spierwitte muren en zorgde voor een duidelijk contrast met de houten vloer. Het appartement was niet groot en ontzettend praktisch ingedeeld. Elk verloren hoekje was op een inventieve manier benut. Op een houten eettafel stond een wit plateau met gekleurde, bijna opgebrande dikke stompkaarsen. Paarse kussens bedekten de zitvlakken van de witte stoelen. De donkerbruine bank had een duidelijke zitplek op het loungegedeelte. Op het tafeltje ernaast lag een opengeslagen tijdschrift naast een glas fruitsap. Aan de wanden hingen een paar uitvergrote zwart-witfoto’s en op de achtergrond speelde zenuwachtige jazzmuziek die totaal niet paste bij de rustige uitstraling van het appartement.

'Je kunt op de bank gaan zitten,' zei de vrouw. Haar lange, gebloemde rok ruiste toen ze zelf als eerste plaatsnam. Olivia ging op het randje van de bank zitten, terwijl de vrouw haar met een onderzoekende blik gadesloeg.

'Je vraagt je vast af wat een wildvreemde Nederlandse vrouw in je huis doet,' opende Olivia het gesprek.

Bente knikte.

'Nou, het zit zo. Ik ben op zoek naar een vrouw die vijfentwintig jaar geleden bevriend was met mijn tante. Deze vrouw woonde volgens mijn informatie in die tijd in dit appartement. Haar naam is Mette Kristensen. Zegt die naam je toevallig iets?'

De vrouw fronste haar wenkbrauwen en schudde toen haar hoofd. 'Ik ken geen Mette Kristensen, nooit van gehoord.'

'Echt niet? Wat jammer,' zei Olivia teleurgesteld. 'En hoe lang woon je hier al?'

'Een jaar of vijf. Ik huur het appartement van een vriendin.'

'Heb je altijd in Kopenhagen gewoond?'

'Geboren en getogen in het noorden van de stad. Vijf jaar geleden ben ik pas naar het centrum gekomen.'

'Het appartement is dus eigendom van een vriendin?'

'Ja. Ze kreeg een baan in het buitenland voor onbepaalde tijd en zocht iemand die op haar huis kon passen. Ik was op dat moment toevallig net op zoek naar woonruimte, dus het was snel beklonken. In eerste instantie zou het voor een jaar zijn, maar dat werden er twee, toen drie. Inmiddels zit ik hier dus al vijf jaar en waarschijnlijk blijf ik nog wel wat jaartjes langer.'

'En die vriendin woont dus al die tijd in het buitenland?'

'Ja. Het liefst zou ik het appartement van haar overnemen, maar ze wil het voorlopig aanhouden als vangnet en investering voor later. Nou ja, ook prima, zolang ik hier maar kan blijven zitten. Ik ben erg gehecht geraakt aan deze plek.'

'Dat kan ik me voorstellen. Het zou ook helemaal mijn ding zijn,' beaamde Olivia. 'Die lichtinval is echt prachtig, het is precies groot genoeg én de sfeer is heel fijn. Alsof het huis je omarmt als je binnenkomt. Als ik je vriendin was, dan zou ik het ook niet kwijt willen.'

De vrouw pakte de afstandsbediening van de radio en zette een andere zender op. Olivia was blij dat het zenuwachtige gejengel werd vervangen door het mierzoete 'Babe' van Styx, een van de favoriete nummers van haar vader.

'Waarom ben je eigenlijk op zoek naar die... vrouw? Ik ben haar naam alweer vergeten.'

'Mette, ze heet Mette. Ze was vijfentwintig jaar geleden heel goed bevriend met mijn tante Johanna. Eerlijk gezegd waren ze meer dan vriendinnen.'

'Geliefden?'

Olivia knikte. 'Dat was in die tijd nogal vooruitstrevend en leverde een hoop problemen op. Hoe dan ook, mijn tante is al jarenlang vermist en de Nederlandse politie heeft onlangs haar dossier weer geopend in een laatste poging om te achterhalen wat er met haar is gebeurd.'

'Wat een verhaal, zeg. Vermist, zeg je?'

'Ja. Er zijn mensen die denken dat ze dood is en er zijn mensen die denken dat ze ergens een nieuw bestaan heeft opgebouwd.'

'En tot welke groep behoor jij?'

'Ik hoop de laatste, maar vrees de eerste.'

'Maar hoe realistisch is het dat iemand verdwijnt en na vijfentwintig jaar radiostilte nog in leven is?'

'De kans is inderdaad klein, maar het is ook niet helemaal uitgesloten. Soms zijn mensen hun oude leven zo zat, dat ze elders met succes een nieuw leven beginnen.'

'Hoe oud was je tante toen ze verdween?'

'Zestien.'

'Beetje te jong om zo'n radicale beslissing met haar volle verstand te nemen, vind je niet?'

'Misschien. Misschien ook niet.'

'Heb je een foto van die Mette?'

'Geen recente, maar ik heb er eentje van haar en Johanna samen. Minstens vijfentwintig jaar oud. Wil je hem zien?'

Ze knikte. Olivia pakte haar telefoon en zocht de foto op. De vrouw bestudeerde hem aandachtig.

'Leuke meiden. Ze stralen uit dat ze erg gek op elkaar zijn, in elk geval op het moment dat de foto is genomen.'

'Mijn vader denkt dat Johanna's liefde voor Mette een bevlieging was, maar ik heb daar mijn twijfels over. Ze zien er samen zo echt en puur uit. Volgens mij wist Johanna heel goed wat ze wilde. Ze was vroegrijp en erg volwassen voor haar leeftijd. Daarom blijf ik, totdat het tegendeel bewezen is, toch hopen dat ze hier ergens met Mette woont en heel gelukkig is.'

'Je denkt dat ze hier woont met die Mette?'

'Ik hoop het.'

'Ik denk dat ze dood is.'

'Nee! Ik bedoel... Waarom zeg je dat zo stellig?'

De vrouw leek even te schrikken van Olivia's felheid. 'Nou, eh, omdat ik me niet kan voorstellen dat iemand die in het niets verdwijnt en vijfentwintig jaar later nog steeds niet gevonden is nog leeft. Dat is gewoon niet logisch.'

'Misschien niet in jouw ogen, maar er is nooit een lichaam gevonden en geen lichaam betekent dat er ook geen honderd procent zekerheid is dat Johanna niet meer leeft, zo simpel is dat. Voeg daarbij haar wegloopplannen met Mette; voor mij is dat genoeg om de deur nog op een kiertje te laten staan en te hopen dat ik haar vind. Ik zou niets liever doen dan haar terugbrengen naar Nederland, zodat mijn oma haar dochter weer in haar armen kan sluiten. De verdwijning van mijn tante heeft diepe littekens achtergelaten in onze familie en mijn oma lijdt nog elke dag onder het verlies van haar enige dochter.'

'Dat kan wel zo zijn, maar bekijk het eens van de andere kant. Stel nou dat het waar is wat je zegt, dat jouw tante inderdaad nog leeft en ergens een nieuw bestaan heeft opgebouwd met wie dan ook, dan heeft ze er misschien wel helemaal geen behoefte aan dat je haar nieuwe leven komt verstoren. Soms willen mensen heel bewust niet gevonden worden. Als ze vijfentwintig jaar niets heeft laten horen, komt dat op mij over alsof ze geen contact wil. Dat klinkt misschien heel hard, maar wellicht is het beter voor iedereen als je het laat rusten en naar huis gaat. Dat denk ik, tenminste. De Johanna van toen bestaat niet meer, daar kun je van uitgaan. Mensen veranderen, worden ouder en ontwikkelen een andere persoonlijkheid.'

'Je hebt geen idee waar je het over hebt. Als het jouw familie was, zou je ook willen weten wat er gebeurd is. Je kunt mij niet wijsmaken dat je het dan zou laten rusten. Ieder mens met ook maar een klein beetje gevoel in zijn donder zou dat niet kunnen.'

'Misschien ben ik dan wel gevoelloos, heb ik geen hart. Wie zal het zeggen?' De vrouw keek haar niet al te vriendelijk aan. 'Maar waarom voer ik deze discussie eigenlijk met je? We kennen elkaar niet eens. Je komt me hier zomaar lastigvallen met een hoop vragen, claimt mijn tijd. Beledigt me. Het lijkt me dus beter als jij nu verdergaat met jouw leven en ik met het mijne. Ik heb wel wat meer te doen vandaag.'

Ze stond op en Olivia volgde haar voorbeeld.

'Ik zal je niet langer ophouden. Bedankt voor je tijd en dat je even naar me wilde luisteren.' Olivia wierp de vrouw een nepglimlach toe. 'Dit adres was mijn enige concrete aanknopingspunt, dus ik moest je wel "lastigvallen". Helaas tevergeefs, maar ik geef nog niet op.'

De vrouw draaide zich om en keek Olivia aan – en in haar

ogen stond medelijden te lezen. 'Sorry, ik begrijp dat je teleurgesteld bent. Hoe ga je je zoektocht nu voortzetten?'

'Ik heb werkelijk nog geen idee, maar ik verzin wel wat.'

De vrouw knikte en maakte toen aanstalten om Olivia uit te laten.

'Zou ik misschien nog even gebruik mogen maken van het toilet?'

'Ga je gang. Daar is het.' Ze wees naar de deur.

Olivia trok zich terug en leegde haar blaas. Haar blik viel op een kurken prikbord dat aan de linkerwand hing. Er waren wat vakantiefoto's en kaarten op geprikt, en een van de kaarten – van een grijsblauwe ijswaterval – trok haar aandacht. Nieuwsgierig naar waar ter wereld zo'n prachtig fenomeen te bewonderen was, haalde ze hem van het prikbord. In kleine letters stond op de achterkant dat de waterval zich ergens in Groenland bevond, maar dat boeide Olivia al van geen kanten meer. Haar blik was onbedoeld op de geschreven boodschap gevallen en hoewel ze het Deens niet machtig was, kon ze de naam waarmee ondertekend was wel degelijk plaatsen.

Mette.

De vrouw had gelogen. Ze had zojuist bij hoog en bij laag beweerd geen Mette te kennen, en nu was hier die kaart. Olivia keek nog eens. Het stond er echt: *Mette*, met drie kruisjes erachter.

Ze pakte haar telefoon en zocht de foto's op die ze had gemaakt van de inhoud van Johanna's koffer. Toen ze de foto van het boek *The Catcher in the Rye* had gevonden, vergeleek ze de initialen die daarin stonden met het handschrift op de kaart. De duidelijke, nog eens extra aangezette schreef die onder aan beide poten van de letter M stond was exact hetzelfde als die van de M van de Mette op de kaart.

'Waarom heb je tegen me gelogen?'

'Wát zeg je?'

Olivia duwde boos de kaart met de ijswaterval onder Bente Nilsens neus. 'Je kende toch geen Mette? Hier, wat is dit dan?' Ze tikte met haar vinger achter op de kaart.

De vrouw griste de kaart uit haar handen. 'Je hebt het recht niet om in mijn spullen te snuffelen. Hoe haal je het in je hoofd om mijn persoonlijke post te lezen?'

'Dat heb ik helemaal niet gedaan, ik kan toch geen Deens lezen. Ik vond die foto van die ijswaterval gewoon zo mooi en wilde kijken waar die genomen was, en toen zag ik die naam. Je zei toch dat je Mette niet kende?'

'Ik zei dat ik Mette Kristensen niet kende. Waarom zou deze Mette de persoon zijn naar wie jij op zoek bent?'

'Kom op, zeg, we staan in haar oude appartement. Is Mette de vriendin van wie je het huurt?'

'Ik wil dat je nu vertrekt.'

'Ik laat me niet afschepen. Ik heb bewijs dat jouw Mette en mijn Mette waarschijnlijk dezelfde persoon zijn.' Olivia pakte haar telefoon en duwde de foto van de boekpagina met de handgeschreven initialen van Mette onder haar neus. 'Hier. Dit is Mettes handschrift. Vergelijk de M op de foto met de M op de kaart. Die zijn identiek.'

'Ben je nu ook al handschriftdeskundige?' reageerde de vrouw boos.

'Hou toch op. Vertel, is Mette Kristensen een vriendin van je? Of in elk geval je huurbaas?'

'Daar ga ik je geen antwoord op geven. Het gaat je niets aan met wie ik bevriend ben. Ik heb je gezegd dat ik je niet verder kan helpen en daar zul je het mee moeten doen. Ik wil dat je nu vertrekt.'

Ze pakte Olivia bij haar schouder en begon haar naar de uitgang te duwen. Olivia verzette zich. 'Wacht nou even. Ik smeek je, als je Mette kent breng me dan met haar in contact. Het is echt heel erg belangrijk voor me.'

De vrouw zweeg en dreef Olivia verder naar de deur. Toen

duwde ze haar over de drempel en sloeg de deur met een klap dicht.

Olivia zag het silhouet van de vrouw achter de deur staan en bonkte op de deur. 'Wat heb je te verbergen? Wat heeft Mette te verbergen?'

'Als je niet onmiddellijk weggaat, bel ik de politie.'

Olivia hoorde aan haar stem dat ze het meende, maar ze kon dit niet laten gaan. Niet nu ze zo dichtbij was. Ze moest het weten. En dus bleef ze vragen stellen door de deur heen en wisselde dat af met aanhoudend gebel en gebonk op de deur. Daarmee ging ze door totdat met een luid gerinkel het glas-in-loodruitje in de deur het begaf.

Shit.

En precies op dat moment kwam ze erachter dat Bente Nilsen haar dreigement had uitgevoerd en de politie had gebeld. Olivia werd in de kraag gevat door twee agenten en hoewel ze in haar beste Engels haar verontschuldiging aanbood, luisterden ze niet. Ze voerden haar af in de politieauto, namen haar tas en telefoon in beslag en sloten haar op in een cel met een tafel en een stoel. Pas toen de deur op slot werd gedraaid en ze helemaal alleen was, besefte ze dat ze goed in de problemen zat. Toen kwamen de tranen.

24

Olivia hing met haar bovenlichaam op de tafel en leunde met haar voorhoofd op haar armen. Het geluid van de kapotte tl-lamp was al erg genoeg en in deze houding zag ze het geflikker tenminste niet. Het gebrek aan ramen en daglicht in de cel begon haar op te breken. Ze moest plassen, had dorst en voelde zich doodongelukkig. Daar zat ze dan, eenzaam en alleen op een Deens politiebureau en ze had geen idee wat haar rechten precies waren. Mocht ze hier zomaar vastgehouden worden en hoe lang konden ze haar hier laten zitten? Sinds ze was opgesloten, had niemand zich meer om haar bekommerd. Niet één keer was er iemand komen kijken, niemand die de moeite had genomen om haar de gang van zaken uit te leggen. Wat had ze nou helemaal gedaan? Heel veel meer dan aanbellen was het in haar ogen niet geweest. Zij kon er toch ook niks aan doen dat het glas-in-loodraampje in de voordeur zo gammel was? Als ze dat had geweten, had ze er niet tegenaan gebonkt. Iedereen in haar situatie had toch zeker hetzelfde gedaan? Bente wist immers meer dan ze losliet en het was absoluut noodzakelijk dat ze die informatie deelde met Olivia.

Ze stond op en begon door de cel te lopen. Een paar meter heen, halve draai en weer een paar meter terug. Na tien keer op en neer te zijn gelopen, had ze dat ook wel weer gezien. Ze liep naar de deur en bonkte er met haar vuisten tegenaan.

'*Hello! Anybody there? I need to go to the toilet.*'

Het duurde even voordat er eindelijk een reactie kwam.

Een stem aan de andere kant van de deur zei haar dat ze met haar gezicht tegen de verste muur moest gaan staan en haar handen gekruist op haar rug moest houden. Ze deed wat haar gezegd werd en toen ze in de gevraagde positie stond, hoorde ze de deur opengaan.

'Het komt vast niet vaak voor dat je zo meegaand bent,' klonk het geamuseerd achter haar nadat de deur weer was gesloten.

Olivia draaide zich vliegensvlug om. 'Inspecteur De Groot? Wat doet u hier?'

'Op dit moment het vuur uit mijn sloffen lopen om jou hieruit te krijgen zonder dat het consequenties heeft.'

'Maar... Maar hoe wist u dat ik hier word vastgehouden? En wat goed van u dat u meteen bent gekomen.'

'Dat is iets te veel eer, vrees ik. Ik ben hier vanmiddag aangekomen omdat ik Mette Kristensen wil spreken en het leek me goed om mijn Deense collega's daarvan op de hoogte te brengen. Wellicht kon ik ze nog om wat assistentie vragen. Toen hoorde ik dat ik niet de enige was die op zoek was naar Mette en dat ze net een hysterisch Nederlands meisje hadden opgepakt...'

Olivia's gezicht betrok. 'Wat? Ik ben helemaal geen hysterisch meis...'

'Neem het niet te zwaar op. Ik heb de Deense politie verteld dat je gedreven, ongeduldig en een tikje wanhopig bent, maar zeker niet hysterisch. Ze zijn intussen op de hoogte van de cold case waar ik aan werk en weten nu ook dat jij het nichtje bent van de vermiste persoon die ik probeer op te sporen. Ze begrijpen nu in elk geval waarom je Bente Nilsen zo graag wilde spreken.'

'Ze kent Mette.'

'Wát zeg je?'

'Ik weet het zeker, maar ze doet net of dat niet zo is. Ik eet uw muts op als Mette niet nog steeds de eigenares is van het appartement waar Bente nu woont. Ze heeft het appartement nooit van de hand gedaan.'

Olivia vertelde Ben over de kaart die ze had ontdekt op de wc.

'Wanneer ik mijn telefoon terugkrijg, kan ik u de foto laten zien die ik heb gemaakt van de tekst op de kaart, in combinatie met de foto van Mettes initialen in het boek.'

'Nou, zullen we je spullen dan maar ophalen? Je hebt hier lang genoeg gezeten, lijkt me.'

Ben liep naar de deur en gaf er een roffel op. Zonder boe of bah werd de deur meteen geopend.

'Bedoelt u dat ik mag gaan?'

'Ja.'

'En dat wist u al?'

'Ja.'

'Waarom zijn we dan niet meteen in een leuk koffietentje gaan zitten om bij te praten?'

'Omdat ik de Deense politie mijn woord heb gegeven dat ik je flink zou toespreken. Dat was een van de voorwaarden voor je vrijlating.'

'O, en wat zijn die andere voorwaarden dan?'

'Slechts eentje nog: dat ik een oogje op je zou houden zolang je in Kopenhagen bent.'

'Een babysitter?'

'Nou, zo erg is het nou ook weer niet. Hou me alleen op de hoogte van je speurtocht. Wie spreek je, waarom en wanneer, dat is alles. Kleine moeite, groot plezier.'

'*Big Ben is watching me*,' schamperde Olivia.

Ben haalde zijn schouders op. 'Het is dát of hier blijven zitten totdat ik klaar ben in Kopenhagen zodat ik je terug naar Nederland kan begeleiden. De keuze is aan jou, maar ik zou het wel weten.'

'Veel keus heb ik niet.'

'Oké, dan hebben we een deal.'

Ze hadden intussen de balie bereikt en Ben kreeg enkele formulieren aangereikt, die hij ondertekende. Daarna kreeg Olivia haar spullen terug. Ze controleerde of alles nog in haar tas zat en toen ze tevreden was, liepen ze samen het politiebureau uit.

'Maar wat doet u nu precies in Kopenhagen, inspecteur De Groot?' vroeg Olivia toen ze weer buiten stond en de frisse lucht inademde. 'Een paar dagen geleden zei u nog dat u zich in eerste instantie op Nederland wilde richten en een bezoek aan Kopenhagen niet nodig vond.'

'Een mens mag zich bedenken, toch?'

'Een agent bedenkt zich nooit zomaar. Wat bent u te weten gekomen over Mette?'

'Je weet dat ik geen details met je kan delen, maar er is nieuwe informatie tot mij gekomen die ik graag met Mette wil bespreken.'

'Laten we dan samen proberen om haar te vinden. Die Bente weet meer, dat geef ik u op een briefje.'

'Ik ga zeker bij Bente langs, maar zonder jou. Als ze jou ziet, gaan haar stekels bij voorbaat al overeind staan en dat is niet bevorderlijk voor het gesprek dat ik met haar wil hebben. De Deense politie heeft al toegezegd mee te werken aan dit interview, dus laat mij nou gewoon mijn werk doen en ga jij lekker Kopenhagen ontdekken. Ik heb me laten vertellen dat het een prachtige stad is.'

'U weet toch dat ik dat niet zal doen? Ik ben hier om een reden, namelijk Mette Kristensen vinden, en dat is ook wat ik ga doen. Met of zonder uw hulp.'

'Nogmaals: je gaat niet mee met mij naar Bente.'

'Dan niet, ook goed. Maar ik heb heus nog wel een paar andere aanknopingspunten.'

'En welke zijn dat dan wel?'

'Als u mij vertelt waar uw onderzoek zich op richt, zal ik vertellen waar ík mee bezig ben.'

‘Dat was niet de afspraak.’

‘Een mens mag zich bedenken, toch? Zei u dat niet net zelf?’ En voordat hij kon reageren, draaide ze zich om en liet de verbouwereerde politieman staan.

Oliva wist dat ze Ben de Groot dankbaar moest zijn voor zijn inzet om haar uit de cel te halen, maar haar irritatie over de starheid van de man die weigerde haar inzicht te geven in zijn onderzoek had de overhand. Daarom had ze ook beweerd dat ze nog ‘aanknopingspunten’ had die ze kon onderzoeken. Een verzinsel, puur om De Groot een beetje te sarren. Als hij Olivia in onzekerheid liet over zijn onderzoek, mocht hij op zijn beurt ook ervaren hoe dat voelde. Maar feit was dat ze op dit moment geen enkele aanwijzing had waarmee ze haar onderzoek kon voortzetten. En dat was wel een probleem.

Ze pakte haar telefoon uit haar jaszak en zag dat ze een bericht had. Het was van Malik.

VANAVOND OM 19:00 KØDBYENS FISKEBAR

25

Hij stond weer op zijn gebruikelijke plek voor het raam en salueerde in gedachten naar de Kleine Zeemeermin. Het gesprek met de minister-president dat hij eergisteren had gevoerd was goed verlopen. Eerlijk gezegd had hij ook niet anders verwacht. Om elkaar heen draaien en de puntjes op de i zetten was meer een formaliteit. Het hoorde bij het spel en hij wist als geen ander hoe dat gespeeld moest worden. Met een beetje mazzel had hij alles voor het einde van de maand rond.

Het gesprek dat hij zo meteen moest voeren, vond hij veel ingewikkelder. Hij zou uiteraard geen duimbreed toegeven, maar dat mocht hij niet al te duidelijk laten merken. Dat zou alleen maar tot een hoop gedoe leiden, wat weer vertraging met zich mee kon brengen. Tijd was geld en dus wilde hij doorstomen, en daarom zou hij sussende woorden spreken, een beetje pappen en nathouden, wat vage beloften doen misschien. Alles binnenskamers en niets zwart-op-wit, zodat niemand hem eraan kon houden.

Er werd op zijn deur geklopt en hij schrok op uit zijn gepeins. Hij mompelde 'binnen' in de veronderstelling dat het zijn secretaresse was. De deur zwaaide open en in de weerspiegeling van het raam zag hij een vrouw binnenkomen. Ze had een envelop in haar hand en het was overduidelijk niet Ulrike. Jesper draaide zich om en zijn adem stokte in zijn keel toen de vrouw hem recht aankeek.

Dit kan niet waar zijn. Wat doet zij hier?

De vrouw keek hem vragend aan en hij ontspande zich een

beetje. Hij zag geen herkenning in haar ogen. Vergiste hij zich? Hij bestudeerde haar gezicht.

'Uw secretaresse was aan de telefoon en zei dat ik kon doorlopen. Ze vroeg me deze envelop aan u te geven.'

Hij zette een paar stappen in haar richting en stak zijn hand naar haar uit. Ze pakte hem niet aan en gaf hem de envelop.

'Handen schudden doen we pas als ik met een aantal toezeggingen en een goed gevoel naar buiten loop.' De stem van de vrouw klonk grimmig.

'Ga zitten.' Hij bood haar een stoel aan bij de grote vergadertafel die midden in de kamer stond.

'Ik blijf liever staan.'

'Koffie? Thee?' Hij negeerde haar vijandigheid.

'Ik ben hier niet voor de gezelligheid.'

'Dat beweer ik ook niet, maar een drankje kan toch geen kwaad?'

Vluchtig liet hij zijn blik over de envelop gaan. Zijn mond werd droog toen hij de gelijkenis zag met het exemplaar dat hij een aantal dagen geleden had ontvangen. Hij kneep zijn ogen tot spleetjes en keek van de vrouw naar de envelop. Was het toeval? Haar gezicht stond nog steeds vijandig; kaken strakgespannen en een smeulend vuur in haar ogen dat elk moment kon oplaaien. Hij haalde zijn hand door zijn blonde haren en streek zijn pony opzij.

'Zou u toch willen gaan zitten? Dat praat wat makkelijker.'

Hij legde de envelop omgekeerd op de vergadertafel en wachtte tot de vrouw met duidelijke tegenzin had plaatsgenomen. Met een zelfgenoegzame glimlach bleef hij nog even staan om zijn overwicht te laten gelden en nam toen tegenover haar plaats. Dit kleine steekspelletje had hij in elk geval alvast gewonnen.

'Ik ben hier als woordvoerster van de inwoners van Qeqertarsuatsiaat.' Ze sprak de naam van de Groenlandse plaats vloeiend uit.

'Je bedoelt Fiskenæsset?' Hij zette er meteen de Deense benaming voor het plaatsje tegenover. 'We hebben het tenslotte over Deens grondgebied.'

Hij zag dat hij een gevoelige snaar had geraakt.

'Deens grondgebied en dat is ook precies wat het moet blijven. We zullen er alles aan doen om te voorkomen dat u en uw bedrijf de pacht van Qeqertarsuatsiaat in handen krijgen. We laten ons niet uit onze huizen jagen.'

'Dat is wel een heel negatieve voorstelling van zaken. Het zal heus zo'n vaart niet lopen. Als wij geen last hebben van u, dan zult u geen last hebben van ons. Zullen we dat zo afspreken?'

'Ik maak geen afspraken met bedriegers.'

Jesper stak zijn handen in de lucht alsof hij de beschuldiging wilde afweren. 'Hoe kunnen we nou een constructief gesprek voeren als u al binnenkomt met een lading vooroordelen? "Ik ga u uw huis uit zetten." "Ik ben een bedrieger." Ik heb werkelijk geen idee waar ik dat allemaal aan te danken heb.'

'Aan de waarheid. U kunt hier wel mooi weer zitten spelen, maar daar trap ik niet in. U hebt de graafmachines om onze huizen plat te walsen al klaarstaan.'

'Zoals ik net al zei: als wij geen last hebben van u, dan hebt u geen last van ons.'

'Gelooft u het zelf? Ik weet dat u een machine aan het bouwen bent die gesteente kan breken om er robijnen en saffieren uit te halen. Vertelt u mij eens hoe u dat kunt doen zonder overlast te veroorzaken en het leven in Qeqertarsuatsiaat volledig te verstoren. Het zal niet de eerste keer zijn in de geschiedenis van Groenland dat de Inuit worden verjaagd uit hun dorpen ten gunste van economische belangen van buitenstaanders. We zijn het zat om altijd maar op de vlucht te moeten zijn en ons bestaansrecht te moeten verdedigen. U ziet ons als een minderheid, maar wij zijn de oorspronkelijke bewoners van Groenland, met de oudste rechten.'

'Het gaat er niet om wie de oudste rechten heeft, maar om wie de baas is. Groenland is nog steeds van Denemarken,' viel hij haar fijntjes in de rede. 'En wat wilt u nou eigenlijk precies bereiken?'

'Ik kom hier niet om te onderhandelen, als u dat soms denkt. Dat is onmogelijk met een bedrijf dat geen hart heeft. U wilt maar één ding en dat is uw zin krijgen, zonder concessies te hoeven doen.'

'Luister, ik heb tijd voor u vrijgemaakt in mijn drukke agenda. Het minste wat ik van u kan verwachten is wel een beetje beleefdheid en bereidwilligheid om eruit te komen, toch? We kunnen misschien wel afspraken maken over een financiële tegemoetkoming als we de edelstenen hebben gewonnen.'

'Zodra u die stenen in uw bezit hebt, kunnen wij fluiten naar ons geld. Nee, ik ben hier niet om te praten, meneer Larsen, ik ben hier om u te waarschuwen. We hebben u tijdens de proefboringen al een paar keer laten merken waar we toe in staat zijn en ik voorspel u: dat is nog maar het begin. Als u niet van ons gesteente afblijft, dan is het oorlog.'

De vrouw stond op, keek naar de witte envelop en liep het kantoor uit. Ze sloot de deur met een harde klap en liet hem alleen achter. Hij bleef even stilzitten en stond toen op. Dat was niet gegaan zoals hij had gepland – hij was amper aan het woord geweest. Die vrouw liet zich niet zomaar afpoeieren.

Jesper griste de envelop van tafel en ritste hem open met zijn vinger. De tekst had dezelfde strekking als de vorige brief en het zweet brak hem weer uit. Het leek erop dat degene die hem de brieven stuurde het er niet bij liet zitten. Negeren was niet langer een optie, dat risico kon hij niet nemen. Zeker nu niet.

Dit begint echt een probleem te worden, jongen. Je moet hier iets aan doen.

De blik die de vrouw op de envelop had geworpen, beviel hem ook al niks. Ze had te lang gekeken. Kon het zijn dat de brief en haar dreigementen enige samenhang hadden? Was zij degene die hem chanteerde? Maar als ze daadwerkelijk meer wist en achter die brieven zat, waarom had ze dan niet eerder haar mond opengetrokken? Het waren vragen waar hij geen pasklaar antwoord op had, maar één ding wist hij zeker: deze vrouw was heel erg gevaarlijk en kon hem grote schade toebrengen. Hij moest een manier bedenken om dat te voorkomen.

Maar eerst moest hij het gevraagde bedrag overmaken van zijn privébankrekening. Hopelijk bleef het daarbij, want anders had hij een probleem. Hij kon de politie op geen enkele manier bij de afpersing betrekken zonder zichzelf in moeilijkheden te brengen.

Woedend sloeg Jesper een paar keer met vlakke hand op zijn bureau om uiting te geven aan zijn frustratie.

Het luchtte niet op.

26

Het begon al behoorlijk donker te worden toen Olivia Flæsketorvet in liep. Ragfijne sneeuwvlokjes dwarrelden neer in het lantaarnlicht en hoewel de temperatuur net onder het vriespunt lag, voelde het door de opkomende wind een stuk kouder aan.

Restaurant Kødbyens Fiskebar bevond zich in het voormalige *meatpacking district*, een wijk die weer helemaal opnieuw tot leven was gebracht en erg trendy was, en vanuit haar hotel was het een minuut of twintig lopen geweest – het openbaar vervoer zou de reistijd met slechts vier minuten hebben verkort, dus die kosten had ze zich bespaard. Het feit dat Malik haar uit zichzelf een bericht had gestuurd, deed haar goed. Ze had zijn vlugge aftocht vast verkeerd geïnterpreteerd en verheugde zich erop om met hem te praten. Ze kende niemand uit Groenland en was benieuwd naar zijn verhalen over zijn leven daar. Even opladen na deze onverwacht hectische dag met een goede maaltijd en goed gezelschap was precies wat ze nodig had om er morgen weer tegenaan te kunnen. Dat hij er goed uitzag was ook niet verkeerd.

Ze keek naar de nummers aan de gevels. Het restaurant was op nummer 100 en ze zag het even verderop al liggen. Van de buitenkant zag het er niet bijster gezellig uit, maar als ze alle positieve reviews moest geloven was dit een van de beste visrestaurants van Kopenhagen. Het zat er ook propvol, dus ze hoopte maar dat Malik een tafeltje had gereserveerd, want anders vreesde ze dat ze op zoek moesten naar een ander restaurant. Ze schudde de sneeuwvlokken van haar jas en stapte naar binnen. Omdat ze Malik nergens zag zitten, liep ze door naar de bar en schoot een ober aan om te vragen of er ergens een tafeltje voor hen klaarstond. De ober knikte en vroeg haar even te wachten tot hij twee borden had uitgeserveerd. Olivia snoof de geur van gebakken vis op en vergaapte zich aan de mooi opgemaakte borden die voorbijkwamen. Het getik van bestek dat ze overal om zich heen hoorde wakkerde haar eetlust alleen maar verder aan. Door dat gedoe met die arrestatie had ze die middag niet fatsoenlijk geluncht en dat begon haar nu een beetje op te breken.

De ober was klaar met het bedienen van zijn gasten en vroeg haar om hem te volgen. Ze liepen langs de bar verder het restaurant in naar het gedeelte waar tafeltjes stonden. Helemaal in een hoek achterin bevond zich een leeg tafeltje en galant schoof de ober een stoel naar achteren zodat ze kon gaan zitten. Hij had de stoel uitgekozen die met de rugleuning naar de deur stond.

'Kan ik uw jas aannemen?'

'Als u het niet erg vindt, hou ik die liever bij me.'

Olivia hing haar jas over de rugleuning van haar stoel en ging zitten. Haar tas schoof ze tussen haar voeten.

'Kan ik u vast wat te drinken aanbieden?'

Olivia bestelde een glas witte huiswijn, en de ober knikte en verdween. In een mum van tijd was hij weer terug met haar drankje en een amuse van toast met iets wat leek op zalmpaté. Knabbelend op haar toast pakte Olivia haar telefoon om te kijken of Malik misschien nog een berichtje had gestuurd. Niets. Om de tijd te doden verstuurde ze een appje naar haar vader om te laten weten dat het goed met haar ging en daarna checkte ze een paar websites voor het laatste nieuws. Het was inmiddels kwart over zeven. Nog altijd geen bericht. Ze nam nog een slok wijn en stuurde Malik een foto van haar halflege glas wijn en het leeggegeten schaaltje met de tekst: *Als je ook nog wat wilt, moet je snel zijn. Groet, Olivia.*

Op dat moment werd de stoel tegenover haar naar achteren geschoven. Olivia keek op en verslikte zich bijna in haar wijn toen ze zag wie er tegenover haar had plaatsgenomen.

'Mette?'

'Mette Kristensen, aangenaam.'

Olivia kon de vrouw tegenover haar alleen maar met open mond aanstaren. Mette Kristensen. Dé Mette Kristensen voor wie ze naar Kopenhagen was gekomen. Hoe was dit mogelijk?

'Ik hoorde dat je naar me op zoek bent. Jij bent toch Olivia van Vliet?'

Olivia knikte, maar nog altijd wist ze geen woord uit te brengen. Alle vragen die ze wilde stellen, leken in het niets te zijn verdwenen. Mettes gezicht was verweerd en vertoonde bij haar mondhoeken, ogen en wangen meer rimpels dan je zou verwachten gezien haar leeftijd, maar haar haren waren nog net zo blond als op de foto die Olivia van haar had. De onschuldige sprankeling in haar ogen die op de foto zo duidelijk te zien was geweest, was vervangen door een grimmige vurigheid. Alsof ze voortdurend in gevecht was met het leven en de mensen om zich heen en wilde laten zien dat er niet met haar te spotten viel.

De Deense stak haar hand op en een ober kwam aangelopen met een fles wijn. Het was een andere ober dan die Olivia had bediend, en het was duidelijk dat hij en Mette elkaar kenden.

'Hou je van mosselen?' vroeg Mette. 'Die zijn hier heerlijk.'

Olivia knikte en Mette deed in rap Deens een bestelling. Toen de ober was verdwenen, liet Mette zich achterovervallen tegen de rugleuning van haar stoel, vouwde haar handen voor haar buik en keek Olivia zo doordringend aan dat ze er zenuwachtig van werd. Toen slaakte ze een diepe zucht.

'Het is net of ik vijfentwintig jaar terug in de tijd ga. Kon dat maar, dan zou ik zoveel dingen anders doen.'

Haar gezicht kreeg een trieste uitdrukking en haar ogen

werden vochtig. Ze boog zich voorover en haar ruwe handen raakten teder Olivia's wang aan, die als door een wesp gestoken reageerde.

'Sorry, dat ging vanzelf. Je lijkt zo op Johanna dat ik even het gevoel kreeg dat ik haar kon aanraken. Dat alles uiteindelijk toch nog goed zou komen. Ze heeft mijn hart gebroken. Tenminste, dat heb ik tot vandaag altijd gedacht. Maar ik ben altijd van haar blijven houden.'

Eindelijk hervond Olivia haar stem. 'Je hart gebroken?'

Mette knikte. 'Ze zou naar Kopenhagen komen om samen met mij een nieuw bestaan op te bouwen. In Nederland had onze liefde geen kans. Ik dacht echt dat wat we samen hadden bijzonder was en dat zij hetzelfde voor mij voelde als ik voor haar. Ik had geen enkel vermoeden dat ze me zou laten zitten.' De blik in Mettes ogen veranderde, alsof ze ineens heel ver weg was. 'Ik stond daar maar op dat station. Te wachten, te wachten. Ik ben vierentwintig uur blijven staan. Bij elke trein die aankwam ging mijn hart sneller bonzen. De teleurstelling als het perron leegstroomde en ze er weer niet bij zat. Ik begreep er niets van, was bang dat er iets met haar gebeurd was. Ik kon haar niet bereiken en als ik haar ouders belde, dan werd de hoorn erop gekwakt. Toen kwam die brief. Amper een half A4'tje.'

'Welke brief?'

'Een brief waarin ze me liet weten dat alles tussen ons een vergissing was. Dat ze zich had laten meeslepen en dat nu inzag. Het was een experiment geweest, maar ze was erachter gekomen dat ze toch echt op jongens viel. Vlak nadat ik uit Nederland was vertrokken, had ze een jongen ontmoet en die had haar tot inkeer gebracht. Ze was ontzettend verliefd en wilde met hem verder in Nederland, en ze liet me weten dat ze daarom niet naar Kopenhagen was gekomen. Behoefte aan contact met mij had ze niet meer. Ze wenste me een fijn leven en dat was het.'

'Maar… dat klopt niet.'

'Dat kun je wel zeggen. De kilte die uit haar woorden sprak, zo kende ik haar helemaal niet. De Johanna die ik kende was een warme en gepassioneerde jonge vrouw die zo'n tekst nooit uit haar vingers had gekregen.'

'Nee, ik bedoel… Wanneer heb je die brief ontvangen?'

'Een paar weken nadat ze me op het station in Kopenhagen had laten staan. Hoezo?'

Olivia fronste haar wenkbrauwen. 'Omdat Johanna toen al een paar weken vermist was. Tot nu toe werd gedacht dat niemand meer iets van haar had vernomen sinds ze op oudjaarsnacht verdween, maar nu blijkt dat jij dus nog een levensteken hebt ontvangen.'

'Ja. Het lijkt erop dat ze is vertrokken met die jongen op wie ze verliefd was,' zei Mette bitter.

'Dat van die jongen hoor ik nu voor het eerst,' liet Olivia Mette weten. 'Niemand heeft haar met een jongen gezien, ze had juist de reputatie dat iedere jongen die haar probeerde te versieren de kous op de kop kreeg. Ik hoorde van mijn vader zelfs dat er een weddenschap liep tussen de jongens in de buurt. Degene die Johanna als eerste wist te verleiden tot een kus, kreeg een kratje bier.'

'Diep in mijn hart heb ik nooit geloofd dat ze niet van me hield. Ik ben heel lang blijven hopen dat ze tot inkeer zou komen. Maar de dagen werden maanden en de maanden jaren. Toen moest ik wel geloven dat ze die brief bij haar volle verstand had geschreven. Maar ik heb nooit geweten dat ze al sinds die oudjaarsnacht spoorloos is. Dat zet alles toch in een ander perspectief. Als ze daadwerkelijk verkering met een jongen had gekregen, dan had ze toch niet hoeven weglopen? Ze had zich gewoon in het openbaar met hem kunnen vertonen zonder zich te hoeven schamen. Anders dan met mij.'

Olivia voelde een steek van medelijden door haar hart gaan. Het moest vreselijk zijn als je door de buitenwereld niet werd geaccepteerd. Dat je niet jezelf mocht zijn en gedwongen werd een rol te spelen, omdat je anders werd buitengesloten. Dat anderen voor jou bepaalden wie je lief mocht hebben.

'Heb je gereageerd op die brief van Johanna?'

'Ja, natuurlijk. Ik heb haar een epistel van zes kantjes geschreven waarin ik mijn hart heb uitgestort.'

'En?'

'Ik kreeg een brief terug met slechts één zin. "Laat me met rust."'

'Waar heb je jouw brief naartoe gestuurd?'

'Naar haar huisadres. Dat was het enige adres dat ik had.'

'Maar daar was ze dus al weken niet geweest. Hoe kan ze dan hebben gereageerd?'

'Nou, het lijkt me nu wel duidelijk dat zij het ook niet is geweest die heeft gereageerd. Waarschijnlijker is dat haar vader mijn brief onder ogen heeft gekregen en heeft gereageerd.'

'Stond er "Laat háár met rust" dan?'

'Nee, "Laat mé met rust".'

'Dus dan zou mijn opa, als hij het inderdaad was, namens Johanna dat briefje hebben geschreven?'

'Niet geschreven. Getypt.'

'Het briefje was dus niet handgeschreven?'

'Nee, en die eerste brief ook niet. Dat vond ik nog zo onpersoonlijk. Johanna schreef altijd van die lieve geheime briefjes naar me toen ik nog bij haar in huis woonde. Tekende er bloemetjes en hartjes op.'

'Je hebt die getypte brieven zeker niet meer?'

'Jawel. Er zijn momenten geweest dat ik zo boos of verdrietig was dat ik ze het liefst had verbrand of verscheurd, maar uiteindelijk kon ik het dan toch niet over mijn hart verkrijgen. Afscheid nemen van die brieven voelde toch een beetje als afscheid nemen van haar, van alles wat ze voor me had betekend. Dat kon ik niet. Pas veel later sloeg dat om in verbittering. Toen bewaarde ik de brieven als geheugensteuntje en zag ik ze als een wijze les. Dat als je je hart volledig voor iemand openstelt, als je je hart helemaal weggeeft, je alleen maar gekwetst kunt worden.'

'Vind je dat echt?'

'Ja. Sinds Johanna heb ik mezelf beloofd dat ik me nooit meer zo zal laten kwetsen.'

'Maar wat moet dat vreselijk eenzaam voor je zijn geweest.'

'Ik heb andere manieren gevonden om mijn passie kwijt te kunnen. Ik zet me in voor dingen waar ik in geloof, kom op voor kwetsbare mensen.'

'Knap dat je je frustraties en verdriet hebt kunnen ombuigen. Dat kunnen niet veel mensen, denk ik.'

'Ach, dat weet ik niet. Ik probeer er net als zoveel mensen het beste van te maken. Ik vind het leven te belangrijk om het als een zwarte wolk aan me voorbij te laten trekken.'

Olivia glimlachte en stak haar glas wijn in de lucht. 'Laten we daarop proosten.'

Mette tikte haar glas tegen dat van Olivia aan. Ze namen allebei een slok.

'Misschien een rare vraag, maar zou ik die brieven van Johanna mogen zien?'

'Ja hoor, maar dan moet je wel een heel eind reizen.'

'Hoezo? Waarheen dan?'

'Naar Groenland. Daar woon ik sinds een paar jaar. Ik had een belangrijke bespreking in Denemarken, dus vandaar dat ik even in Kopenhagen ben. Ik kom hier niet vaak meer, dus je hebt mazzel dat je me hier treft.'

'Groenland? Maar natuurlijk, jij kent Malik op de een of andere manier. Hoe zou je anders weten dat ik hier zou zijn; hij heeft dat natuurlijk zo geregeld. En hij heeft je natuurlijk ook over ons gesprek van vanochtend verteld, zo wist je dat ik naar je op zoek was.'

'Dat hoorde ik inderdaad van Malik, maar ook van Bente. Je hebt haar aardig overstuur gemaakt en ze belde me verontrust op. Ik heb in het verleden een paar keer een akkefietje met de politie gehad en blijf zo veel mogelijk in de luwte als ik hier ben. Als ze ook maar iets vinden, pakken ze me op. Dat is me al meerdere malen overkomen. Dus toen jij langskwam en een verband legde tussen mij en een persoon die vermist wordt, raakte ze in paniek.'

'Als ze niet wilde dat de politie te horen kreeg wat ik te zeggen had, had ze ze niet moeten bellen. Ik deed amper iets.'

'Dat heeft ze ook niet gedaan, zei ze. Waarschijnlijk heeft een van de buren gezien dat er iets aan de hand was en toen de politie gebeld. Niet zo vreemd, je hoort tegenwoordig dat er zulke vreemde dingen gebeuren.'

'Ja, dat is wel zo. Ik had het ook wel een klein beetje aan mezelf te danken. Sorry nog, voor het breken van dat raampje.'

'Dat geeft niks, ik vond het toch nooit mooi. Maar goed, Bente dacht dat jij misschien met een smoes bij haar was binnengekomen om informatie los te krijgen. Mijn tegenstanders zijn tot alles in staat, het is vaak pure intimidatie, en je kunt daarom niet voorzichtig genoeg zijn. Maar ik laat me niet monddood maken en mijn idealen geef ik al helemaal nooit op.'

'Puur uit interesse: wat zijn jouw idealen?'

'Een wereld waarin er weer respect is voor mens en natuur en waarin de economie en het grote geld een stap terug doen. Terug naar de basis, weg van meedogenloosheid en wreedheid.'

'Een soort hemel op aarde dus.'

'Ja. Niet realistisch, dat weet ik ook wel, maar ik droom er wel van en probeer er zo veel mogelijk naar te leven.'

'Dat klinkt heel nobel. Ik denk niet dat ik dat zou kunnen opbrengen, dat altijd vechten tegen de bierkaai, want dat is wel de realiteit, toch?'

'Ik kies liever voor een positieve benadering. Ik vecht niet tégen de bierkaai, ik vecht vóór dingen die ik belangrijk vind.'

Olivia knikte instemmend. 'Dat is inderdaad een andere insteek. Blijkbaar sta ik minder positief in het leven dan jij.'

'Daar geloof ik helemaal niets van, het heeft meer met leeftijd en levenservaring te maken dat ik zo praat. Je straalt zo'n enorme levenslust en blijheid uit. Johanna had dat ook. Dat was een van de redenen waarom ik op haar viel. Probeer die blijheid vast te houden, Olivia, de wereld heeft dat nodig.'

'Ik zal mijn best doen,' zei Olivia lachend.

Mette hief haar glas opnieuw en klokte een paar flinke slokken achterover. 'Maar vertel eens, Bente had het erover dat de Nederlandse politie opnieuw op zoek is naar Johanna. Hoe zit dat precies?'

Olivia deed kort uit de doeken wat er de afgelopen weken was gebeurd; van het uitbrengen van de coldcasekalender tot haar ontmoeting met Merel en de ontdekking van Johanna's koffer bij haar vader op zolder.

'De politie vermoedt dus dat er sprake is van een misdrijf?' vroeg Mette geschokt. 'Maar dat is vreselijk.'

'Ze hebben volgens mij nog geen conclusies getrokken, houden alle opties nog open.'

'Zien ze mij als een verdachte? Willen ze me daarom spreken?'

'Voor zover ik weet ben je geen verdachte. Ze willen je om dezelfde reden spreken als ik. De kans was klein, maar ik hoopte dat als ik jou zou vinden, ik Johanna ook zou vinden. Dat ze inderdaad een nieuw bestaan met jou had opgebouwd in Kopenhagen. De politie wil natuurlijk uitzoeken of Johanna ooit in Kopenhagen is aangekomen en of jij ooit nog iets van haar vernomen hebt.'

'Behalve die twee brieven niet dus.'

'Ben je eigenlijk al benaderd door de politie?'

'Er is vanmiddag een Nederlandse inspecteur bij Bente aan de deur geweest die op zoek was naar mij. Ze heeft natuurlijk niks losgelaten. Ik kan het me niet permitteren om opgepakt te worden. Er zijn belangrijke zaken die ik moet regelen, en niet om arrogant te doen, maar zonder mij loopt het in het honderd. Ik vertrek zo snel mogelijk weer met stille trom naar Groenland met Malik. Ik moet daar zijn voordat de Deense delegatie daar de boel op stelten komt zetten.'

'Wat is het precies wat je doet?'

'Ik vertegenwoordig de bewoners van een dorp die door de Deense regering en een mijnbouwbedrijf uit hun huizen dreigen te worden gezet. Er is recent ontdekt dat er in dat gebied robijnen en saffieren in het gesteente zitten en om die waardevolle edelstenen te kunnen winnen, moet het dorp worden opgedoekt.'

'Woont Malik in dat dorp?'

'Ja.'

'En waar moeten ze dan naartoe?'

'Dat mogen ze lekker zelf uitzoeken. Er wordt op dit moment dus een felle strijd gevoerd. Groenland is nog steeds van Denemarken en veel dorpen pachten van de Deense overheid. Op dit moment probeert een Deense mijnbouwmaatschappij alles op alles te zetten om de pacht van het gebied waar ook dit dorp onder valt in handen te krijgen. Als de Deense regering daarmee akkoord gaat, dan zijn de Inuit vogelvrij.'

'Maar dat kunnen ze toch niet maken? Als dat gebied onder Denemarken valt, dan hoort de regering deze mensen toch te beschermen?'

'Helaas lijkt het erop dat de Deense regering meer geïnteresseerd is in geld dan in de belangen van de autochtone bevolking. Het zijn tenslotte maar "domme Eskimo's".'

'Wat vreselijk.'

'De sfeer wordt steeds grimmiger. De proefboring die het bedrijf met toestemming van de Deense regering heeft proberen te doen, is meermalen gesaboteerd. Als het zo doorgaat, ben ik bang dat er uiteindelijk doden gaan vallen. Een steeds grotere groep van de dorpsbewoners is bereid hun leven te geven voor het behoud van hun huis en haard. Daarom ben ik ook hier in Denemarken, om het gesprek aan te gaan met het mijnbouwbedrijf en de regering.'

'Ik hoop dat het je lukt hen ervan te overtuigen jullie met rust te laten.'

'Dank je wel, het zal niet eenvoudig zijn. Maar goed, terug naar Johanna. De Nederlandse politie is dus naar mij op zoek?'

'Ja, die Nederlandse inspecteur die nu in Kopenhagen is heet Ben de Groot. Hij is best redelijk. Als je hem gewoon vertelt wat je mij hebt verteld, dan heb je volgens mij niks te vrezen.'

'Misschien niet, maar ik ga het risico niet nemen. Je kunt aan hem doorgeven wat ik je zojuist heb gezegd en daar zal hij het mee moeten doen.'

'Je weet zeker wel dat hij het daar niet bij zal laten zitten? Hij zal die brieven willen zien die Johanna je na haar verdwijning heeft gestuurd. Hij zal ze willen controleren op echtheid. Met de huidige technieken kunnen ze er misschien zelfs nog wel DNA op vinden. En er is nog iets.'

'Wat dan?'

'Een paar dagen geleden zei hij nog dat hij zich eerst op Nederland wilde richten met zijn onderzoek, maar nu wil hij jou ineens toch spreken. Er moet iets zijn gebeurd wat hem van gedachten heeft doen veranderen.'

Olivia pakte de fles wijn en schonk Mette en zichzelf bij. Daarna draaide ze zich om met de bedoeling een ober te wenken om een nieuwe te bestellen, maar zover kwam ze niet.

'Als je het over de duivel hebt...'

Voor in het restaurant, bij de bar, stond Ben de Groot met een ober te praten. Heel even was Olivia verbaasd, maar toen zwaaide ze om zijn aandacht te trekken.

'Je kunt persoonlijk aan inspecteur De Groot vragen wat

er...' begon ze te zeggen toen ze zich weer omdraaide naar Mette, maar ze maakte haar zin niet af, want de stoel tegenover haar was leeg. Ze keek om zich heen en zag Mette de keuken in vluchten, waar net op dat moment de ober die haar eerder begroet had naar buiten kwam met hun diner. Terwijl Mette de ober iets in het oor fluisterde, sprong Olivia op om haar achterna te rennen. De ober versperde haar echter de weg naar de keuken.

'Uw eten is klaar, mevrouw, dus als u zo vriendelijk zou willen zijn om weer te gaan zitten,' zei hij. De blik in zijn ogen sprak boekdelen en Olivia wist dat Mette hem had gevraagd haar tegen te houden. Maar waarom? Vertrouwde Mette haar niet? Dacht ze misschien dat Ben de Groot op uitnodiging van Olivia in het restaurant was? Er restte Olivia niets anders dan terug te keren naar haar tafel en toen ze daar weer was aanbeland, stond Ben de Groot voor haar neus. De ober zette met een klap de twee dampende borden op tafel en Olivia lachte geforceerd.

'Ha, inspecteur De Groot, wat toevallig. Houdt u van mosselen? Ik heb een bordje over.'

27

'Als dat mijn voortvluchtige pupil Olivia niet is,' begroette Ben haar met een geamuseerde blik. Van de norsheid die hij op zijn gezicht had gehad toen ze hem eerder op de dag had achtergelaten, was niets meer over. Olivia gebaarde naar de stoel tegenover haar en Ben ging zitten.

'Bent u me gevolgd?'

'Dat zou je bijna denken, hè, maar nee, het is puur toeval dat we elkaar hier treffen. Als ik in God zou geloven zou ik denken dat Hij het bedisseld heeft. Maar, eh, hoe zit dat met dat "bordje over" van je? Een bordje dat er overigens heerlijk uitziet.' Ben boog voorover en snoof de geur van smaakvol bereide mosselen op.

'Hoe hebt u dit restaurant gevonden?'

'De eigenaar van het hotel waar ik verblijf raadde me dit restaurant aan. Ik ben dol op een visje. Het eerste harinkje van het jaar, mosselen tijdens de visserijfeesten in Zeeland: mevrouw De Groot en ik zijn erbij, hoor. Niemand kan zo goed mosselen klaarmaken als zij,' vertrouwde hij Olivia samenzweerderig toe. Daarna werd de blik in zijn ogen even dromerig en Olivia hoopte dat hij gewoon zou gaan eten, een selfie voor zijn vrouw zou maken en geen vragen meer zou stellen.

Tevergeefs. Een speurneus bleef een speurneus. Ben knipperde met zijn ogen en weg was de dromerige blik.

'Maar vertel me nou eens, wie heeft jou met deze zalige gerechten laten zitten?'

Even overwoog Olivia om hem de waarheid te vertellen, maar uiteindelijk besloot ze het niet te doen. Als ze het vertrouwen van Mette wilde winnen en die brieven te pakken wilde krijgen, dan zou ze nu haar mond moeten houden. Als ze die brieven eenmaal in handen had, was het nog vroeg genoeg om inspecteur De Groot in te lichten. Bovendien wilde ze Mette flink uithoren over Johanna. Ze snapte de verbittering die de vrouw ten aanzien van haar tante had, maar ze had ook gezien dat onder die hardheid en woede een zachte kant verborgen zat die even naar boven was gekomen toen Mette haar wang had aangeraakt. Het verlangen naar vroegere tijden dat ze in Mettes ogen had gezien was zo sterk aanwezig geweest dat het haarzelf bijna pijn had gedaan.

'Olivia? Hallo, ben je daar nog?'

Ze staakte haar gedachten en keek Ben recht aan. 'Dat bord was voor een jongen bedoeld die ik vandaag heb leren kennen. We hadden toch niet zo'n klik als we in eerste instantie dachten, dus we vonden het allebei zinloos om een gesprek gaande te houden. Zonde van mijn en zijn tijd.'

'En in ruil daarvoor zit je nu opgescheept met een oude man. Of dat nou een verbetering is...' Hij knipoogde naar haar en stak genietend een mossel in zijn mond. Olivia had haar bord nog niet aangeraakt.

'O, wat is dit zalig. Ik zou bijna denken dat mevrouw De Groot hier vanavond in de keuken heeft gestaan. Toe, laat het niet koud worden,' spoorde hij Olivia aan.

Met tegenzin prikte ze een mossel aan haar vork en stak die in haar mond. Van de honger die ze bij binnenkomst had gehad, was na het gesprek met Mette niets meer over. Ze schoof onrustig heen en weer op haar stoel. Ze wilde Malik bellen en via hem proberen Mette te spreken te krijgen. Ze wilde uitleggen dat ze haar echt niet had verraden en dat ze het abrupt afgebroken gesprek graag wilde voortzetten voordat Mette terugging naar Groenland. Maar ze was bang dat ze niet langer welkom was in Groenland om de brieven in te zien en dus moest ze op de een of andere manier Mettes vertrouwen terugwinnen. Wat betekende dat ze Ben de Groot om de tuin moest leiden.

'Uw vrouw houdt dus van vis?'

'O ja, ze is er net als ik dol op.'

'Zal ik dan een foto van u maken? Dan kunt u die aan haar doorsturen.' Ze had haar mobieltje al tevoorschijn gehaald en voordat de politieman in de gaten had wat er gebeurde, stond hij al op de foto. 'Ik app u de foto even, dan kunt u hem doorsturen naar uw vrouw.'

Ze verwachtte dat hij meteen zijn toestel zou pakken, maar dat deed hij niet. 'Moet u hem niet even doorsturen?'

'Dat zal ik straks doen. Ik ben nog van de oude stempel, geen telefoon aan tafel.'

Hij keek strak voor zich uit en het gevoel bekroop haar dat ze iets fout had gedaan. Was het onbeleefd van haar geweest om aan tafel een foto te maken? Maar dat was tegenwoordig toch heel gewoon? Iedereen deed het. Ze besloot snel van onderwerp te veranderen.

'Hebt u Mette al opgespoord?' vroeg ze quasinonchalant, terwijl ze opnieuw een mossel aan haar vork prikte. 'Want dat is toch waarom u in Kopenhagen bent?'

'Ik heb die vriendin van haar vanmiddag gesproken, maar zonder resultaat. Op elke vraag die ik haar stelde antwoordde ze "geen commentaar".'

'Als ervaren inspecteur weet u toch zeker wel met dit soort mensen om te gaan? Ik neem aan dat u in uw werk wel vaker met zwijgzame mensen te maken hebt. Er zijn vast wel trucjes om zo iemand aan het praten te krijgen.'

'Die zijn er ook, maar je moet niet vergeten dat we niet in Nederland zijn, en dat beperkt mijn mogelijkheden nogal. Als we in Nederland waren, dan zou ik die mevrouw Nilsen meenemen naar het bureau. Vaak worden mensen daar al zo zenuwachtig van dat het de spraakzaamheid ten goede komt. Maar dat kan ik hier niet doen zonder medewerking van de Deense politie, en die zien vooralsnog geen reden om mevrouw Nilsen onder druk te zetten of haar naar het bureau te laten komen. Het fenomeen cold case leeft hier in Denemarken een stuk minder dan in Nederland.'

'Lastig is dat. Zeg, nou moet u me toch eens uitleggen waarom u Mette ineens zo graag wilt spreken, terwijl dat een paar dagen geleden niet boven aan uw prioriteitenlijstje stond. Zie me even niet als het nichtje van het slachtoffer, maar als een student die een scriptie schrijft over deze zaak. Al dat geheimzinnige gedoe is helemaal niet nodig.'

Ze pakte de fles wijn en schonk het glas dat Mette half had leeggedronken vol. Ben glimlachte naar haar en nam een bescheiden slokje.

'Het gaat je niet lukken om me dronken te voeren, hoor. Als ik je wat vertel, dan is dat bij mijn volle verstand.'

Olivia grimaste.

'Maar goed... Die borstel die in Johanna's koffer zat...'

'Is er een DNA-profiel uit die haren gekomen?' Olivia boog gretig voorover, waarbij haar haren bijna in haar bord belandden.

'Zelfs meer dan één profiel. De haar waarvan we vermoeden dat hij van Johanna is, wordt nu gematcht met het DNA van je vader.'

'Een verwantschapsonderzoek?'

'Correct.'

'Maar jullie hebben dus meer gevonden?'

'Zoals je weet zat er ook een blonde haar op die niet van Johanna was en ook niet van je vader of grootouders.'

'Van Mette?'

Ben knikte.

'Ik wist het wel! Maar hoe weten jullie dat nu zeker?'

'We hebben het DNA-profiel van die haar door het systeem

gehaald en er was een match met Mette Kristensen.'

'Dat betekent dat ze dus in het systeem staat. Daar kom je niet zomaar in. Dat betekent dat ze iets op haar kerfstok heeft, een verleden met justitie.'

'Hm-hm.'

'Iets ernstigs? Iets wat ik zou moeten weten?'

'Wat ik je net heb verteld, zou je eigenlijk al niet mogen weten. Door die overheerlijke mosselen ben ik kennelijk in een goede bui, laten we het daar maar op houden.'

'Maar even serieus. Loop ik gevaar als ik haar spreek? Moet ik op mijn hoede zijn? Is ze in het verleden gewelddadig geweest?'

'Vertel me eens, Olivia, ik heb Mette weliswaar nog niet gevonden, maar heb jíj Mette soms gesproken?'

Ben keek haar met samengeknepen ogen aan en zijn blik liet haar niet los. Het kostte haar grote moeite om niet weg te kijken. Met behulp van de wat zure wijn wist ze haar gezicht strak te houden.

'Want als je haar hebt gesproken, dan is dit het moment om het te zeggen. Ik ben tenslotte ook loslippig tegen jou geweest, terwijl dat niet had gehoeven.'

'Ik heb Mette niet gesproken,' bleef ze stug volhouden.

'Jammer. Heel jammer.' Ben liet in het midden of hij het jammer vond dat ze Mette niet had gesproken of dat hij doorhad dat ze niet eerlijk tegen hem was. Door de opmerking die hij daarna maakte, wist ze dat het om het laatste ging.

'Je kunt tegen Mette zeggen dat ze niets van me te vrezen heeft. Wat ze hier allemaal doet moet ze zelf weten. Ik wil haar spreken in het kader van míjn zaak, want dat is het enige waar ik in geïnteresseerd ben.' Hij nam nog een laatste hap van zijn mosselen en spoelde deze weg met een slok wijn. 'Ik vind haar toch wel, je zou me alleen wat tijd kunnen besparen. Komt de zaak van je tante alleen maar ten goede.'

Ben stond op, trok zijn jas aan en zette zijn idiote muts op zijn hoofd. 'Een fijne avond nog. We komen elkaar vast wel weer eens tegen.' Hij wees met zijn wijs- en middelvinger naar zijn ogen en daarna naar Olivia.

'Big Ben is watching you.'

28

'Kees, jongen, hoe staat het ermee?'

Mick lachte zijn gehavende gebit bloot. Kees zat als een zoutzak tegenover hem en weigerde oogcontact te maken.

'Ik wil dat je me met rust laat. Ik heb gedaan wat je vroeg en nu is het klaar.'

'We zijn net begonnen, Kees. Het gaat net zo lekker.'

'Ooit gehoord van stoppen op je hoogtepunt?'

'Leuk geprobeerd, maar wij zijn nog lang niet tot ons hoogtepunt gekomen. Hoe gaat het eigenlijk met je dochter?' Mick likte langs zijn lippen en de blossen op Kees' wangen werden vuriger. 'En dat knappe vrouwtje van je?'

'Nogmaals, ik heb gedaan wat je vroeg en nu moet het ophouden. Ik wil mijn leven terug. Ik heb politie aan de deur gehad, mijn vrouw blijft maar zeuren. Dat kan ik niet hebben, man, dat begrijp jij toch ook wel.'

'Waarom zou ik mijn best doen om jou te begrijpen? Denk je nou werkelijk dat jij me ook maar iets interesseert?'

'Nee, die illusie had ik niet. Alles draait alleen maar om jou, hè, Mick. Dat is altijd al zo geweest.'

'Eigenlijk ben ik niet zo blij met je.'

'Nou, dat is dan wederzijds.'

'Je hebt gekletst over mij.'

Kees werd bleek. 'Ik heb niks gezegd wat je in de problemen kan brengen. Die inspecteur bleef maar doorgaan en ik moest toch iets zeggen om hem mijn huis uit te krijgen. Ik heb er niks mee te maken en ik wíl er ook niks mee te maken hebben.'

'Het is niet zo netjes om over je maten te praten tegen de politie. Dat doe je gewoon niet. Weet je hoe ze mensen noemen die dat doen?'

Kees hield zijn kaken strak op elkaar.

'Verraders, Kees. En als ik ergens een bloedhekel aan heb… Maar ik weet het goed met je gemaakt. Ik heb twee opties voor je. Of we doen dat trucje van laatst nog een keer óf ik stuur vrijdagavond een vriendje langs bij café Plan C om je dochter op te vangen als ze op haar Yamaha Vino Classic komt aantuffen. Mooie kleuren, hoor, dat Deep Sea Blue met Vanilla White.'

'Laat mijn dochter met rust.'

'Vertel eens, hoe is ze aan dat dingetje gekomen? Heeft papa zijn oude hobby weer opgepakt of heeft Sofietje zich eerst een jaar stukgefietst op een krantenwijkje voordat die glimmende tweewieler in jullie schuurtje stond?'

'Ik verdien mijn geld eerlijk, Mick. Zou je eens een voorbeeld aan moeten nemen.'

'Ik zie jou niet als mijn lichtende voorbeeld, Kees, sorry.'

'Dan doe je jezelf tekort. Zoveel lichtpuntjes heb je hier niet. Ik loop namelijk straks weer als een vrij man naar buiten, terwijl jij hier in je donkere cel wegrot.'

'Vrijheid is betrekkelijk. Ben je wel echt vrij als je steeds over je schouder moet kijken of het verleden je niet inhaalt? Als je steeds in de gaten moet houden of je dochter veilig is? Want laten we wel zijn, dat is toch de situatie. Ik zit hier warm, hoog en droog, en jou en je gezin kan zomaar elk moment iets overkomen in de boze buitenwereld.'

'Ja, je hebt een prachtig leven, Mick, hier tussen vier muren. En maar dreigen en maar een grote bek hebben.'

'Ik dreig nooit, Kees, ik doe een belofte. En ik kom mijn beloften altijd na. Dus voor alle duidelijkheid: ons spelletje is pas afgelopen als alle kaarten op tafel liggen. Je weet wat je te doen staat. Ik geef je twee dagen de tijd om het in orde te maken en anders wordt het vrijdag heel gezellig in café Plan C. En nu is het tijd voor je om afscheid te nemen, dus geef me eens een lekkere knuffel.'

Mick stond op en Kees liep naar hem toe voor een omhelzing. Het stapeltje bankbiljetten ruilde van eigenaar en werd vakkundig weggewerkt onder Micks kleren, en daarna gingen de twee uiteen zonder nog een woord met elkaar te wisselen. De bewaker die op een afstandje de boel in de gaten hield greep niet in.

29

'Hé Malik, dit is Olivia. Ik wil je heel graag zo snel mogelijk spreken om wat dingen op te helderen. Ik heb de politie niets verteld over Mette. Ik kom nu terug naar het hotel. Zie ik je daar over een halfuurtje?'

Olivia stopte haar telefoon weg. De wind was nog meer toegenomen en de kou was haar echt op de longen geslagen toen ze vanuit Kødbyens Fiskebar naar buiten stapte. Ze zette het op een drafje. Waarom had ze geen fiets gehuurd bij het hotel? Lopen of openbaar vervoer maakte niet veel verschil, maar met een fiets had ze de reistijd zo goed als kunnen halveren; iets wat haar nu heel goed uit zou komen. Haar onrust nam toe en ze schroefde haar tempo nog wat verder op. Een kwartier later rende ze hijgend Vandkunsten in. Met een bezweet rood hoofd drukte ze op het belletje bij de receptie en vroeg naar het kamernummer van Malik.

'Ik zou hem ophalen bij zijn kamer voor een drankje, maar ik ben het nummer vergeten,' lichtte ze toe.

'Ik mag geen informatie geven over onze gasten,' antwoordde de receptioniste formeel.

'Dat snap ik, privacy en zo, maar ik moet hem echt spreken. Hij neemt zijn telefoon niet op.'

'Sorry, maar ik kan u niet verder helpen. Maar het staat u natuurlijk vrij om op de eerste verdieping op wat deuren te kloppen.' De receptioniste knipoogde.

'Dank voor de hulp.'

Olivia liep naar de trap en vloog met twee treden tegelijk

naar boven. Aangekomen op de eerste verdieping probeerde ze Malik nogmaals te bellen. Ergens in een van de kamers hoorde ze het geluid van een telefoon dat bijna synchroon liep met de kiestoon in haar oor. Toen ze de voicemail kreeg, stopte het gerinkel. Ze bleef stilstaan voor de deur waar het geluid achter vandaan was gekomen en belde nogmaals. Weer begon het toestel te rinkelen. Ze verbrak de verbinding en achter de deur werd het weer stil. Ze klopte op de deur. Er klonk wat gestommel en een blonde man deed open. Zijn haar droop van het water en op de handdoek die om zijn lichaam was geslagen na was hij naakt. Olivia zette automatisch een stap naar achteren, terwijl de man haar goedkeurend aankeek.

'*Du kommer til at vaske min ryg?*' vroeg hij met een ondeugende twinkeling in zijn ogen.

'Sorry, kun je dat in het Engels herhalen?' vroeg Olivia.

'Waar kom je vandaan?'

'Nederland.'

'Ik vroeg of je mijn rug komt wassen,' herhaalde de man in het Engels.

'Volgens mij kun je dat heel goed zelf,' zei Olivia glimlachend. 'Ik ben op zoek naar Malik, klopt het dat hij je kamergenoot is?'

'Die Eskimo bedoel je?'

'Inuit. Eskimo is een scheldwoord,' corrigeerde ze hem.

'Whatever. Ik vrees dat je pech hebt. Hij is een halfuur geleden halsoverkop vertrokken zonder iets te zeggen. Hij was sowieso al niet erg spraakzaam, dus ik mis hem niet. Ik baal wel dat hij zijn telefoon heeft laten liggen. Dat ding gaat de hele tijd.'

Olivia drukte op de herhaaltoets van haar eigen telefoon en prompt begon de telefoon die op het bureautje in de kamer lag weer te rinkelen. 'Dat was ik de hele tijd. Ik had vanavond een afspraak met hem, maar hij is niet komen opdagen.'

'Ik wil zijn plek best overnemen.'

'Leuk geprobeerd, maar ik ben nogal eenkennig,' wees ze hem af. 'Heb je enig idee of Malik nog terugkomt?'

'Als hij aan zijn telefoon gehecht is, dan komt hij hem vast ophalen. Verder weet ik het niet. Zoals ik al zei: ik kreeg niet echt contact met hem. Weet je wat, neem zijn toestel maar mee. Mocht hij terugkomen, dan zal ik hem zeggen dat hij hem bij jou kan ophalen. Welk kamernummer heb je?'

'Kamer 1-17.' Olivia pakte Maliks telefoon van het bureautje en stak hem in haar jas. De man stak zijn hand naar haar uit. 'Ik ben Niels, trouwens.'

Ze pakte zijn hand. 'Olivia.'

'Als je eenzaam bent, Olivia, dan weet je me te vinden.' Hij lachte zijn grote witte tanden bloot en Olivia verliet vlug de kamer voordat Niels er spijt van kreeg dat hij Maliks telefoon aan haar had gegeven.

Ze liep terug naar de receptie en glimlachte vriendelijk naar de receptioniste. 'Sorry, ben ik nog even. Ik heb Maliks kamernummer gevonden, maar volgens zijn kamergenoot is hij vanavond met al zijn spullen vertrokken. Kunt u mij misschien vertellen of hij heeft uitgecheckt?'

'Er heeft vanavond niemand uitgecheckt.'

'Oké, dan weet ik genoeg.' Ze liep terug naar boven en opende de deur van haar kamer. Haar kamergenotes waren er gelukkig niet en met een beetje mazzel bleven ze nog een tijdje weg, dan had ze rustig de tijd om Maliks telefoon te bekijken. Ze kroop op bed en maakte het zichzelf comfortabel met een kussen in haar rug. Haar rugzak legde ze op het voeteneinde. Daarna wurmde ze zich pas uit haar jas en sjaal en pakte Maliks mobiel.

Ze had geluk: het toestel was niet vergrendeld, en ze zag dat hij een aantal gemiste oproepen had. Vier stuks van haarzelf en drie van een zekere MK – Mette Kristensen? – die hem het afgelopen halfuur had gebeld. Eerder op de avond, om

21.00 uur, had hij een gesprek van twee minuten en éénenvijftig seconden gevoerd met deze MK, dus het moest Mette wel zijn. Rond die tijd was zij het restaurant uit gevlucht en toen had ze hem vast gebeld. Olivia scrolde door de contacten en kwam zichzelf tegen en ook MK. Ze nam het nummer over in haar eigen telefoon en belde het toen met Maliks toestel. Er werd meteen opgenomen en een gehaaste vrouwenstem begon in rap Deens te praten.

'Mette?' zei Olivia. Het werd abrupt stil aan de andere kant van de lijn. 'Niet ophangen. Dit is Olivia met Maliks telefoon.'

'Is Malik bij jou?'

'Nee, maar hij heeft zijn telefoon in het hostel laten liggen. Zijn kamergenoot heeft hem aan me gegeven.'

'*For helvede!*'

Hoewel Olivia geen Deens verstond, herkende ze de krachtterm uit de tv-series die ze de afgelopen maanden had verslonden.

'Luister, ik heb die inspecteur niets over je verteld. Hij heeft geprobeerd om me uit te horen, maar ik heb hem gezegd dat ik je niet gesproken heb en geen idee heb waar je bent. Het was echt puur toeval dat hij daar vanavond binnen kwam lopen. Je moet me geloven. Kunnen we alsjeblieft nog een keer afspreken om verder te praten?'

'Ik weet niet of ik je kan vertrouwen.'

'Waarom zou ik iemand van wie mijn tante zoveel heeft gehouden kwaad willen doen? Het maakt me niet uit wat je in het verleden hebt uitgespookt, ik ben alleen maar geïnteresseerd in informatie over mijn tante. Jij bent een van de weinige mensen op aarde die me iets over Johanna kunnen vertellen. Niemand heeft haar zo gekend als jij.'

'Dat weet je niet.'

'Jawel, dat weet ik zeker. Luister, ik heb nagedacht over wat je zei over die brieven. Dat het zo moeilijk te bevatten was dat Johanna ze heeft geschreven na alles wat jullie samen hebben gedeeld. Jij vraagt je serieus af of Johanna die brieven wel zelf heeft geschreven, nietwaar? Zeker ook omdat ze pas verstuurd zijn nadat ze vermist was.'

'Het is een mogelijkheid. Maar ze kan ze in principe ook aan iemand hebben gegeven en ze door die persoon hebben laten opsturen. Door Merel bijvoorbeeld.'

'Nee, dat geloof ik niet. Als dat zo was, dan had Merel me dat wel verteld. Ze had geen enkele reden om daar geheimzinnig over te doen. Ze heeft me tenslotte ook verteld over die koffer en dat ze hem jaren later aan mijn vader had gegeven. Bovendien gunde Merel jullie alle geluk van de wereld.'

'Dat liet ze destijds anders niet merken. Ze deed er alles aan om Johanna's aandacht naar zich toe te trekken. Het kostte haar veel moeite om te accepteren dat Johanna steeds meer tijd met mij doorbracht en niet meer met haar over straat struinde om de jongens uit te dagen of weer zo'n stomme tattoo te laten zetten. Ik heb er eerlijk gezegd geen traan om gelaten dat ze ging verhuizen.'

'O... Dat is nieuw voor me. Merel sprak een stuk positiever over jou dan jij over haar.'

'Dat zal best. Ik heb haar altijd al achterbaks gevonden.'

'Op mij kwam ze juist heel betrokken en begaan over. Maar goed, ieder zijn mening. Ik ben er niet bij geweest, dus ik kan alleen maar op jouw verhaal en mijn eigen indruk van haar afgaan. Ik stel voor dat we geen energie meer besteden aan Merel.'

'Dat weet ik zo net nog niet. Ik denk dat het onverstandig is om Merel links te laten liggen, want het zou mij niks verbazen als zij er alles aan heeft gedaan om te voorkomen dat Johanna in die trein naar Kopenhagen zou stappen.'

'Wat bedoel je met "alles"?'

'Alles.'

'Denk je dat Merel haar iets heeft aangedaan?' vroeg Olivia vol ongeloof. 'Dat kan ik me echt niet voorstellen.'

‘Ik zeg niet dát het zo is, ik zeg alleen dat het me niet zou verbazen.’

‘Maar dan is het toch niet logisch dat ze Johanna’s koffer al die jaren heeft bewaard en uiteindelijk aan mijn vader heeft gegeven?’

‘Niet iedereen handelt altijd logisch.’

‘Maar toen ik Merel sprak, was ze nog steeds zichtbaar aangeslagen door de verdwijning van Johanna. Dat was geen toneelspel. Ik heb nog wel een béétje mensenkennis. Maar weet je wat, als ik Ben de Groot weer spreek, zal ik aan hem doorgeven wat je me net hebt verteld. Dan moet hij het verder maar uitzoeken. Ik wil het met jou graag over andere dingen hebben, die brieven bijvoorbeeld. Wat zou je ervan zeggen als we dit gesprek verder live voeren? Waar spreken we af?’

‘Waarom zou ik nog een keer met je willen afspreken?’

‘Waarom? Omdat je mij Johanna’s brieven gaat geven, zodat ik voor je kan uitzoeken of ze die zelf heeft geschreven. Dat wil jij immers ook weten. En als ik die brieven voor DNA-onderzoek aan inspecteur De Groot kan overhandigen, dan heeft hij weer even wat te doen en laat hij jou hopelijk met rust. Zoals jij een tussenpersoon voor de Inuit bent, zo ben ik die voor jou en de politie.’

‘Die brieven hebben veel waarde voor mij, die ga ik niet zomaar aan je opsturen.’

‘Dan kom ik ze halen.’

‘Helemaal in Groenland? Je maakt zeker een grapje.’

‘Nee, ik ben doodserieus. Ik snap best dat je die brieven niet via de post wilt sturen, dus kom ik ze persoonlijk bij je ophalen. Dan weet je zeker dat ze niet kwijtraken.’

Het bleef stil aan de andere kant van de lijn. Na verloop van tijd begon Olivia zich af te vragen of de verbinding was verbroken. ‘Hallo, ben je daar nog?’

‘Ja. Ik denk na.’

Maliks telefoon gaf met een piepje aan dat de batterij bijna leeg was. 'Mijn telefoon houdt er bijna mee op, dus misschien kun je iets sneller nadenken.'

'De Tivoli-tuinen om halfelf vanavond. Neem Maliks telefoon mee.' De verbinding werd verbroken.

In een opwelling gebruikte Olivia het laatste restje batterij om door Maliks sms-berichten te scrollen. Hij had alleen berichten ontvangen van MK, de laatste waren van eerder die avond. Ze haalde ze door haar vertaalapp en schreef ze uit.

MK: WE MOETEN HAAR LOZEN.
MALIK: OKÉ, HOE?
MK: LAAT DAT MAAR AAN MIJ OVER. IK BEN GOED IN DINGEN LATEN VERDWIJNEN.
MALIK: :)
MK:

Net toen Olivia het laatste bericht van MK wilde lezen, viel de telefoon uit. Even overwoog ze om opnieuw bij Niels aan te kloppen om te vragen of Maliks oplader toevallig nog in de kamer lag, maar een blik op haar horloge was voldoende om haar daarvan te weerhouden. Als ze op tijd bij de Tivolituinen wilde zijn, moest ze zich als een gek haasten. Ze had niet het idee dat Mette lang op haar zou wachten als ze te laat kwam.

Terwijl ze haar spullen pakte spookten de sms'jes door haar hoofd. Ze hoopte dat 'we moeten haar lozen' niet op haar sloeg, maar ze was er allerminst zeker van. En ook het bericht van Mette waarin ze zei dat ze goed was in dingen laten verdwijnen zat haar niet lekker. Als je ergens goed in bent, suggereert dat toch dat je er ervaring mee hebt? Dus Mette had ervaring met het laten verdwijnen van... Ja, wat eigenlijk? Of erger nog: wie? Johanna? Maar als ze op de een of andere manier betrokken was bij de verdwijning van Johanna, of er meer van afwist, waarom had ze er dan mee ingestemd om met Olivia te praten en waarom had ze de brieven genoemd?

Olivia besefte maar al te goed dat de tweede ontmoeting met Mette misschien niet zonder gevaar was. Maar ze moest de gok nemen, want ze was ervan overtuigd dat de brieven van Johanna het onderzoek naar haar verdwijning misschien wel verder konden brengen.

Als die brieven tenminste echt bestonden.

30

Olivia haastte zich langs treuzelende mensen over dun besneeuwde stoepen en straten. Volgens haar routeplanner zou ze één minuut te laat bij de Tivoli-tuinen aankomen en ze hoopte maar dat Mette dat haar zou vergeven.

Haar kuiten verkrampten door het hoge wandeltempo dat ze aanhield en ze was niet in staat om nog sneller te lopen. Het stuk hardlopen van het restaurant naar haar hotel eerder op de avond voelde ze nog flink in haar benen en haar rugzak hing zwaar op haar schouders. Voor de zekerheid had ze haar kleding en toiletspullen ook ingepakt zodat ze volledig reisklaar was, voor het geval dat Mette ineens naar Groenland wilde vertrekken. Haar e-reader had ze in de bagagekluis in het hostel laten liggen. Ze had de receptie laten weten dat ze misschien een paar dagen bij een vriendin ging logeren, maar dat ze haar kamer wilde aanhouden om naar terug te keren. Zolang ze maar betaalde was dat geen enkel probleem, had de man achter de balie haar laten weten. Voor haar kamergenotes had ze een kattenbelletje achtergelaten dat ze de komende dagen veel op pad zou zijn. Haar vader had ze een sms gestuurd dat alles goed met haar was, dat ze Mette had gevonden en dat ze van hem hield. Gewoon voor de zekerheid. De berichtjes die hij haar daarna had gestuurd, had ze nog niet gelezen. Geen tijd, eerst moest ze Mette zien te vinden.

Ben de Groot had ze in het ongewisse gelaten. Misschien niet erg verstandig, maar ze wilde op geen enkele manier de indruk wekken bij Mette dat ze hem nog gesproken had.

Het contact met Mette was zo precair dat ze geen enkel risico wilde lopen, en als ze Ben nu al zou vertellen over de brieven en de dubieuze sms'jes van Mette aan Malik, dan zou hij haar absoluut niet alleen naar deze afspraak laten gaan. Sterker nog, hij zou alsnog proberen Mette te laten arresteren om haar eens flink aan de tand te voelen. Olivia wist niet waar deze avond zou eindigen, maar één ding wist ze zeker: als Ben in beeld kwam, dan konden ze fluiten naar die brieven en zou een principiële en koppige vrouw als Mette geen woord meer zeggen.

Hoe dichter Olivia bij de Tivoli-tuinen kwam, hoe drukker het werd. Hoewel ze normaliter om zich heen zou kijken om te genieten van de kerstsfeer – de versierde straten, de mooi ingerichte etalages, de sneeuwvlokken die overal tussendoor dwarrelden – nam ze daar nu niet de tijd voor. Ze slalomde langs stilstaande groepjes pratende mensen en baalde ervan dat ze haar hinderden. Voor de zekerheid stuurde ze Mette een sms dat ze er bijna was, maar dat ze wat werd opgehouden door de drukte op straat.

Kerstmarkt, sms'te Mette vrijwel meteen terug.

Natuurlijk. De kerstmarkt in de Tivoli-tuinen was een van de hoogtepunten van Kopenhagen in de winter. Het jaarlijks terugkerende evenement was een waar spektakel dat je absoluut niet mocht missen als je de kans kreeg het te bezoeken. Jammer dat ze er niet van zou kunnen genieten, want ze was gek op kerstmarkten. Ze moest denken aan de kerstmarkt in de grotten van Valkenburg waar ze met haar beide ouders was geweest vlak voordat ze besloten te gaan scheiden. Het was het laatste uitje van hen als gezin geweest. Ze had van haar moeder een kerstversiering mogen uitzoeken en gekozen voor een glazen kerstbal waarop een vrolijke kerstman en een rendier elkaar omarmden. Nog steeds hing ze het ding elk jaar trouw in de kerstboom en als de kerstspullen na de feestdagen weer naar zolder verhuisden, pakte ze haar bal heel zorgvuldig in met bubbeltjesplastic om te voorkomen dat hij brak.

Haast ongemerkt had Olivia de ingang van de Tivoli-tuinen bereikt, waar het krioelde van de mensen. Ze belandde in een stroom mensen die het park verlieten en moest flink doorduwen om niet te worden meegevoerd. Hoe moest ze Mette hier in godsnaam vinden? Je kon over de hoofden lopen en met haar één meter zestig torende ze nou niet bepaald boven de massa uit. Ze pakte haar telefoon en probeerde Mette te bellen. Het ding schoot bijna uit haar hand toen iemand tegen haar op botste, maar uiteindelijk lukte het haar om Mettes nummer in te toetsen. Ze duwde haar linkeroor dicht om het geroezemoes om zich heen buiten te sluiten.

'Waar ben je?!' schreeuwde ze toen er werd opgenomen. Ze hoorde een stem aan de andere kant van de lijn, maar zo vaag dat ze er niets van verstond.

'Kun je harder praten? Het is hier nogal lawaaierig.'

'Kom naar de grote kunstboom midden in het park.'

Olivia keek langs de poorten bij de ingang en overal waar ze keek zag ze kerstbomen. 'Eh, welke van de ontelbare kerstbomen bedoel je?'

'De grootste van allemaal. Hij is twaalf meter hoog en steekt ruim boven de andere uit.'

'Oké, ik ga mijn best doen. Hopelijk tot zo.'

Met wat ellebogenwerk wist ze bij de kassa te komen en ze kocht een kaartje bij de kassière, die haar er vriendelijk op wees dat het park over amper twintig minuten zou sluiten en dat het misschien beter was om morgen wat eerder terug te komen. Ze bedankte voor de tip en rekende af. Toen liep ze haastig het park in, op zoek naar de hoogste kerstboom die er was. De intense geur van dennennaalden overspoelde haar toen ze langs talloze kraampjes liep waar kerstartikelen, designdecoraties en Deense lekkernijen als *gløgg* en *æbleskiver* op waren uitgestald. Overal waar ze keek hingen lichtjes en kerstballen in bomen en takken. Een kerstman liep hohoënd langs haar heen, gevolgd door een schare *julenisser*, kabouters die in Denemarken de kerstman helpen. En hoewel ze geen tijd had om goed rond te kijken, de sfeer te proeven en al het moois om zich heen in zich op te nemen, kon ze niet ontkennen dat deze beroemde kerstmarkt een waar spektakel was.

Met haar tong op haar schoenen en een verhit gezicht vond ze uiteindelijk de hoge kerstboom. Het was vijf minuten voor sluitingstijd toen ze Mette, met haar handen ver weggestopt in de zakken van haar jas, zag staan. Ze had haar kraag hoog opgetrokken en haar gezicht ging gedeeltelijk schuil achter een bontmuts. Haar lange blonde haar hing als een dikke streng over haar linkerschouder. Naast haar stond Malik, zo stil als een standbeeld zo stil. Zijn schouders breed en zijn armen langs zijn lichaam, klaar om in actie te komen, mocht het nodig zijn. Hij mocht dan niet groot zijn, maar er ging genoeg dreiging van hem uit om mensen met een boog om hem en Mette heen te laten lopen.

Olivia lachte aarzelend toen Malik haar zag. 'Nou, daar ben ik dan eindelijk. Fijn dat jullie op me hebben gewacht, en sorry dat ik later ben dan afgesproken.'

Mette zweeg.

'Mijn telefoon,' zei Malik kortaf. Hij stak zijn hand uit en Olivia gaf hem het toestel, dat hij meteen opborg in zijn jas. Van de vriendelijkheid waarmee hij haar tijdens hun ontmoeting bij het hostel had bejegend, was weinig over.

Mette keek nog altijd stuurs voor zich uit, alsof ze niet doorhad dat Olivia was gearriveerd.

'Druk hier, zeg.' Olivia wipte nerveus van de ene voet op de andere.

'Mensenmassa's zijn een goede cover. Opgaan in de menigte is de beste ontsnappingsmethode die er is,' zei Malik duister.

'Mensenmassa's bieden ook een goede bescherming als je het gezelschap om je heen niet vertrouwt,' bitste Olivia terug. De berichten die ze in Maliks telefoon had gelezen, zaten nog vers in haar hoofd. 'Luister, ik weet niet hoe vaak ik het nog moet zeggen, maar we staan aan dezelfde kant. Ik ben geen verrader, ik heb de politie niet op Mette afgestuurd. Geloof het of niet, maar het was puur toeval dat die inspecteur in dat restaurant was.'

Ze keek naar Mette en die beantwoordde deze keer haar blik.

'Als je mee wilt naar Groenland, moet je nu meekomen. We vertrekken over vijf minuten naar het vliegveld.'

Heel even aarzelde ze. Ze had hier rekening mee gehouden, maar eigenlijk niet gedacht dat het ook daadwerkelijk zou gebeuren. Maar het was nu of nooit.

'Oké. Ik ben voorbereid.' Olivia trok ter illustratie aan de schouderbanden van haar volle rugzak. 'Dat betekent dat jullie me vertrouwen?'

'Vertrouwen moet je verdienen, en Malik en ik gaan niet over één nacht ijs. Je krijgt het voordeel van de twijfel omdat je me aan het denken hebt gezet. Het is raar dat Johanna mij brieven heeft gestuurd nadat ze al een paar weken werd vermist. De toon van de brieven, de woordkeus, het klopt gewoon niet... Dat gevoel heb ik diep vanbinnen altijd gehad, maar ik kon er niks mee. Ik kon Johanna niet bereiken om haar om uitleg te vragen. Pas sinds ik jou heb gesproken, begrijp ik waarom en dat brengt ineens heel veel herinneringen en emoties naar boven. Het idee dat iemand haar iets heeft aangedaan, dat ze geleden heeft, dat is onverdraaglijk.'

Olivia bestudeerde Mettes gezicht en kwam tot de conclusie dat ze het meende. 'Ja, dat ben ik met je eens.'

'Johanna verdient het dat de ware toedracht van haar verdwijning boven tafel komt en als mijn brieven daar op de een of andere manier aan kunnen bijdragen, dan ben ik bereid ze aan je mee te geven zodat je kunt zorgen dat ze bij de politie terechtkomen.'

'Ben je dan ook bereid om eventueel met de politie te praten?'

‘Nee. De Deense overheid en politie houden me te veel in de gaten vanwege Qeqertarsuatsiaat en dingen die in het verleden zijn gebeurd. Jij hebt je opgeworpen als tussenpersoon, dus dat ben je van nu af aan dan ook.’

‘Wat is er gebeurd, Mette? Waarom ben je zo bang voor de politie?’

‘Dat kan ze je wel vertellen, maar dan moet ik je vermoorden.’ Malik ging met een dreigende blik vlak voor Olivia staan. Ze vergat van schrik even om adem te halen en stapte bij hem vandaan. Hij greep haar vast en vlak voordat ze het op een gillen wilde zetten, brak er een lach door op zijn gezicht. ‘Kom op, we moeten gaan voordat we hier zo opgesloten zitten.’

Wat een rare snoeshaan is dat toch, dacht Olivia. Het ene moment was hij hartstikke vriendelijk en dan ineens sloeg dat helemaal om. Bizar gewoon. Maar ze moest het maar voor lief nemen, want de brieven die Johanna aan Mette had geschreven in handen krijgen was belangrijker dan dat.

Tussen Malik en Mette in liet ze zich meevoeren door de mensenstroom, die zich als een kudde wilde dieren naar de uitgang van het park begaf. Toen ze de poorten waren gepasseerd en weer op de openbare weg stonden, slaakte ze een zucht van verlichting. Vrijwel meteen kwam een zilvergrijze Volvo om de hoek gereden en met piepende banden kwam hij voor hen tot stilstand. Malik opende het achterportier voor Mette, die vlug instapte. Toen draaide de Inuit zich om naar Olivia.

‘Weet je zeker dat je meegaat?’ vroeg hij scherp. ‘Je kunt nog terug.’

‘Ja, natuurlijk ga ik mee. Ik wil weten wat er is gebeurd. De waarheid moet na al die jaren eindelijk boven water komen.’

‘Weet je dat zeker, dat je de waarheid wilt weten? Misschien is weten wel pijnlijker dan niet weten.’

Zonder verder te antwoorden stapte ze in de auto.

31

Jesper Larsen zat met zijn hoofd in zijn handen op de rand van het kingsize bed. Jyttes slanke vingers masseerden krachtig de spieren in zijn nek. Een hardnekkige streng sprong pijnlijk weg onder haar kneedgrage handen en hij kreunde ingehouden.

'Wat ben je gespannen, schatje. Gooi die schouders eens los.'

Hij wapperde gehoorzaam een paar keer met zijn armen.

'Dat is beter,' zei ze goedkeurend. 'Wanneer vertrek je?'

'Waarschijnlijk morgen al.'

'Papa heeft er het volste vertrouwen in dat het allemaal goed komt. Je weet dat hij diep onder de indruk is van je zakelijk talent, toch?'

'Mmm.'

'Als je dit er goed vanaf brengt, weet ik zeker dat hij jou als de enige juiste opvolger zal zien. En je zou nog weleens sneller aan het roer kunnen staan dan je denkt.'

'Hoe bedoel je?'

'Papa's uitslagen waren niet goed. De kanker is terug.'

Haar stem werd dik en Jesper legde zijn hand even op de hare. Hij zou haar eigenlijk in zijn armen moeten nemen om haar te troosten, maar dat kon hij op dit moment niet opbrengen. Het kwam door die verdomde brieven, die bleven maar door zijn kop malen. Hij moest hier een oplossing voor zien te vinden, voordat de hele boel zou escaleren. Want als dat gebeurde, zou hij alles kwijtraken; alles wat hij had doorstaan, alles wat hij had opgeofferd, zou dan voor niks zijn geweest. Dat zou hij niet laten gebeuren. Dat kon niet en dat mocht niet. Hij was te dicht bij zijn doel, het doel dat hij altijd voor ogen had gehad.

Jyttes handen kneedden onverminderd door, maar achter zijn rug hoorde hij haar zachtjes snikken.

'Hij komt er wel weer bovenop, net als de vorige keer. Ik ken geen man die sterker is dan jouw vader. Niemand krijgt hem klein, ook de kanker niet.'

'Waarom is het dan teruggekomen? Het is niet eerlijk. Er zijn zoveel slechte mensen op de wereld, waarom treft het hen niet?'

Slechte mensen? Wat was dat nou weer voor onzin? Goed, slecht, dat was toch allemaal relatief? Er waren genoeg mensen die Jesper een slecht mens vonden; besefte Jytte niet dat ze haar eigen man zojuist een tumor had toegewenst? Hij stoorde zich aan haar naïviteit. Zijn echtgenote leefde al heel haar leven in een bubbel, zorgvuldig afgeschermd door pappie voor de echte wereld met al zijn lelijkheid. In háár wereld paste kanker niet en ging alles vanzelf, kreeg je altijd je zin, en werden problemen opgelost door pappie of door hem. Dat daar weleens onorthodoxe maatregelen voor moesten worden genomen, was iets wat geheel aan haar voorbijging.

Zijn gedachten gingen naar die andere vrouw, zo lang geleden. Zij had hem zoveel meer kunnen bieden, maar die mogelijkheid had hij laten lopen en een herkansing zou hij niet krijgen. Als hij de tijd toch eens kon terugdraaien, dan zou hij een aantal dingen heel anders doen. Niet alles, maar ten opzichte van haar in elk geval wel. Als zij nu naast hem had gestaan, zou hij zich een stuk zekerder en krachtiger voelen. Maar hij had haar moeten laten gaan, omdat ze een slechter mens van hem maakte. Er waren dingen tussen hen gebeurd die nooit meer uitgewist konden worden. En toch… Op dagen zoals deze speelde het verlangen naar haar ondanks alles weer op. Ze had zich in hem genesteld vanaf het moment waarop ze afscheid van elkaar hadden genomen. Het gros van de dagen was ze als een waakvlam, flakkerend en altijd aanwezig, maar ongevaarlijk. Maar er waren dagen dat het vuur oplaaide en hij haar uit zijn gedachten moest bannen om zich niet te branden. Overdag lukte dat nog wel, maar 's nachts achtervolgde ze hem meedogenloos. Dan blies ze haar hete adem over hem heen om hem en alles wat hem lief was te verzwelgen, en dan werd hij badend in het zweet en met een bonkend hart wakker.

Hij klemde zijn kaken op elkaar bij de gedachte aan de immense druk waaronder hij zou komen te staan nu Jyttes vader weer ziek was. De verwachtingen zouden nog verder worden opgeschroefd en als hij er niet aan zou voldoen, was het met hem gedaan. Voor zijn oogappeltje Jytte mocht haar vader dan lief en attent zijn, voor de buitenwereld was hij meedogenloos. En Jesper mocht dan wel zijn schoonzoon zijn, dat betekende niet dat de man daardoor vergevingsgezinder was. Sterker nog, fouten werden juist extra zwaar bestraft. Aan trouwen met de dochter van de baas zat een prijskaartje en dat betekende dat hij de komende dagen een aantal zaken moest zien op te lossen die zijn toekomst in de weg stonden.

De hoofdpijn die door Jyttes massage wat was afgezakt, speelde weer in volle hevigheid op. Hij schudde haar handen van zich af en liep naar de inloopkast, waar zijn pakken en overhemden keurig geordend op kleur aan hangers hingen. Hij pakte van alles twee stuks en legde ze met uiterste precisie in de kleine koffer die al klaarstond, boven op de gouden briefopener die hem altijd vergezelde als hij op zakenreis was; het symbool voor de gouden toekomst die zijn eigen vader zo graag voor hem wilde. Op momenten dat alles tegenzat, haalde hij er kracht uit. Het herinnerde hem er weer aan waar hij alles voor deed.

Deel 3

32

De lampen van de helikopter schampten reusachtige ijsbergen en Olivia hield haar adem in toen ze door een bergpas vlogen met hangende ijsgletsjers. Beneden haar reflecteerden de lichten van de helikopter op afgebroken ijsplaten en ijsschotsen. Ondanks het beperkte licht maakten de uitgestrektheid van de toendra en de ruigheid van het landschap een enorme indruk op Olivia, maar ze merkte wel dat ze erg moe was van de lange reis. Vanuit Kopenhagen waren ze met Air Greenland naar Narsarsuaq gevlogen, waar ze in een helikopter waren overgestapt. Deze had hen in enkele uurtjes naar Qeqertarsuatsiaat moeten brengen, maar zojuist had de piloot te horen gekregen dat hij voor een noodgeval diende terug te keren. Hij had voorgesteld hen in Paamiut af te zetten, dan konden ze vandaar verder met een boot. Daarmee had deze reis, die toch al een groot avontuur was, er een nieuwe dimensie bij gekregen.

Olivia was ervan uitgegaan dat haar telefoon gewoon zou werken in Groenland, maar intussen was ze er wel achter dat dat geen uitgemaakte zaak was. Misschien was er bereik op sommige plekken, maar lang niet overal. Het verontrustte haar. Niemand was ervan op de hoogte dat ze samen met Mette en Malik op weg was naar dit onherbergzame gebied, en als haar iets zou overkomen, wist dan ook niemand waar ze haar moesten zoeken. Niet haar familie, niet Ben de Groot, zelfs de Amerikaanse meiden uit Kopenhagen niet. Dan zou ze net als Johanna van het ene op het andere moment verdwijnen – spoorloos – en ineens voelde ze zichzelf ontzettend dom omdat ze zich in deze kamikazeactie had gestort. De behoefte om te weten wat er met Johanna was gebeurd was zo groot geweest, dat ze haar gezonde verstand had verloren. Ter plekke besloot ze om, zodra ze daartoe de mogelijkheid zag, Ben de Groot te laten weten waar ze zat. Hij zou haar waarschijnlijk stijf vloeken, maar dat was dan maar zo. Er was een risico dat hij haar meteen achterna zou reizen, maar ze was bereid dat risico te nemen. Ook als dat het vertrouwen van Mette zou schaden.

Als ze eerlijk was, had ze zich de ontmoeting met Mette heel anders voorgesteld. In haar fantasie had het iets bijzonders moeten zijn, met tranen van ontroering en verhalen vol nostalgie. Ze had er niet op gerekend een verbitterde, wantrouwende vrouw aan te treffen die haar liever kwijt dan rijk leek te zijn. De brieven die Mette van of namens Johanna had ontvangen, hadden een zaadje geplant in Mettes hart dat was gaan woekeren en zijn eigen leven was gaan leiden. Het had grote invloed gehad op haar leven en de keuzes die ze had gemaakt. Vooral de keuze om zichzelf liefde te ontzeggen vond Olivia schokkend. Een slechte ervaring in het verleden hoefde toch geen voorspelling te zijn voor de toekomst?

De muur die Mette om zich heen had gebouwd, was zo ondoordringbaar dat Olivia het idee had dat ze nog geen fractie van de echte Mette had gezien. Dat kon haast niet anders, want waarom was Johanna anders zo hoteldebotel geweest van haar? Dat ze vroeger mooi was geweest, was zelfs door de groeven en harde blik in haar ogen heen nog te zien, maar dat kon toch niet de enige reden zijn dat Johanna voor haar was gevallen? Er moest meer zijn. Maar voor nu moest Olivia het doen met de Mette die ze zelf had leren kennen, de stuurse vrouw die naast haar in de helikopter zat. Een vrouw voor wie ze eigenlijk bang was, en die kortaf en zakelijk was sinds ze het vermoeden had dat Olivia onder één hoedje speelde met de politie. En alsof dat niet genoeg was, had je ook nog Malik, die Mette als een leeuw bewaakte en Olivia steeds met een typische blik in zijn ogen aankeek. Ze keek naar zijn handen en wist zeker dat er genoeg kracht in zat om haar nek te breken als ze Mette ook maar met een vinger zou aanraken. Wat haar een uiterst ongemakkelijk gevoel gaf. Ze moest op haar tellen passen en het voornemen om Ben zo snel mogelijk alsnog te informeren over haar verblijfplaats was sterker dan ooit.

De helikopter maakte een bocht en de piloot – een Inuit die ruim een kop groter was dan Malik – zette de landing in. Even later landden ze schokkerig in de sneeuw, en Olivia klikte haar gordel los en zette haar koptelefoon af. Ze was blij dat ze weer vaste grond onder de voeten had. De piloot zette de rotor stil en stapte als eerste uit, daarna hielp hij haar naar buiten. Malik en Mette redden zichzelf. Olivia huiverde toen de koude lucht haar longen binnendrong en een hoestprikkel veroorzaakte. De wind maakte een gierend geluid en leek dwars door haar kleren heen te waaien. Binnen een paar seconden stond ze te klappertanden en haar handen waren zo koud dat ze ze amper kon bewegen. Mette wenkte haar en liep hoofdschuddend richting een houten gebouwtje dat verderop stond. Eenmaal binnen liep ze naar een van de mannen die daar aan het werk waren en sprak kort met hem. De man wees naar een loods verderop en Mette wenkte opnieuw dat ze haar moest volgen.

De loods werd gebruikt als opslagruimte en aan de wand hing allerlei kleding aan haken. Broeken, truien en jassen, allemaal gevoerd met bont. Mette wierp haar een dikke trui, een parka en een broek van rendierhuid toe en Olivia trok ze dankbaar aan.

'Van wie is dit allemaal?'

'Reservekleding, die hebben ze hier altijd klaarliggen voor mensen die zo onverstandig zijn om geen goede kleding mee te nemen.'

'Sorry.'

'Welke schoenmaat heb je?'

'Maat 39.'

Mette gaf haar een soort hoge laarzen met een voetbed dat leek op dat van een slechtzittende slof.

'Dat zijn *kamikken*. Gevoerd met zeehondenbont. Je trekt ze aan over je schoenen. Ze zien er misschien wat typisch uit, maar ze zijn extreem warm en lopen prettiger dan je denkt.'

Olivia trok de overschoenen aan en liep een paar stappen om te kijken of ze overeind kon blijven op die dingen. Mette had gelijk, ze zaten comfortabeler dan ze had gedacht en belemmerden haar niet in haar lopen.

'Zonder die dingen vriezen je tenen eraf.'

'Dank voor de info,' zei Olivia met een grimas.

'Dan heb je alleen dit nog nodig en dan kunnen we verder.' Mette kwam aanlopen met een bivakmuts en trok hem over Olivia's hoofd.

'Gaan we een overval plegen?'

'Ter bescherming van je neus, mond en luchtwegen.'

Daarna zette ze een bontmuts op Olivia's hoofd – 'Die gaat je oren redden' – en tot slot gaf ze haar een paar handschoenen die van hetzelfde materiaal waren gemaakt als de overschoenen. Mette knikte goedkeurend. 'Nu kunnen we verder.'

Ze liep naar de uitgang van de loods en Olivia volgde.

'Hoe ver is "verder"?'

'Nog enkele uren met de boot en daarna verder met de sneeuwscooter. Qeqertarsuatsiaat is een eiland dat een aantal kilometer uit de Groenlandse westkust ligt. Je komt er niet zomaar op… en ook niet zomaar af.'

Olivia huiverde, ondanks de warme kleren die ze aanhad. De motorboot die net genoeg ruimte bood voor haar, Mette, Malik en de schipper danste wild over de golven van de Labradorzee. De lucht was bewolkt en benam het zicht op de sterren en de maan. Het enige licht kwam van de grote bouwlamp die Malik vasthield om de schipper bij te lichten. Grillige bergen bewaakten als grote sneeuwreuzen het eiland. Olivia zag ze overal boven uittorenen toen de maan even kort achter de wolken vandaan piepte en zijn licht op de besneeuwde toppen liet reflecteren. Mettes woorden spookten onophoudelijk door haar hoofd. *Niemand komt het eiland zomaar af…* Steeds opnieuw probeerde ze de intonatie te interpreteren. Was de toon echt zo dreigend geweest of had ze dat er zelf van gemaakt omdat ze zo gespannen was en alles wantrouwde?

Ze naderden hun eindbestemming en de schipper nam gas terug. Vakkundig stuurde hij de boot een kleine haven in. De lantaarns die langs de kade stonden gaven zoveel licht dat Malik zijn lamp uit kon zetten. Vliegensvlug legde hij twee touwen om de bolders op de kade en vervolgens stapte hij soepel het vasteland op en hielp Mette en Olivia uit de boot. Olivia wankelde even toen het gewicht van haar rugzak haar uit balans bracht. Maliks sterke handen ondersteunden haar bij het hervinden van haar evenwicht en lieten haar toen weer los.

'Wacht hier even, dan halen wij de scooters.'

Malik en Mette liepen naar een loods die even verderop stond en al snel waren ze weer terug met twee sneeuwscooters. Malik liet de motor even goed ronken voordat hij Olivia uitnodigde om bij hem achterop te klimmen.

'Hou je goed aan me vast, zodat je niet achterovervalt door het gewicht van je rugzak.'

Olivia knikte en sloeg haar armen krampachtig om zijn middel, maar toch gleed ze bijna van de scooter toen Malik optrok. Hij nam meteen gas terug. De afstand tussen hen en Mette werd snel groter toen zij wel flink gas gaf.

'Ze rijdt vast vooruit om de petroleumkachel aan te steken,' schreeuwde Malik naar achteren.

Hoewel Olivia tegen Malik aan geplakt zat, ving ze toch een

glimp op van het dorp. Ze zag vrolijk gekleurde vrijstaande houten huizen die hogerop waren gebouwd om niet onder te sneeuwen. De onderste meter bestond uit iets wat leek op beton. Bij het gros van de huizen stonden sneeuwscooters en lagen sledehonden aan kettingen. Ze maakten jankende geluiden toen de sneeuwscooters voorbijreden. Tegen de zijkanten van sommige woningen lag de sneeuw wel een meter hoog, maar alle voordeuren waren vrij van sneeuw en de weg waar ze overheen reden was goed begaanbaar en voldoende verlicht door dezelfde soort lantaarns die ook bij de haven stonden. Ze passeerden een supermarkt, een postkantoor en nog wat andere winkeltjes, dus het leek erop dat ze de dorpskern hadden bereikt. Tot haar opluchting zag Olivia ook een gsm-mast staan. Ze was dus niet compleet afgesloten van de buitenwereld.

De spanning die ze voelde nam een beetje af. Ze zou Ben, haar vader, iedereen die ze maar wilde, kunnen bellen of sms'en om te laten weten waar ze uithing. Malik sloeg intussen een weg naar rechts in en minderde vaart. Hij stuurde de scooter naar een geel huis waar licht brandde.

'Hier woont Mette. Je slaapt vannacht bij haar.'

Malik liet de motor stationair draaien, stapte van de scooter en hielp haar eraf. Ze verwachtte dat hij met haar mee zou lopen, maar dat deed hij niet. Hij stapte op zijn scooter, groette haar met een haast onverstaanbaar 'tot morgen' en reed vol gas weg in een wolk van stuifsneeuw. Olivia keek hem even na en liep toen naar de voordeur. Ze zag geen deurbel en wilde net aankloppen toen de deur naar buiten toe openzwaaide. Mette stond in de deuropening en trok haar aan haar mouw naar binnen.

'Kom, anders bevries je nog.'

Ze sloot de deur achter Olivia en ging haar toen voor, verder het huis in. Het halletje, waarin geen kapstok te bekennen was, kwam uit in een ruimte van zo'n zestig vierkante meter die tegelijkertijd dienstdeed als woonkamer, slaapkamer en keuken. In het midden stond een petroleumkachel die zijn hitte als een warme deken over de ruimte uitspreidde. Op het tweepersoonsbed dat rechts tegen de wand stond, lag een slordig hoopje kleding. De jas en overkleding die Mette net had uitgetrokken, hingen over een van de twee stoelen die bij een overduidelijk zelfgebouwde eettafel stonden. Op een kratje naast het bed lag een stapel boeken en in de gedeeltelijk open wandkast stond een bescheiden hoeveelheid serviesgoed. De wanden waren van smalle planken van lichtgekleurd onbewerkt hout en een bredere variant lag op de vloer.

'Let niet op de rommel,' mompelde Mette, terwijl Olivia haar rugzak afdeed en haar jas en overkleren uittrok. Ze hing haar spullen over de enige nog vrije stoel.

'Thee?'

'Ja, graag.'

Mette pakte een pan en liep de kamer uit. Olivia hoorde de voordeur opengaan en weer sluiten. Even dacht ze dat Mette was vertrokken en haar had achtergelaten, maar toen hoorde ze haar toch weer binnenkomen. In haar handen had ze een pan die voor de helft was gevuld met sneeuw. Olivia keek verbaasd toe hoe Mette de pan op het smalle fornuis zette. Mette zag haar kijken.

'We zijn hier zuinig met water. Sneeuw laten smelten is over het algemeen een stuk makkelijker dan het gesleep met jerrycans.'

'Ik krijg dus sneeuwthee. Ben benieuwd.'

Olivia ging aan tafel zitten en wachtte geduldig tot er een beker met op thee lijkende vloeistof voor haar neus werd neergezet. Ze bestudeerde het dampende vocht en rook eraan.

'Het was maagdelijke sneeuw, dus je hoeft niet bang te zijn dat er straatvuil in drijft,' zei Mette grinnikend. Met een klap zette ze een pot honing op tafel en ze stopte er een kromme lepel in. 'Als je hier woont, dan leer je te roeien met de riemen die je hebt. Je zult al snel merken dat je als mens heel goed zonder luxe kunt en maar weinig nodig hebt. Geluk zit hem niet in spullen en comfort, maar in jezelf. Als het goed is.'

Mette liep naar de wandkast en trok de enige la open die erin zat. Ze rommelde er wat in, liep terug naar de tafel en gooide twee beduimelde enveloppen voor Olivia neer.

Olivia's hart ging sneller kloppen toen ze de ouderwetse Nederlandse postzegels zag die scheef op de bovenste envelop waren geplakt. De inkt van de poststempel was wat gevlekt, maar de datum was nog wel leesbaar. *16 januari*, inderdaad ruim twee weken na Johanna's verdwijning. De tweede envelop was zo'n anderhalve maand later gestempeld. Olivia twijfelde of ze de brieven uit de enveloppen moest halen. Ze wilde ze niet verder vervuilen met haar eigen vingerafdrukken, maar was toch wel heel erg nieuwsgierig. Dit was immers waarvoor ze deze hele reis had gemaakt.

Mette zag haar aarzeling, trok een vel papier uit de bovenste envelop en legde het voor haar neer. Olivia keek naar de brief en toen ze de getypte zinnen zag, ging er een schok door haar heen…

33

Het was niet de inhoud van de brief die haar had verrast. Niet de zinnen, niet de woorden. Het was één enkele letter geweest die haar een brok in de keel had gegeven. De letter a. Hij was beschadigd. In het midden liep van boven tot onder een witte streep, als een grens die de letter in twee helften splitste. Bij alle letters a in de brief was dit zo; het gevolg van een beschadiging van de drukletter in de typemachine. Het was een letter a die ze eerder had gezien. Sterker nog, ze wist nog precies hoe de toets aanvoelde waar hij onder zat. Hoe vaak had ze als kind niet met de oude typemachine van haar opa gespeeld dat ze een beroemde schrijfster was die aan een nieuw boek werkte? Haar haren in een knotje, bril zonder glazen op het puntje van haar neus. De machine stond nog steeds pontificaal in de kamer waar haar opa zich regelmatig terugtrok.

Was haar opa de schrijver van de brieven? Het was niet ondenkbaar, gezien zijn aversie tegen Mette en de ontluikende liefde tussen haar en zijn dochter. Maar dat was vreselijk. Moest ze haar vermoeden met Mette delen, of moest ze de brieven zo snel mogelijk aan Ben geven zodat ze onderzocht konden worden op DNA-sporen? Ze wilde haar opa niet in de problemen brengen of nog meer stress bezorgen dan hij al had. Maar ze wilde Johanna ook niet in de steek laten door niets met de brieven te doen.

'Is er iets?' vroeg Mette.

'Nee, hoezo?'

'Je kijkt zo geschrokken.'

'Het is gewoon raar om die brieven zo voor me te zien liggen in de context van Johanna's verdwijning.'

'Ja, dat zet ze wel in een ander perspectief.' Even verscheen er een trieste uitdrukking op Mettes gezicht, maar ze herpakte zichzelf snel weer. 'Hoewel het me moeite kost om ze af te staan, lijkt het me het beste als je ze zo snel mogelijk aan die inspecteur van je geeft. Ik zal regelen dat je een dezer dagen terug wordt gebracht naar Kopenhagen. Ik weet nog niet precies wanneer, want iedereen wil de komende dagen aanwezig zijn om het dorp te verdedigen tegen die Deense fascisten die ons uit onze huizen proberen te jagen. Waarschijnlijk kun je het best met de heli terug die overmorgen met voorraden komt.'

Olivia knikte. Hoe eerder ze weer in Kopenhagen was, hoe beter. Of ze de brieven dan uiteindelijk aan Ben gaf of eerst verhaal ging halen bij haar opa, kon ze altijd later nog beslissen. Ze nam een voorzichtig slokje van haar thee nadat ze er een flinke klodder honing door had geroerd. De smaak was fris en bitterzoet.

'Wat is het voor thee?'

'Berkenblad. De berk is een van de weinige loofboomsoorten in Groenland. De thee is reinigend en heeft een positief effect op je nieren en blaas.'

'Neem je zelf niet?' vroeg Olivia.

'Nee, ik ben inmiddels wel toe aan iets sterkers.'

Mette stond op, pakte een fles wodka uit de kast en schonk zichzelf een borrel in. Staand goot ze het in één teug achterover om zichzelf vervolgens meteen weer bij te schenken. Ook het tweede glaasje sloeg ze in één keer achterover. Met een derde glaasje in haar hand liep ze terug naar de tafel en ging met een voldane zucht zitten.

Misschien maakt de drank haar wat loslippiger, dacht Olivia en ze besloot een gewaagde vraag te stellen.

'Waarom ben je zo bang voor de politie? Wat is er precies gebeurd in het verleden?'

'Ik ben niet bang voor de politie, ik ben nergens bang voor. Ik heb alleen geen zin in gedoe. Mijn vrijheid is me alles waard en ik blijf als het even kan uit de buurt van alles wat me die vrijheid zou kunnen ontnemen.' Mette nipte even aan haar glaasje en keek Olivia met samengeknepen ogen aan. 'Eigenlijk wil je gewoon weten of je bang voor me moet zijn. Je wilt weten wat ik op mijn kerfstok heb en hoe crimineel dat is, nietwaar?'

'Nou ja, je zei dat je in het verleden in aanraking bent geweest met de politie.'

'Ik heb een activistenverleden. Ongeveer een jaar nadat Johanna uit beeld verdween, heb ik me aangesloten bij organisaties die zich inzetten voor behoud van de natuur. Via wat omzwervingen kwam ik uiteindelijk bij Greenpeace terecht. In 2009 was er in Kopenhagen een klimaattop van de VN. Ik maakte deel uit van een actiegroep van Greenpeace die streed voor een goed akkoord. Samen met een medestrijder ben ik met spandoeken het kasteel binnengedrongen waar de Deense koningin een galadiner gaf voor de staats- en regeringsleiders die de top bijwoonden. Hillary Clinton, Gordon Brown, Angela Merkel. Die hotemetoten reageerden nogal overtrokken op onze ludieke actie en het lag politiek allemaal nogal gevoelig, zoals je zult begrijpen, want er waren camera's bij het diner aanwezig en daardoor werd onze actie uitgezonden in het journaal. Mijn collega en ik werden met harde hand verwijderd en vastgezet op verdenking van samenzwering tegen de koningin. Complete onzin natuurlijk, maar ze hebben ons een tijdje vastgehouden en vingerafdrukken en DNA afgenomen. Sindsdien staat er een kruisje achter mijn naam.'

'Wat een verhaal, zeg. Maar dat was toch ontzettend lang geleden? Hoe oud was je nou helemaal?'

'Begin dertig. Die week in de cel was verschrikkelijk. Ik vloog tegen de muren op. Als het even kan wil ik zoiets nooit meer meemaken. Door dat gesteggel om de pachtrechten van

Qeqertarsuatsiaat word ik als woordvoerster van de dorpelingen extra in de gaten gehouden. Er zijn wat "stokjes gestoken" voor proefboringen in het gesteente en natuurlijk sta ik boven aan het lijstje met verdachten. Ik word gezien als de kwade genius die de willoze bevolking opstookt. Tsss, de arrogantie. Alsof de Inuit minderwaardige neanderthalers zijn die zelf niet kunnen denken, rauw vlees met hun handen eten en nog in een emmer poepen. De Inuit zijn met hun tijd meegegaan, het is de Deense regering die achterloopt. De mensen hier zijn gehecht aan hun plek. Ze zijn niet meer de nomaden van vroeger. Ze hebben hier een bestaan opgebouwd en willen dat niet opgeven ten faveure van een regering en een mijnbouwmaatschappij met dollartekens in hun ogen. Een heel terechte strijd, waar ik ze van harte bij steun.

Dus je zult begrijpen dat ik erg op mijn tellen moet passen. Elke associatie met de verdwijning van Johanna zou me weer vol in the picture zetten. De regering is me liever kwijt dan rijk en die zal dat meteen aangrijpen om me als verdachte aan te merken. Aangezien de beslissingen over de toekomst van Qeqertarsuatsiaat de komende week vallen, kan ik het me niet permitteren om op dat moment in een cel te zitten of eindeloos verhoord te worden. Morgen komen een afgevaardigde van de regering en een delegatie van de mijnbouwmaatschappij hier kijken en de bevolking toespreken. Ik voer het woord namens de dorpsbewoners en tolk waar nodig is. Maar ik vrees dat we er met praten alleen niet komen.'

'Wat bedoel je daarmee? Denken jullie aan overgaan tot fysieke actie?'

'Ik sluit niet uit dat het gaat escaleren. Want neem één ding van me aan: je wilt mensen die bekendstaan om hun jachtkwaliteiten niet tegen je hebben.'

Mette stond op, trok een keukenla open en legde met een klap een ijzeren voorwerp met een houten handvat op de tafel neer. Het ijzeren blad had een bolvormige snede en rug. In het midden van de rug zat een platte steel die was vastgezet in het bolvormige houten handvat.

'Dit is een *ulo*, een mes waar vrouwen vroeger zeehonden mee vilden. Hoewel minder dan vroeger, wordt het nog steeds gebruikt. En het snijdt ook uitstekend door mensenvlees heen en ik weet precies hoe ik dat moet doen.'

Olivia schoof geschrokken haar stoel naar achteren. Mette stak de ulo bij zich, sloeg haar laatste restje wodka achterover en liep naar het bed.

'Ik ga slapen. Je kunt ernaast kruipen als je wilt. Zou ik je ook adviseren. Een nacht op een houten stoel is niet bepaald goed voor je rug. Het toilet is achter die deur.'

Ze kroop in het bed en ging op haar zij liggen, en binnen enkele seconden klonk er een luid gesnurk. Olivia dronk haar laatste restje thee op, ging naar de wc en kroop toen met haar kleren aan naast Mette in bed. Ze schoof zo ver mogelijk naar de verste rand toe en probeerde in slaap te vallen. Het wilde niet goed lukken, maar toen Mette midden in de nacht opstond en naar de voordeur liep, hield Olivia zich slapend. Een ijskoude windvlaag waaide door het huis toen de voordeur openging en zachtjes weer werd dichtgedaan. Olivia wachtte een paar minuten en toen Mette niet terugkwam, draaide ze zich op haar rug en keek op haar horloge. De verlichte wijzerplaat gaf drie uur 's nachts aan. Ze pakte haar telefoon en stuurde een sms naar Ben de Groot.

34

Jesper Larsen trok de knoop in zijn stropdas wat losser. Het ding knelde en hij was bang dat hij daardoor geen fatsoenlijk woord uit zijn strot zou krijgen. Hij keek de overvolle zaal rond en het zweet brak hem uit. Alle stoelen waren bezet. Langs de muren, in de zijpaden: overal stonden mensen die hem vijandig aankeken. De regeringsvertegenwoordiger die naast hem zat, leek er een stuk minder van onder de indruk te zijn en bladerde rustig wat papieren door. Het scheen hem ook niet te deren dat de gevraagde glazen water nog steeds niet waren gebracht, terwijl voor Jesper daarmee de toon van de bijeenkomst al was gezet. Ze hoefden van de bevolking van Qeqertarsuatsiaat helemaal niets te verwachten. Geen medewerking, geen water bij de wijn, geen intentie om de dingen voor beide partijen op een acceptabele manier op te lossen. Het was al een wonder dat ze überhaupt op het eiland waren toegelaten. Het had Jesper ook niet verbaasd als ze voor de kust waren tegengehouden door een leger agressieve Eskimo's met harpoenen.

Wat was hij naïef geweest om te denken dat hij hier met mooie praatjes wel doorheen zou zwijnen. Dat hij dingen glad zou kunnen strijken met wat paaien, pappen en nathouden. Dat was kantoorpraat geweest. Maar dit was de praktijk en die zag er toch heel anders uit. In zijn hoofd flitsten grafische modellen en winstberekeningen voorbij als dia's. Hij kon ze stuk voor stuk dromen en zag ze ook stuk voor stuk uiteenspatten. Met woorden alleen zouden ze er niet komen.

Er waren zwaardere maatregelen nodig om alle plannen ten uitvoer te kunnen brengen en voor het eerst vroeg hij zich af of je het kon winnen van een bevolking die al eerder had laten blijken dat ze goed was in het voeren van een guerrillaoorlog. Afgelopen nacht was weer schade aan de apparatuur toegebracht. Het was allemaal wel weer te repareren, maar het vertraagde de boel en kostte onnodig veel geld.

De regeringsvertegenwoordiger keek op en stootte hem aan. 'Zullen we maar beginnen?'

Jesper knikte.

'En hou het een beetje kort. We moeten niet te veel tijd besteden aan deze onzin. Geen ruimte voor discussie meer, we gaan dingen doen op onze manier. Punt uit. We hebben hun genoeg ruimte gegeven om hun gal te spuwen en nu gaan we doorpakken.'

Het geroezemoes in de zaal zwol aan en even was Jesper bang dat de dorpsbewoners de stellige woorden van de regeringsvertegenwoordiger op de een of andere manier hadden opgevangen. Hij tikte zachtjes tegen zijn microfoon en die van de vertegenwoordiger. Beide stonden nog uit, dus dat kon het niet zijn. In de zaal begon iemand te klappen; eerst langzaam en toen steeds sneller. De rest volgde zijn voorbeeld, al gauw begeleid door gestamp en gejoel, en Jesper had de neiging om zijn vingers in zijn oren te steken om zichzelf te beschermen tegen het oorverdovende geluid. Nu pas zag hij door het gangpad iemand aan komen lopen. Het was die vrouw. En net als de vorige keer dat hij haar zag, werd zijn mond droog.

Langzaam bracht ze haar handen in de lucht en zo plotseling als de herrie was begonnen, hield die ook weer op. Deze vrouw was de spil in het hele verhaal. Ze genoot het respect van de bevolking en bezat de overtuigingskracht die hij en de regeringsvertegenwoordiger ontbeerden. Als ze haar mee konden krijgen in hun plannen, was er weer hoop. Maar tot nu toe was ze zo onbuigzaam en hard geweest als het gesteente waar hij in wilde boren. Hij vertrouwde haar niet, kón haar niet vertrouwen, om meerdere redenen. Toch was hij ervan overtuigd dat ze met de juiste middelen te breken moest zijn. Maar eerst moest hij deze bijeenkomst ongeschonden door zien te komen. Hij moest zijn rug rechten en zichzelf herpakken, en daar moest hij nu mee beginnen.

Jesper keek de zaal rond, trok zijn stropdas weer strak en haalde de microfoon naar zich toe. Toen begon hij met vaste stem te spreken. De woorden vloeiden als vanzelf uit zijn mond en daalden neer op de zaal. Wonder boven wonder lieten ze hem zonder al te veel commotie zijn praatje doen. Gemopper en geschreeuw werd meteen de kop ingedrukt door de blonde vrouw. Ze hoefde maar met haar hoofd te schudden of haar hand op te steken en iedereen hield zich stil. Jespers zelfvertrouwen groeide met elke uitgesproken zin. Toch was hij blij toen hij het woord aan de man naast hem kon geven.

'Mijn naam is Ole Madsen en ik zit hier namens de Deense regering. We staan op het punt om de pacht van Qeqertarsuatsiaat over te doen aan Mining & Gems...'

'Je bedoelt dat je ons uit onze huizen verjaagt.'

Een forse Inuit op de voorste rij stond op en Mette liet hem begaan.

'U moet het niet zo zwart-wit zien. Als u de pacht betaalt, kunt u blijven zitten en anders hebben we een heel mooi alternatief voor u dat ik graag aan u wil voorleggen.'

'Bespaar je de moeite. Geen interesse! Garandeer ons maar dat de pacht niet omhooggaat als Mining & Gems die overneemt.'

Hij kreeg bijval in de vorm van gejoel, tot Mette de zaal tot stilte maande en zelf het woord nam. Ze keek Ole Madsen doordringend aan.

'Meneer Madsen, de mensen hier in de zaal zijn allemaal geboren en getogen in Qeqertarsuatsiaat. In dit dorp liggen hun roots, hun wortels. Ze zijn diep verbonden met dit landschap. Als u hen uit hun huizen zet en hun hun dorp afneemt, dan kunt u net zo goed hun harten uit hun lichaam snijden. Het gros van de mensen hier zal niet overleven buiten hun dorp. Ze zijn te oud om ergens anders opnieuw te beginnen. Ze zullen bezwijken aan heimwee en verdriet.'

'Zoals ik al zei: als u de pacht keurig blijft betalen, dan kunt u gewoon blijven zitten.'

'Gelooft u het zelf? Mining & Gems wil ons weg hebben, zodat ze de boel hier ongestoord kunnen vernielen. Als we niet vrijwillig weggaan, dan geef ik u op een briefje dat ze de pacht zodanig verhogen dat we die niet meer kunnen betalen. Met een betalingsachterstand kunnen ze ons uiteindelijk zonder boe of bah alsnog rechtmatig uitzetten. U weet net zo goed als ik dat we vogelvrij zijn zonder de bescherming van de Deense overheid. U kunt het niet maken om uw handen van ons af te trekken en ons aan een commerciële club uit te leveren. Groenland is helaas nog steeds Deens grondgebied en uw regering wil daar niets aan veranderen. Neem dan ook uw verantwoordelijkheid. Het kan niet zo zijn dat u alleen de lusten draagt en wij de lasten op ons bord krijgen.'

'Ik beloof u dat alle inwoners van Qeqertarsuatsiaat niets tekort zullen komen. We hebben een stuk land aan de rand van Nuuk waar we nieuwe huizen voor u gaan neerzetten en waar we voorzieningen aanleggen. Daar hoeft u helemaal niets voor te doen. De Deense regering voelt zich wel degelijk verantwoordelijk voor u.'

'Huizen? U bedoelt die containerwoningen waar u ons in wilt dumpen?' reageerde de vrouw fel.

'Het zijn zeer fraaie, kwalitatief zeer...'

'Luister goed: wij gaan nergens heen. Qeqertarsuatsiaat is ons dorp en we laten ons niet wegjagen omdat u beiden dollartekens in de ogen hebt. Ik stel voor dat u die robijnen in de rotsen laat zitten en heel snel ophoepelt. Zo niet, dan zullen we u een handje helpen.'

‘Wij laten ons niet bedreigen.’

‘Dat geldt andersom ook. We laten ons niet bedreigen en ook niet wegjagen. Als er gejaagd wordt, dan doen we dat zelf. Reken maar dat wij er beter in zijn dan u.’ De vrouw haalde een voorwerp uit haar zak dat eruitzag als een kruising tussen een bijl en een mes, en stak het in de lucht. Een aantal vrouwen in de zaal volgde haar voorbeeld.

‘Er is vast wel iets te regelen met meneer Larsen over de pacht.’ Madsens tot nu toe onbewogen gezicht kreeg een zenuwachtige uitdrukking. Hij schoof de microfoon door naar Jesper alsof het ding besmet was met een eng virus.

‘Is dat zo, meneer Larsen?’ De vrouw deed een stap naar voren.

‘Eh, we moeten alles nog uitwerken op papier, maar zodra we daarmee klaar zijn, dan hoort u het.’ Jespers blik flitste van de vrouw naar de ulo en weer terug.

‘En wanneer had u volgens uw eigen planning gedacht hier aan de slag te gaan en ons alternatieve dorp bij Nuuk klaar te hebben?’

‘Over een jaar moeten we een heel eind zijn. Als de proefboringen die we de komende maanden nog gepland hebben slagen, dan…’

‘Dan staat niets u meer in de weg, wilde u zeggen, toch?’

Jesper zweeg.

‘U vergist zich. Er staat u wel degelijk iets in de weg. Al deze mensen staan u in de weg. Ik sta u in de weg.’ De vrouw maakte een weids gebaar met haar arm en de zaal viel haar joelend en klappend bij totdat ze hen weer tot stilte maande. ‘En zolang ik leef, zal ik strijden voor het behoud van Qeqertarsuatsiaat en zijn bevolking. Er is hier geen ruimte voor u, dus ga naar huis. Doet u dat niet, dan zijn de consequenties voor u. Zeg niet dat ik u niet heb gewaarschuwd.’

Madsen griste de microfoon bij Jesper vandaan en zette deze uit. ‘We vervolgen onze plannen,’ fluisterde hij hem in het oor. 'We hebben aan onze informatieplicht voldaan. Dat ze niet willen luisteren is hun probleem, uiteindelijk trekken wij aan de touwtjes.'

Jesper knikte. 'De chip die vannacht is gestolen, is vervangen. Mijn uitvoerder en zijn team staan klaar voor de demonstratie, dus als ik u mag uitnodigen...'

'Het zou me een genoegen zijn.'

Jesper zette de microfoon weer aan. 'Dames en heren, ik wil u hartelijk danken voor uw komst,' probeerde hij over het gemopper en geschreeuw in de zaal heen te komen. 'Over een uur wordt er een proefboring uitgevoerd, die we de komende dagen zullen voortzetten. U bent van harte uitgenodigd om te komen kijken, mits u achter de afzetting blijft. Er is een technicus aanwezig die u uitleg kan geven en eventuele vragen kan beantwoorden. Helaas zijn we door wat incidenten ook genoodzaakt om permanente beveiliging neer te zetten rond de machine en het testgebied. Ik hoop natuurlijk van harte dat we die niet nodig hebben. Dan wens ik u voor nu nog een fijne dag, en we zullen de opmerkingen die tijdens de bijeenkomst zijn gemaakt door mevrouw Kristensen meenemen in onze verdere plannen.'

'Meneer Larsen!'

De stem van de vrouw was overal bovenuit te horen en de menigte was in één klap weer stil. Ze keek Jesper recht in de ogen.

'Vertrek zolang het nog kan. De natuur is grillig hier en u hoeft van ons geen hulp te verwachten als u in de problemen komt.'

Toen maakte ze een gebaar met haar handen en alsof het was afgesproken, verlieten alle dorpsbewoners de zaal, de twee mannen negerend. Het was wel duidelijk dat Mette al die tijd de regie had gevoerd over de bijeenkomst en dat ze alleen bij haar gratie de kans hadden gekregen om een paar woorden te spreken. Zodra zij op haar zeepkist klom, viel het hele dorp in katzwijm en was er geen land meer mee te bezeilen.

'Die vrouw is een groot probleem,' fluisterde Madsen Jesper in zijn oor.

De zaal was bijna leeg en Jesper keek naar de laatste mensen die het pand verlieten. *Je weet nog niet half hoe groot,* dacht hij, maar hij zei het niet hardop. In plaats daarvan beaamde hij Oles woorden met een hoofdknik. Toen viel zijn oog op een vrouw die zich losmaakte van de muur. Haar blik kruiste die van hem en hij moest Madsens schouder pakken om niet te vallen.

Madsen keek hem geïrriteerd aan. 'Wat...'

'Sorry, ik werd een beetje draaierig. Te snel opgestaan, denk ik.'

Hij probeerde zijn op hol geslagen hartslag weer onder controle te krijgen en ademde een paar keer diep in en uit. Toen voelde hij zich pas weer zeker genoeg om Madsen los te laten. Die trok met een nors gezicht zijn colbert recht.

Jesper keek de zaal weer in en zag dat de vrouw die hem zo van slag had gemaakt was verdwenen. Hij wilde haar achterna gaan, haar zoeken om te zien of zijn ogen hem niet hadden bedrogen, maar hij deed het niet. Hij had al genoeg problemen. Soms was het beter om bij het vuur uit de buurt te blijven. Maar hij wist zeker wat hij had gezien.

En ineens wilde hij heel graag naar huis...

35

Mette luisterde naar de rustige ademhaling van Olivia. Het meisje lag al ruim een uur in diepe slaap naast haar. Morgenochtend zou de helikopter komen om haar samen met de brieven terug naar Kopenhagen te brengen. Vanaf dat moment was het wachten op wat er komen ging.

Voorzichtig stapte Mette uit bed, trok haar kleren aan en sloop het huis uit. Buiten waaide een ijzig koude wind die naar ijs en aarde rook. Wolkensluiers waaiden langs de bijna volle maan. Ze keek met een bezorgd gezicht naar de lucht. Het onrustige gevoel waar ze de hele dag al mee had rondgelopen was in de loop van de avond en nacht sterker geworden. Het was eigenlijk altijd een teken van naderend onheil en meestal had het iets met de natuur te maken. De laatste keer dat ze zich zo had gevoeld, had dat te maken gehad met een naderende *pitoraq*. Ze had deze beruchte orkaanwind die uit het niets opkwam één keer eerder meegemaakt sinds ze in Qeqertarsuatsiaat woonde en dat was op zijn zachtst gezegd geen pretje geweest. Hij was begonnen bij de ijskap en had zeer veel schade aangericht. Boten waren vermorzeld, huizen weggeblazen en rotsen gladgeschuurd door het natuurgeweld. De orkaan had aan twaalf mensen het leven gekost. Een aantal van hen was buiten door de orkaan overvallen en gestorven aan onderkoeling. Het grote probleem van een pitoraq was dat de gevoelstemperatuur zó sterk daalde dat blote huid binnen een halve minuut bevroor en de kou dwars door kleding en dikke wanten heen sneed. Het dorp was wekenlang in diepe rouw geweest.

Godzijdank was zij binnen geweest toen de pitoraq over het eiland raasde. Ze had een voorgevoel gehad en nu zei dat stemmetje haar opnieuw dat het beter was om binnen te blijven. Maar deze keer negeerde ze het. Ze kon niet anders, er moest een aantal dingen worden geregeld die niet langer konden wachten.

Mette opende de schuur en liep naar de grote houten kist die ze had verstopt onder visnetten en tentzeilen. Ze ontdeed hem van de spullen, pakte alles eruit wat ze nodig had en stopte dat in de grote rugzak die klaarstond. Zorgvuldig verborg ze de kist weer, deed de rugzak om en sjorde de schouder- en heupband goed vast. Daarna duwde ze haar sneeuwscooter naar buiten en sloot de schuur weer af. Ze duwde de scooter richting de weg en startte hem pas toen ze een meter of tien van haar huis was verwijderd. De wind stond de andere kant op, dus met een beetje geluk werd Olivia niet wakker van het geluid.

Het eerste stukje langs de huizen reed ze rustig en daarna gaf ze vol gas richting het gesteente dat Mining & Gems als speelterrein voor hun megalomane machine had geclaimd. Het had haar bijna fysiek pijn gedaan toen de grote boor die middag het oeroude gesteente te lijf was gegaan. Hoezeer ze ook haar best had gedaan, ze had het niet tegen kunnen houden. Toch kon ze het er niet bij laten zitten. Als dit bedrijf zijn gang ging, was er over een paar jaar niets meer over van het eiland waar ze zo van was gaan houden. Dat kon niet en dat mocht niet.

Mette was zich terdege bewust van de gevaren die ze liep met haar missie, maar dat was niet genoeg om haar te stoppen. Bang was ze wel. Hoewel ze dat tegenover de bewoners van Qeqertarsuatsiaat nooit liet merken, kon ze dat tegenover zichzelf niet ontkennen. Maar ach, wat had ze te verliezen? En wat stelde haar verlies voor als er zoveel te winnen was? Iemand moest toch opkomen voor de belangen van de ruim tweehonderd bewoners van het eiland? En wie anders dan zij? Haar hand draaide aan de gashendel en de sneeuwscooter schoot naar voren. Op volle kracht vervolgde ze haar weg tot ze in de verte de verlichting zag van het boorterrein. De grote gele boormachine stak overal bovenuit. Haar haat jegens de machine en de mensen die haar naar het eiland hadden gebracht was zo intens dat ze er misselijk van werd, maar ze moest zichzelf in bedwang houden. Als ze zich nu door haar emoties zou laten meeslepen, zou dat ten koste gaan van haar concentratie en dat kon ze zich niet permitteren.

Ze parkeerde haar sneeuwscooter achter een gebouw dat een paar honderd meter van het boorterrein was verwijderd. Het laatste stukje zou ze lopen, zodat de bewakers haar niet hoorden aankomen. De sneeuwbui werd met de minuut erger en een harde ijzige wind stak uit het niets op. De dubbele bivakmuts die ze had opgezet om haar luchtwegen te beschermen tegen de snijdende kou deed zijn werk goed. Zo snel als ze kon sloop ze richting haar doel en toen ze de bewakers in het oog kreeg, verschuilde ze zich achter een opgewaaide sneeuwberg. De mannen waren duidelijk niet gewend aan de barre omstandigheden, want ze waren gaan schuilen in een van de voertuigen die op het terrein stonden. Van daaruit hadden ze zicht op de boor, maar slechts van één kant. Het was dan ook een koud kunstje voor Mette om vanaf de andere kant de boormachine te naderen en de explosieven die ze zo zorgvuldig had gemaakt te plaatsen.

Tijdens het maken ervan had ze gehoopt dat ze ze uiteindelijk niet nodig zou hebben. De bijeenkomst van die middag had haar echter doen beseffen dat dat ijdele hoop was. Mining & Gems en de Deense overheid wilden niet naar hun argumenten luisteren en leken niet van plan zich door iets of iemand van hun plannen af te laten brengen. Dus was er nog maar één optie: ernstige schade aan de speciaal ontwikkelde boormachine aanbrengen, zodat de plannen op zijn minst werden vertraagd en misschien wel voorlopig in de ijskast zouden worden gezet. En dus controleerde Mette nog een laatste keer de explosieven en liep terug naar het gebouw waar ze haar sneeuwscooter achter had verstopt. Van daaruit bracht ze op afstand en gedeeltelijk verscholen achter het gebouw de explosieven tot ontploffing.

De grond schudde en stukken metaal vlogen in het rond. De harde wind en de grote sneeuwvlokken die in een steeds dichter gordijn naar beneden kwamen, konden het branden van de boormachine niet stoppen.

Nu zouden ze wel luisteren.

Met een tevreden glimlach draaide Mette zich om. De vuist die recht op haar gezicht afkwam, zag ze te laat om hem te kunnen ontwijken. Een harde klap tegen haar kaak deed haar neervallen in de sneeuw en een gestalte dook boven op haar. Mettes aanvaller droeg net als zijzelf een dubbele bivakmuts. Een gezicht kon ze niet onderscheiden, maar het postuur was van een man. Twee sterke handen omvatten Mettes nek en knepen haar keel dicht. Ze schopte, klauwde en probeerde de man te raken waar ze maar kon, maar hij was sterk, heel sterk. Maar Mette was beter getraind en wendbaarder.

Een schop in zijn kruis en de druk op haar keel nam onmiddellijk af. Met een tweede gerichte trap wist ze zich vervolgens onder de man vandaan te worstelen. Ze dook op haar rugzak om de taser te pakken die ze had meegenomen, maar de man was haar te snel af en slingerde de rugzak bij haar vandaan. Zo hard mogelijk bracht ze haar elleboog naar achteren en ze wist de man op zijn kaak te raken. Daarna lukte het haar op de een of andere manier om toch weer overeind te komen.

Het begon steeds harder te sneeuwen en een gordijn van dikke vlokken beperkte het zicht tot slechts een paar meter. Ze moest haar sneeuwscooter zien te bereiken! Al struikelend zette ze het op een rennen. De opkomende wind floot zo hard dat haar oren er pijn van deden. Ze kon haar scooter niet zien en hoopte maar dat ze in de goede richting ging. Maar het ging langzaam, o zo langzaam. De wind was ijzig en de bivakmutsen konden haar niet voldoende beschermen. Haar longen schrijnden en ze voelde een stekende pijn bij elke ademhaling. Er werd van achteren aan haar jas getrokken en ze verloor haar evenwicht, smakte in de sneeuw. Zonder na te denken rolde ze opzij en kroop daarna op handen en voeten bij haar aanvaller vandaan. Weer wist ze op te staan en ze begon weer te rennen. Ze had nu echt geen flauw idee meer waar ze heen moest. De klap op haar kaak, het dichtknijpen van haar luchtpijp en de laatste val hadden haar uit haar evenwicht gebracht. Ze was draaierig en compleet gedesoriënteerd. Het enige waar ze nog zeker van was, was dat ze moest vluchten als ze dit wilde overleven.

Voor het eerst in haar leven raakte Mette in paniek. Haar voeten zwoegden door de dikke laag sneeuw en zakten steeds verder weg. Bij elke diepe ademteug zoog ze de stof van de bivakmutsen een stukje haar mond in en omdat dat steeds meer haar ademhaling belemmerde, trok ze in haar wanhoop de mutsen met een wilde ruk van haar hoofd. De eerste ademtocht zonder bescherming deed zo'n pijn dat haar longen in tweeën leken te splijten. Ze kreunde, maar bleef hoestend doorrennen. Achter haar klonk het geluid van een sneeuwscooter boven de fluitende wind uit. Gejaagd keek ze achterom en ze zag dat het ding nog maar een paar meter van haar verwijderd was. Ze zette zich schrap, omdat ze verwachtte dat ze vol in haar rug zou worden geraakt, maar de scooter schoot langs haar heen, maakte een korte draai en stond ineens met zijn neus naar haar toe. De man met de bivakmuts liet de motor een paar keer dreigend brullen.

Het lukte haar om rechts langs de sneeuwscooter te schieten, maar ze wist dat ze kansloos was. De man speelde een spel met haar. Ze hoorde dat achter haar de scooter de achtervolging weer inzette en haar begon op te jagen. Haar krachten namen in snel tempo af en hevige hoestbuien benamen haar steeds verder de adem, en uiteindelijk viel ze volledig uitgeput plat voorover in de sneeuw. De scooter stopte naast haar en de man stapte af. Hij draaide haar met een ruwe beweging op haar rug en ging boven op haar zitten. Ze kreeg nauwelijks nog zuurstof binnen en hief haar handen, terwijl ze een nieuwe hoestbui kreeg. Ze proefde bloed in haar mond. De man drukte haar polsen stevig in de sneeuw en ze kon geen kant meer op. Hij brulde wat dingen in haar oor die haar het laatste restje adem benamen. Toen trok hij zijn bivakmutsen af en liet haar zijn gezicht zien.

Ineens begreep Mette alles. Wie haar belager was en waarom hij haar uit de weg wilde ruimen. Haar laatste gedachten gingen naar Johanna en Olivia. En toen doofde een ferme steek in haar nek het licht.

36

Olivia werd wakker uit een diepe slaap. Ze wreef in haar ogen en draaide zich om. Verbaasd keek ze naar de lege matras naast zich. Ze had zich slapende gehouden toen Mette die nacht, net als de nacht daarvoor, naar buiten was gegaan. Blijkbaar maakte de vrouw daar een gewoonte van. De vraag was nu of Mette al op was, of dat ze na haar uitstapje van vannacht nog steeds niet was teruggekeerd. Ze legde haar hand op Mettes matras. Die voelde koud en onbeslapen aan. Olivia huiverde toen ze de wind om het huis hoorde fluiten. Ze stapte uit bed en zette de petroleumkachel wat hoger voordat ze het gordijn opzijschoof om naar buiten te kijken. De berg sneeuw die de vorige dag nog tot onder het kozijn had gezeten, zat nu tot halverwege het raam. Dat betekende dat de sneeuw ruim een meter hoog was. En dat was slecht nieuws.

Ze liep naar de voordeur en probeerde hem open te duwen. Het lukte niet. Door een zijraampje zag ze dat ook aan de voorkant van het huis de sneeuw ruim een meter hoog was. Ze checkte de andere ramen en er was maar één conclusie mogelijk: ze was ingesneeuwd. Dat verklaarde ook meteen waarom Mette niet was thuisgekomen: ze had er simpelweg niet in gekund. Die was natuurlijk hulp aan het regelen om het huis weer zo snel mogelijk toegankelijk te maken.

Olivia pakte haar telefoon en probeerde Mette te bellen. Ze kreeg geen contact. Ze probeerde Maliks nummer, hoewel haar telefoon aangaf geen bereik te hebben. Blijkbaar had het barre weer van de afgelopen nacht de zendmast platgelegd.

Ben had ook nog niet gereageerd op haar berichtje van de vorige dag, maar wie weet hoe lang de verbinding er al uit lag. Opnieuw ging ze de ramen een voor een af om te zien of ze buiten enige activiteit kon ontdekken. Het besef dat ze was ingesneeuwd en opgesloten zat in Mettes huis kwam ineens flink bij haar binnen. Was er iets te eten in huis? Was er genoeg olie om de kachel aan de praat te houden? Hoe lang zou het duren voordat de voordeur was uitgegraven? Ze besefte ineens wat een luxe het was om in Nederland te wonen. Thuis had ze deze vragen nog nooit hoeven te stellen. Er was altijd voldoende eten, de kachel brandde ongeacht de weersomstandigheden en ze was vrij om te gaan en staan waar ze wilde zonder dat ze bang hoefde te zijn dat ze werd overvallen door een extreme sneeuwbui. Heimwee naar huis overviel haar tegelijkertijd met het besef dat de terugreis naar Denemarken die vandaag gepland stond waarschijnlijk niet door kon gaan. Als ze al op tijd het huis uit kon komen, dan was het nog maar de vraag of de helikopter deze uithoek kon bereiken in dit weer.

Kon ze Mette of Malik maar bereiken om te overleggen. Ze wilde heel graag weten waar ze aan toe was. Haar maag knorde en ze besloot op zoek te gaan naar iets te eten. Met een bezwaard gevoel trok ze de paar kastjes en lades open die het huis van Mette rijk was. Mette zou het gesnuffel in haar spullen hoogstwaarschijnlijk niet kunnen waarderen, maar ze moest toch wat. In een van de kastjes vond ze iets wat op crackers leek. Ze smeerde er wat honing op uit de pot die op tafel stond en nam een flinke hap. Niet krakend vers, maar het was te doen. In de emmer waar Mette de vorige dag sneeuw in had laten smelten om thee voor haar te zetten, zat nog net voldoende water voor een grote mok. Ze vulde een klein glaasje en nam niet de moeite het warm te maken. De gedachte dat haar watervoorraad nu was geslonken tot amper anderhalf glas maakte haar extra dorstig. Toch bedwong ze de neiging om snel te drinken.

Toen ze haar ergste honger en dorst eenmaal had gestild,

kamde ze haar haren en spoot wat deodorant onder haar oksels. Ze trok dezelfde kleren aan die ze dag ervoor had gedragen – geen hond die er hier op lette – en plofte neer op het bed, kwam meteen weer overeind en begon rusteloos door het kleine vertrek te lopen. Toen dacht ze buiten iets te horen. Ze meende de naam Mette op te vangen. Was daar iemand?

'Help!' riep ze. Er kwam geen reactie. Ze probeerde het nogmaals. 'Help, is daar iemand?'

Voor een van de ramen verscheen het gezicht van Malik en ze bonkte op het glas om hem te laten weten dat ze hem had gezien.

'Ik ben ingesneeuwd!' riep ze door het raam.

Malik knikte en hield een schep in de lucht. 'Waar is Mette?' vroeg hij.

'Geen idee. Ze is vannacht vertrokken en niet meer teruggekomen.'

Zijn gezicht kreeg een bezorgde uitdrukking. 'Ik ga graven bij de voordeur zodat je het huis uit kunt. Daarna gaan we Mette zoeken.'

Olivia stak haar duim naar hem op. 'Kan ik iets doen om te helpen?'

'Nee, maar kleed je vast dik aan zodat we meteen weg kunnen zodra ik je heb bevrijd.'

'Denk je dat er iets met haar is gebeurd?'

'Mette loopt niet in zeven sloten tegelijk, maar het is vreemd dat ze vannacht niet thuis is gekomen. Als ze 's nachts dingen moet regelen, ga ik eigenlijk altijd met haar mee.'

Malik stak zijn schep in de lucht en verdween uit beeld, en ruim een halfuur later deed hij hijgend en met een rood hoofd de deur open.

De sneeuwscooter schoof hortend en stotend over de weg. 'Hou je goed vast!' schreeuwde Malik tegen Olivia toen ze heen en weer schoof over het zadel. Ze omklemde zijn middel nog strakker en zette haar in kamikken gehulde voeten nog steviger op de voetsteunen.

'Waar gaan we heen? Weet je waar je moet beginnen met zoeken?' schreeuwde ze.

'Ik heb wel een vermoeden. We praten straks wel. Ik moet me concentreren op de weg.'

Zwijgend zetten ze hun tocht voort, achtervolgd door een fontein van opspattende sneeuw die door de wind nog eens extra werd opgeblazen. Overal in het dorp waren mensen bezig om grote bergen sneeuw weg te scheppen en hun huizen weer toegankelijk te maken. Olivia was dankbaar voor de skibril die ze van Malik had gekregen voordat ze achter op de sneeuwscooter was gestapt. Zonder dat ding waren haar ogen allang bevroren. De speciale overkleding die ze van Mette had gekregen beschermde haar redelijk tegen de kou, maar deed haar ook beseffen dat Maliks bezorgdheid over Mette niet onterecht was. Met dit extreme weer een hele nacht buiten zijn was voor niemand goed, en dat was nog zacht uitgedrukt. Als ze Mette al zouden vinden, wat zouden ze dan aantreffen? Ze probeerde er maar niet al te veel over na te denken. Misschien had Mette zich ergens kunnen schuilhouden terwijl de sneeuwstorm over het eiland raasde. De vrouw was immers al een paar jaar aan deze grillige omstandigheden gewend.

Olivia keek langs Malik heen en zag in de verte een rookpluim opstijgen. Ze rook een vage brandlucht. Malik had het kennelijk ook door, want hij gaf nog wat gas bij. Ze naderden het afgezette gebied waar de machine van Mining & Gems stond. Vlak voor het terrein werden ze tegengehouden door een bewaker. De brandlucht was nu duidelijk te ruiken.

'Wat is er aan de hand?' schreeuwde Malik, terwijl hij een paar meter voor de bewaker halt hield.

'Alsof jullie dat nog niet weten,' antwoordde de bewaker nors. Olivia stapte van de scooter en liep naar hem toe. Malik liet haar haar gang gaan.

'Sorry, maar we weten echt niet wat er aan de hand is. We zagen een rookpluim en wilden weten waar die vandaan kwam.'

'Iemand heeft vannacht geprobeerd de boormachine op te blazen. We zijn nog steeds aan het blussen. De schade is enorm.'

Mette. Dat kon niet anders.

'Weten jullie wie het gedaan heeft?' vroeg Olivia. 'Is er iemand opgepakt?'

De bewaker schudde zijn hoofd.

'Nou, succes met het blussen dan maar.'

Olivia zwaaide en liep terug naar Malik. 'Iemand heeft de boormachine opgeblazen.'

'Ja, dat weet ik.'

'Dat weet je?'

'Het moet Mette zijn geweest. Het was haar uiterste plan om de boringen te stoppen.'

'Jij wist ervan?'

'Ja, maar de afspraak was dat ze onder geen beding alleen zou gaan. We waren alles aan het voorbereiden met een groepje. Ik begrijp niet wat haar heeft bezield om zonder overleg alleen aan de slag te gaan.'

'Ze wilde jou en de anderen niet in de problemen brengen.'

'Ze is niet gepakt?'

'Nee, volgens die bewaker niet. Ze zal zich dus wel ergens schuilhouden, maar de vraag is waar. Zijn er hier in de buurt plekken die haar beschutting hebben kunnen bieden tegen de sneeuwstorm? Een bos, bijvoorbeeld?'

'In de luwte van de fjorden staan wel wat berken, maar dat kun je geen bos noemen. Door het klimaat hier in Groenland hebben we nauwelijks bomen. Het lijkt me beter als ik hier begin met kijken of ik sporen kan vinden. Ze is in elk geval in dit gebied geweest. Misschien heeft ze ergens een muur van sneeuwblokken gemaakt om zichzelf tegen de wind te beschermen. Als ze branders bij zich had, heeft ze zich warm kunnen houden. We moeten haar sowieso vinden voordat de mensen van Mining & Gems dat doen, want anders loopt dit echt niet goed voor haar af. Dit zal beschouwd worden als een aanslag.'

'En haar verleden als activiste zal dan zwaar meewegen,' vulde Olivia hem aan.

'Dat heeft ze je verteld?'

'Ja, gisteravond.'

'Dat betekent dat ze je vertrouwt.'

'Dat zou tijd worden.'

'Vertrouw jij mij en Mette?' vroeg Malik.

Olivia aarzelde even voordat ze antwoord gaf. 'Eerlijk? Ik weet niet zo goed wat ik van jullie moet denken, maar we zitten nou eenmaal met elkaar opgescheept, dus ik geef jullie het voordeel van de twijfel.'

Ze moest ineens denken aan de sms waarin Mette aangaf dat ze ervaring had met het laten verdwijnen van dingen. Dit was niet het moment om Malik daarmee te confronteren.

'Kom, we gaan. Als Mette in nood is, moet ze zo snel mogelijk gevonden worden.'

Olivia stapte achter op de scooter en Malik reed in laag tempo weg tot de bewaker nog maar een stipje was in de verte. Terwijl hij reed, tuurde hij geconcentreerd naar de grond.

'Misschien een domme vraag, maar heeft de sneeuwstorm niet alle sporen uitgewist? Als er al sporen waren.'

'Dat zou je denken, maar ik zie andere dingen dan jij. Er zijn zoveel verschillende soorten sneeuw waar iets uit op te maken valt, maar dat vertel ik je nog weleens.'

Stapvoets reden ze verder tot Malik de scooter ineens abrupt stilzette. 'Afstappen,' zei hij kortaf.

Olivia gehoorzaamde en bleef wat onbeholpen naast de scooter staan, terwijl Malik de sneeuw bestudeerde. Voorzichtig veegde hij de poederachtige laag weg tot hij op een verijst stuk eronder stuitte.

'Kijk, sporen van een sneeuwscooter.'

Met zijn hand maakte hij het spoor verder vrij en volgde het. Hij wees naar de linkerkant van het spoor, dat iets dieper leek dan de rechterkant. 'Dit is een teken dat de persoon op de sneeuwscooter met hoge snelheid heeft gereden en scherp de bochten is ingedraaid. Alsof hij of zij om iets heen cirkelde.'

Malik ging verder met het volgen van het spoor. 'De sporen concentreren zich voornamelijk rond deze plek en gaan dan weer terug in de richting van het boorterrein.'

Hij kwam omhoog en tuurde met zijn hand boven zijn ogen over de witte vlakte. En voordat Olivia goed en wel in de gaten had wat er aan de hand was, rende hij in volle vaart bij haar vandaan.

'Wat is er? Wat zie je?' schreeuwde ze hem achterna.

Hij gaf geen antwoord, maar liet zich enkele tientallen meters verderop op zijn knieën in de sneeuw vallen. Voorzichtig tastten zijn handen in de witte laag terwijl hij voortkroop. Ineens begon hij als een bezetene te graven. Olivia knielde naast hem neer.

'Heb je hulp nodig?'

Malik knikte afgemeten en groef door. Hij kreunde toen zijn handen op iets stuitten. In het gat dat hij had gegraven was een stukje stof zichtbaar in de bruine kleur van rendierhuid. Er ging een schok door Olivia heen. Zo snel als ze kon groef ze met Malik mee, tot er steeds meer stof zichtbaar was en de contouren van een lichaam zich begonnen af te tekenen. Maliks skibril vulde zich met tranen toen er twee schouders zichtbaar werden. Als een bezetene groeven ze verder tot een bos samengebonden blond haar zichtbaar werd. De sneeuw rond het hoofd was intens roodbruin.

'Het is Mette!' gilde Olivia in paniek, terwijl ze door bleef graven, maar Malik ontdeed zijn rechterhand van zijn handschoen en voelde in Mettes nek.

'Laat maar, ze leeft niet meer,' zei hij verdrietig.

Verschrikt keek Olivia naar zijn hand, die helemaal onder het bloed zat. Mettes bloed. Mette die dood was.

Malik maakte zijn hand schoon in de sneeuw en trok zijn handschoen weer aan. In shock groeven ze verder tot ze Mettes lichaam uit de sneeuw konden trekken. Voorzichtig legden ze haar op haar rug. Haar huid was paars en op en om haar mond zat opgedroogd bloed. Een bloederig slijmspoor liep over haar wang. Malik streelde zachtjes over haar hoofd.

'Wat denk jij dat er gebeurd is?' zei Olivia snikkend, terwijl ze haar uiterste best deed om niet over te geven.

'Gezien de sporen van de sneeuwscooter die we hebben gevonden, denk ik dat ze is opgejaagd. Om de een of andere reden heeft ze haar bivakmuts afgedaan. Ze moet in paniek zijn geweest, want zonder die bescherming hou je het niet lang vol in deze omstandigheden. Door het inademen van die koude lucht terwijl ze aan het rennen was, zijn haar longen bevroren. De longblaasjes die daardoor geknapt zijn hebben een bloeding in haar longen veroorzaakt en dat heeft uiteindelijk geleid tot verstikking.'

'Zoveel bloed dat dat ook haar nek in is gelopen?'

Malik maakte Mettes jas een stukje los en bestudeerde haar nek. Hij schrok.

'Ze is met een scherp voorwerp in haar nek gestoken,' zei hij. 'Haar slagader is geraakt.'

'Iemand heeft haar vermoord?'

'Of heeft in elk geval die bedoeling gehad. Moeilijk te zeggen of de longbloeding of de messteek haar het leven heeft gekost.'

'Er loopt dus een moordenaar rond op het eiland.'

'Misschien. Sinds gisteren is niemand meer het eiland op of

af gegaan, dus de persoon die dit op zijn geweten heeft moet hier nog rondlopen.'

'Denk je dat er meer mensen gevaar lopen?'

'Geen idee, maar dit is wel een krachtig signaal. Misschien kon Mette na die explosies niet snel genoeg wegkomen en is ze betrapt.'

'Maar waarom moest ze dan vermoord worden? Ze hadden haar toch ook gewoon kunnen oppakken?'

'Mining & Gems en de regering zijn haar liever kwijt dan rijk. Ze zat de hoge heren behoorlijk dwars in hun plannen, was de luis in hun pels. Misschien dat het iemand van dat clubje te veel is geworden. Heeft hij, of zij, haar in een vlaag van woede aangevallen met een mes.'

'Om haar voorgoed het zwijgen op te leggen?'

'Dat zou heel goed kunnen.' Malik onderzocht Mette verder. 'Voor zover ik kan ontdekken is het bij één steek gebleven.'

'Direct in haar slagader. Dat lijkt erop te duiden dat haar aanvaller haar hoe dan ook dood wilde hebben. Een kille afrekening dus.'

'We kunnen hier nog uren over speculeren, maar dat heeft geen zin. We kunnen de conclusies beter overlaten aan mensen die er echt verstand van hebben. Het belangrijkste is nu dat we Mette hier weg krijgen en zelf niet meer te lang in de kou blijven staan.'

'Rijden we terug om hulp te halen?'

'Geen denken aan dat ik Mettes lichaam hier achterlaat.'

Malik liep naar de sneeuwscooter en haalde een rol stevig nylontouw en een opgevouwen stuk plastic zeil uit het opbergvak. Hij wikkelde een stuk touw om Mettes bovenlichaam en bond haar armen er strak tegenaan. Daarna bond hij Mettes enkels samen en spreidde het zeil uit. 'Help me eens om haar hierop te leggen. Pak jij haar maar bij haar benen.' Ze telden tot drie en tilden Mettes lichaam op. Olivia kreunde onder het dode gewicht en het kostte haar al haar kracht om Mette een zachte landing op het zeil te geven. Toen ze er eenmaal op lag wikkelde Malik vanaf haar enkels het zeil om Mettes lichaam en bond het tot een strak pakket met het touw. Hij legde er een stevige knoop in en sneed de rol los. Daarna bond hij een nieuw stuk touw een aantal keer stevig rond Mettes enkels en knoopte het uiteinde met een vissersknoop aan de scooter vast.

'Je wilt haar op sleeptouw nemen achter de scooter?'

'Ja. Ik laat haar lichaam hier niet liggen voor de ijsberen.'

Olivia werd op slag weer misselijk.

Malik stapte op de sneeuwscooter en Olivia klom achterop. Zo snel als mogelijk was reed Malik vervolgens terug naar het dorp. Het pakket met Mettes lichaam gleed soepel mee door de sneeuw. Het deed Olivia denken aan het karkas van een dood dier.

37

Olivia zat met haar hoofd in haar handen op het bed en keek af en toe met een schuin oog naar Mettes matras. Het was surrealistisch om in haar huis te zijn terwijl zij er niet meer was. Het beeld van het bebloede en paarse gezicht bleef maar door haar hoofd spoken en ze wist zeker dat ze hier de komende jaren nachtmerries aan zou overhouden.

De helikopter waarmee Olivia eigenlijk die dag had moeten vertrekken, was met Mettes lichaam onderweg naar Narsarsuaq – omdat Mette nog steeds officieel een inwoner van Kopenhagen was, zou haar lichaam daarnaartoe worden gebracht voor onderzoek. Malik en Olivia hadden het lichaam overgedragen aan de autoriteiten en waren daarna naar Maliks huis gegaan, omdat hij daar iets 'móést doen'. Zodra ze binnen waren, had hij een stuk drijfhout gepakt en hieruit ter plekke een tupilaq-poppetje voor haar gesneden.

'Het zou me een hoop rust geven als je deze om je nek draagt tot je weer veilig in Kopenhagen bent.'

'Maar ik wil helemaal...'

'Voor jou is het misschien bijgeloof, maar ik geloof heilig in de beschermende krachten van de tupilaq. Mette wilde er ook nooit iets van weten en kijk wat er van haar geworden is.'

Om Malik niet te beledigen, had ze toegestaan dat hij de tupilaq aan een leren veter om haar nek knoopte. Daarna had ze zich door hem laten afzetten bij het postkantoor in het dorp, omdat daar een satelliettelefoon aanwezig was. Ze wilde Ben bellen om hem op de hoogte te stellen van Mettes dood. De verbinding was tot stand gekomen, maar ze had zijn voicemail gekregen. Hortend en stotend had ze die ingesproken en gezegd dat het mobiele netwerk eruit lag door de sneeuwstorm van de nacht daarvoor.

Op de terugweg naar Mettes huis was ze langs het zaaltje gelopen waar de dag ervoor nog de bijeenkomst met Mining & Gems was geweest. Binnen was een gedenkplaats ingericht voor de dorpsbewoners om Mette te eren en daar werd druk gebruik van gemaakt. Op en rond de tafel met haar foto lag het vol houtsnijwerkjes. Dorpsbewoners vielen elkaar snikkend in de armen en er werd druk gefluisterd en gespeculeerd over de toedracht van Mettes dood. Op een aparte tafel brandde een hart van waxinelichtjes. De verdrietige sfeer in de zaal had Olivia zo aangegrepen dat ze moeite had gekregen met ademhalen en naar buiten was gerend.

Hoewel ze Mette pas kort kende en doorlopend had getwijfeld aan haar betrouwbaarheid, was haar dood toch hard aangekomen. Het was alsof door Mettes overlijden ook weer een stukje van Johanna was doodgegaan. De anekdotes over Johanna die ze van Mette had willen horen, waren samen met haar gestorven. Nu moest Olivia het doen met de verhalen die Merel haar had verteld, verhalen waar Mette nou juist haar vraagtekens bij had gehad. Of het waar was dat Merel jaloers was geweest op de aandacht die Johanna had voor Mette zou waarschijnlijk altijd wel een vraagteken blijven. Het maakte de zaak nog ingewikkelder. Mettes suggestie dat Merel misschien wel wat met Johanna's verdwijning te maken had, ging er bij Olivia niet in, maar voor de volledigheid zou ze het wel aan Ben melden zodra ze hem weer sprak. Wie weet had hij er nog wat aan.

Ze hoopte maar dat de weersomstandigheden het toelieten dat ze de volgende dag alsnog kon terugkeren naar Kopenhagen. De gedachte om op dit eiland te moeten blijven rondhangen terwijl er een moordenaar rondliep, gaf haar de kriebels. Ze had Johanna's brieven aan Mette op zak en dat was waar ze voor was gekomen, verder had ze hier niets te zoeken. Met Malik had ze afgesproken dat ze elkaar op de hoogte zouden houden als er ontwikkelingen waren met betrekking tot de toedracht van Mettes dood. Voor nu moest ze alleen deze dag en nacht nog zien door te komen.

Ze liet zich achterover op Mettes bed vallen en sloot haar ogen.

Er klonk luid gebonk op de deur en Olivia vloog overeind. Op haar horloge zag ze dat er enkele uren verstreken waren – blijkbaar hadden de vermoeidheid en alle emoties haar parten gespeeld en was ze ongemerkt in slaap gevallen. Ze wreef in haar ogen en liep naar de deur. Tot haar verbazing was het echter niet Malik, de enige persoon die ze kende in Qeqertarsuatsiaat, maar de lange man met het pokdalige gezicht die de vorige dag op de bijeenkomst had gesproken namens Mining & Gems.

'Hallo?' zei ze vragend.

'Dag, ik ben Jesper Larsen,' zei hij in keurig Engels. 'Ik wil u namens Mining & Gems condoleren met het verlies van uw tante.'

Hij stak zijn hand naar Olivia uit.

'Dank u, maar Mette was mijn tante niet. Ze was een vroegere vriendin van mijn tante.'

'O, dan heb ik dat verkeerd begrepen. Nou ja, ik wilde u even laten weten dat ik het verschrikkelijk vind wat er is gebeurd. Mevrouw Kristensen en ik waren het niet bepaald met elkaar eens, maar dit is toch verschrikkelijk.'

Olivia keek hem verbaasd aan. *Niet bepaald met elkaar eens*? Dat was wel het understatement van het jaar. De man sprak echter met geen woord over de gedeeltelijk uitgebrande machine en de mogelijke betrokkenheid van Mette daarbij.

'Het conflict dat ik met haar had was puur zakelijk, maar als mens grijpt dit me allemaal erg aan. Dat wilde ik u even laten weten voordat ik straks terugvlieg naar Kopenhagen.'

Kopenhagen?

'Waarom komt u niet even binnen?' Olivia stapte opzij en glimlachte vriendelijk naar de man. Ze wist dat Mette haar erom zou verfoeien dat ze haar grootste vijand toeliet in haar huis, maar de kans om misschien vandaag al te kunnen vertrekken, kon Olivia niet aan zich voorbij laten gaan. Ze had zich vanaf het begin niet veilig gevoeld op het eiland en Mettes moord was de druppel.

De man liep langs haar heen naar binnen.

'Dus hier woonde ze.' Hij bleef midden in de kamer staan en draaide een rondje om alles goed in zich op te nemen. Daarna liep hij naar het kratje waar een stapel leesvoer op lag en liet zijn hand langs de kaften van de boeken gaan. Toen hij het bovenste boek wilde pakken, greep Olivia in.

'Ik denk niet dat Mette het fijn zou hebben gevonden als u aan haar spullen zit. Ze was nogal op zichzelf en dat wil ik graag respecteren. Ik voel me hier zelf al een indringer, terwijl ze me toestemming heeft gegeven om hier te zijn. Gaat u maar even aan tafel zitten, dan maak ik thee.'

'O, doe geen moeite. Een glaasje water is ook prima.'

'Of hebt u soms meer zin in wat sterkers?' Olivia pakte de fles wodka van het aanrecht en hield hem in de lucht.

'Ach, waarom ook niet.'

Olivia schonk twee glaasjes in en ging tegenover hem zitten.

'Dus mevrouw Kristensen was een vriendin van uw tante?'

'Ja, dat klopt.'

'Bent u samen hier gekomen?'

'Nee, ik ben alleen. Mijn tante is... Eh, het is nogal een gecompliceerd verhaal, waar ik u niet mee zal vermoeien.'

Ineens werd het Olivia allemaal te veel. Het onderzoek naar de verdwijning van Johanna, haar eigen plotselinge vertrek naar Groenland, de dood van Mette... Haar ogen werden vochtig en ze moest een paar keer slikken.

'Soms helpt het als je erover praat,' zei de man zacht, 'en ik luister altijd graag naar verhalen als ik een borreltje drink.'

Ze keek hem aan. Hij nam een slok en keek haar vriendelijk aan, en plotseling overviel haar de enorme behoefte om het er allemaal uit te gooien, om het hele verhaal te vertellen. En dat deed ze.

'Mijn tante Johanna wordt al vijfentwintig jaar vermist...' begon ze.

'Wat een verhaal,' zei Jesper Larsen even later toen ze eindelijk uitgepraat was.

Ze had hem alles verteld, van de heropening van het dossier door Ben de Groot en het coldcaseteam, tot de nieuwe aanwijzingen die zij zelf boven water had weten te halen en haar geslaagde zoektocht naar de jeugdliefde van haar tante. 'En die inspecteur is nu in Kopenhagen, zei je?'

'Een paar dagen geleden in elk geval nog wel, maar ik heb hem al een tijdje niet gesproken.'

'Weet hij wel dat je hier bent en wat er met mevrouw Kristensen is gebeurd?'

'Ik heb hem geappt en zijn voicemail ingesproken, maar hij heeft nog niet gereageerd. Geen idee of hij mijn berichten heeft ontvangen.'

'Het gaat me natuurlijk niets aan, maar waarom ben je eigenlijk naar Groenland gekomen?'

'Ik moest wat spullen bij Mette ophalen die ze nog had van Johanna. Mogelijk kan het nog dienen als bewijsmateriaal.'

'Spullen?'

'Een paar brieven.'

'O. En waarom moet jij dat doen en niet die politieman?'

'Ben weet nog helemaal niet van die brieven af. Mette was niet echt dol op de politie.'

'Ja, daar kan ik me iets bij voorstellen.'

Olivia bestudeerde zijn gezicht. Bedoelde hij hier iets mee? Maar de man leek zich van geen kwaad bewust.

'Dat lijkt me best bijzonder, om die brieven in handen te hebben,' ging hij verder. 'Ook wel een beetje raar, om heel persoonlijke dingen van je tante te lezen.'

Olivia haalde haar schouders op en ging er verder niet op in, maar de situatie begon haar langzamerhand heel bevreemdend voor te komen. Hoe was ze aan de tafel van Mette beland met een keiharde zakenman die een borreltje met haar dronk, terwijl hij sentimenteel oreerde over oude brieven? Waarom had ze het verhaal over Johanna met hem gedeeld? De vermoeidheid en de wodka hadden haar veel loslippiger gemaakt dan ze eigenlijk wilde.

'Misschien een rare vraag, maar zou ik die brieven van je tante eens mogen zien?'

'Niet onaardig bedoeld, maar dat is inderdaad een rare vraag. We kennen elkaar verder helemaal niet, dus waarom zou ik u zulke persoonlijke dingen laten zien? Bovendien moet er sporenonderzoek op de brieven worden uitgevoerd, dus hoe meer mensen eraan zitten, hoe lastiger dat wordt.'

'Je hebt helemaal gelijk. Vergeet maar dat ik het heb gevraagd.'

'Mag ik u op mijn beurt dan een vraag stellen? Een brutale vraag.'

'Natuurlijk. Brutaler dan die van mij kan hij vast niet zijn.'

'U zei dat u straks naar Kopenhagen vliegt. Is er misschien nog een plekje over? Ik wil hier zo snel mogelijk weg.'

'Dat moet wel lukken. Als je nu je spullen pakt, kun je meteen mee. De bedrijfshelikopter landt over een halfuur in de buurt van het boorterrein.'

'Over een halfuur al?'

'Graag of niet.'

'Graag, natuurlijk. Drinkt u rustig uw borreltje op, schenk uzelf nog een beetje bij als u wilt. Ik heb mijn spullen zo gepakt.'

Olivia stond op en stopte wat rondslingerende kleren in haar rugzak. Toen ze bukte, zwaaide de tupilaq heen en weer aan de leren veter om haar nek. Ze raakte zijn houten hoofdje kort aan. Misschien bracht het ding toch geluk en had het Larsen op haar pad gebracht om haar zo snel mogelijk naar het veilige Kopenhagen te brengen. Malik zou het vast geloven. Ze twijfelde of ze hem moest bellen om afscheid te nemen of dat ze hem pas wat moest laten horen als ze in Kopenhagen was. Het was niet haar stijl om zonder afscheid te nemen te vertrekken, maar ze wist nu al wat zijn reactie zou zijn als ze met Mettes grootste vijand in een helikopter zou stappen. Hij zou het haar niet in dank afnemen. Vluchtig keek ze op het scherm van haar mobiele telefoon. De verbinding was nog steeds niet hersteld en genoeg tijd om nog naar het postkantoor te gaan om Malik te bellen was er niet. De beslissing werd dus voor haar genomen.

'Ik schrijf nog even een afscheidsbriefje voor een vriend en dan ben ik klaar,' liet ze Larsen weten, die ineens een ongeduldige indruk maakte en opstond. Snel krabbelde ze wat op een papiertje dat ze van een notitieblokje uit haar tas scheurde, vouwde het dubbel en schreef in blokletters Maliks naam erop. Ze zette het tegen de fles wodka die nog op tafel stond, draaide de petroleumkachel lager en trok haar warme overkleren aan. Toen knikte ze naar Larsen. 'Ik ben er klaar voor.'

'Dan gaan we.'

Hij hield de deur voor haar open. Ze keek nog een laatste keer achterom naar Mettes interieur, slingerde haar rugzak over haar schouders en stapte naar buiten.

38

Vroeg in de ochtend landde de privéjet van Mining & Gems op Københavns Lufthavn Kastrup, het vliegveld van Kopenhagen. Olivia was dolblij en opgelucht dat ze weer voet zette op Deense bodem. Tijdens de helikoptervlucht van Qeqertarsuatsiaat naar Narsarsuaq had ze met Larsen over koetjes en kalfjes gekletst en verdere gesprekken over Mette en Johanna gemeden. De vlucht van Narsarsuaq naar Kopenhagen had ze voornamelijk slapend doorgebracht. Het was haar eerste keer aan boord van een privéjet, maar ze was te moe geweest om ervan te genieten.

Het feit dat ze Malik had achtergelaten met zijn verdriet om Mette en alle vragen rond haar dood had haar een licht schuldgevoel gegeven. Aan de andere kant, hoe goed kende ze hem nou eigenlijk? Ze was hem niks verschuldigd en als ze in Groenland was gebleven, had ze ook weinig tot niets voor hem kunnen doen. Haar eigen veiligheid en het overdragen van de brieven hadden zwaarder gewogen dan het in stand houden van het oppervlakkige contact dat ze met hem had – vriendschap was een te groot woord. Ze zou proberen hem die avond te bellen of te appen, al had ze geen idee wanneer het mobiele netwerk weer operationeel was in Qeqertarsuatsiaat.

'Waar moet je naartoe? Kan ik je ergens afzetten?' vroeg Larsen toen ze uit het vliegtuig waren gestapt. Onder aan de vliegtuigtrap stond een auto met chauffeur klaar om hem op te halen.

'Op Vandkunsten, als het niet te veel moeite is? Ik heb een kamer in het Copenhagen Downtown Hostel.'

'Uitstekend. Ik moet nog wel wat documenten ophalen voor een vergadering die ik vanavond heb, dus we maken een kleine omweg.'

'Echt heel fijn. Ik zag een beetje op tegen de wandeling met die zware rugzak. Een paar dagen Groenland is slopender dan ik dacht.'

'Gooi je tas maar achterin. En er is koffie als je wilt, en zo te zien kun je die wel gebruiken.'

'Is er koffie in de auto?'

Hij lachte. 'Jazeker, we zijn van alle luxe voorzien.'

Ze stapte in en toen ze het portier dichtsloeg, zag ze haar spiegelbeeld in de ruit van de auto. Een bleek en verlopen koppie keek haar aan. Rond haar ogen tekenden zich kringen af en haar lippen zaten vol met barstjes van de kou die ze de afgelopen dagen had moeten doorstaan. Ze kon inderdaad wel wat koffie gebruiken en straks een lekkere douche.

Jensen was al aan de andere kant van de auto ingestapt en hij gaf haar een kop koffie aan, die hij had ingeschonken vanuit een design thermoskan die in een vak tussen de stoelen stond. Ze klemde de beker tussen haar handen en wachtte even tot ze op de snelweg reden voordat ze een slok nam. Ze vertrok haar gezicht even van de zoete smaak.

'Niet lekker?'

'Ik drink mijn koffie altijd zonder suiker.'

'Sorry, dat heb ik dan verkeerd ingeschat.'

'Waar moet je die documenten eigenlijk ophalen?' vroeg Olivia toen ze zag dat ze de afslag voor het stadscentrum voorbijreden.

'Ergens in een kantoor aan de rand van de stad.'

Olivia keek op haar horloge en geeuwde.

'Moe?'

'Ja, best wel. Ik zal blij zijn als ik weer in mijn hostel ben.

Het is zeker niet mogelijk om mij toch eerst af te zetten?'

'Nee, helaas.'

Olivia geeuwde opnieuw. Ze kon haar ogen amper openhouden. 'Ik ben gewoon misselijk van moeheid.'

'Geef gerust toe aan je vermoeidheid. Ik maak je wel wakker als we bij je hostel zijn.'

'Mmm...'

Ze knikkebolde en haar kin zakte op haar borst. Ze probeerde haar hoofd rechtop te houden en zocht houvast tegen de hoofdsteun van haar stoel, maar haar nekspieren leken wel van pap. Ze zag vlekken voor haar ogen en zakte voorover. De gordel voorkwam dat ze met haar hoofd tegen de stoel voor haar viel.

'Ik voel me niet zo lekker,' wist ze met dikke tong uit te brengen.

De vlekken voor haar ogen breidden zich uit tot een ondoordringbaar beeldvullend zwart vlak.

39

Jesper trok het hoofd van het meisje aan haar haren omhoog. Haar ogen bleven gesloten en een dun straaltje speeksel liep van haar mondhoek naar haar kin. Op zijn gezicht verscheen een tevreden lach. Dat was makkelijker gegaan dan hij had gedacht. Soms zat het hem toch ook nog weleens mee in het leven. Hij graaide in haar jaszak en haalde haar mobiele telefoon eruit. Stopte hem zolang in het vak in het portier tot hij besloten had hoe hij hem het best kon vernietigen.

De chauffeur had geen flauw idee wat zich achter hem afspeelde: een donker scherm scheidde hem van de passagiers achterin. Hij had opdracht gekregen om naar het hoofdkantoor van Mining & Gems te rijden en daar aangekomen verzocht Jesper hem uit te stappen, zodat hij zelf achter het stuur kon plaatsnemen om de reis te vervolgen. Het kwam wel vaker voor dat directieleden zelf reden, met name als er jonge dames die geen echtgenotes waren in het spel waren en men wat privacy wilde hebben, en de dienstdoende chauffeurs wisten dat ze geacht werden geen vragen te stellen en hun mond te houden. Aan het einde van het jaar wachtte hun immers altijd een leuke bonus – in contant geld – dus niemand protesteerde tegen deze gang van zaken.

Hoewel hij zo snel mogelijk naar het familiehuis in Ishøj wilde rijden, hield Jesper zich gedurende de rest van de rit keurig aan de maximumsnelheid om geen extra aandacht van de overige weggebruikers of de politie op zich te vestigen. Zijn nek- en schouderspieren stonden strak van de spanning en hij voelde straaltjes zweet langs zijn rug lopen. Hij moest nadenken, alles op een rijtje zien te krijgen. De afgelopen dagen had hij te veel ad hoc gehandeld en hij had het gevoel dat de dingen hem door de vingers begonnen te glippen. Hij had impulsief gehandeld, ongecontroleerd, en zijn emoties hadden de overhand gekregen. Het was alsof hij een waas in zijn hoofd had gehad en dat beviel hem niets. Eén keer eerder in zijn leven was hem dat overkomen en dat had toen ook niet goed uitgepakt. En nu weer. Hij had zichzelf in een lastig parket gebracht en hij was er nog niet uit hoe hij een en ander weer ten goede kon keren, zonder zelf al te veel schade op te lopen.

Maar het gaat je lukken. Je mag nu niet falen.

Toen het meisje had gevraagd of ze mee mocht vliegen naar Kopenhagen had hij zijn plannen snel moeten wijzigen. Zonder dat ze het wist, had ze hem een uitgelezen kans geboden. Althans, dat had hij op dat moment gedacht, maar inmiddels was hij daar niet meer zo zeker van. Hij was bezig een Nederlands meisje te ontvoeren en hij wist eigenlijk niet wat hij met haar aan moest. Haar ongemerkt laten verdwijnen? Dat zou lastig zijn, zeker door haar familiegeschiedenis. Die Nederlandse inspecteur met wie ze contact had zou alles op alles zetten om haar te vinden. Maar hij kon ook niet terugdraaien dat hij haar had gedrogeerd en meegenomen. Hij moest nu doorgaan. Haar laten lopen bracht te veel risico's met zich mee.

Op zijn routeplanner zag hij dat hij nog geen vijf minuten verwijderd was van de plaats van bestemming. Het familiehuis leek hem de beste plek om het meisje te verbergen, want het werd nauwelijks gebruikt en stond al tijden leeg. Het was vrijstaand, beschut en uit het zicht van nieuwsgierige dorpsbewoners. Een ideale schuilplaats dus. Hij zou eerst dit tot een goede einde brengen en dan bedenken wat de volgende stap moest zijn. Aan Jytte had hij verteld dat hij nog in Groenland zat en op zijn vroegst pas over een paar dagen thuis zou zijn; die zou hem dus niet missen. En de piloot had een aardig zakcentje gekregen om zijn mond te houden over de terugvlucht naar Kopenhagen. Jesper had dus in elk geval een paar dagen de tijd om een plan te bedenken en het ten uitvoer te brengen.

In de verte zag hij aan de rechterkant de lange, door bomen en struiken omringde kronkelweg opdoemen die hem beschutting zou bieden totdat hij bij het huis was. Hij gaf richting aan en draaide de half verharde zandweg met steenpuin in. Steentjes knerpten onder zijn banden en spatten op aan weerszijden van zijn wielen toen hij wat sneller ging rijden. Het meisje was nog steeds helemaal van de wereld en maakte zachte snurkgeluiden. Na een kilometer of twee zag hij het statige witte huis met houten details verschijnen. Het toegangshek opende automatisch dankzij een handige app op zijn iPhone, zodat hij meteen door kon rijden. Daarna opende hij de elektronische garagedeur en reed de auto naar binnen. Pas toen de garagedeur zich weer achter hem gesloten had, kon hij wat dieper ademhalen.

Hij leunde voorover met zijn hoofd tegen het stuur en sloot zijn ogen totdat zijn hartslag weer een normaler ritme had gekregen. Hij klikte zijn gordel los en stapte uit. De autodeur schoot uit zijn klamme handen en sloeg harder dicht dan zijn bedoeling was, en even was hij bang dat het meisje wakker zou worden van het geluid. Hij bestudeerde haar nauwlettend, dat gezicht dat hij zo goed kende, maar ze sliep rustig door. Toen liep hij om de auto heen en opende de passagiersdeur. Ze zakte half uit de auto en de autogordel voorkwam dat ze naar buiten viel. Hij ving haar op met zijn lichaam toen hij haar gordel losmaakte en pakte haar onder haar oksels om haar de auto uit te trekken. Daarna gooide hij haar slappe lijf over zijn schouder, graaide een rol nylontouw mee van een plank en bracht haar naar binnen. Hij liep rechtstreeks door naar de eerste verdieping en gooide haar op een bed, waarna hij haar op haar rug draaide en haar polsen stevig vastbond aan de opstaande metalen bedrand. Daarna spreidde hij haar benen en bond ook haar enkels vast. Als ze nu wakker zou worden, kon ze geen kant meer op.

Oké, nadenken, zei hij tegen zichzelf.

Hij keek naar haar lichaam. Bekeek de borstkas die rustig op en neer ging. Haar borsten. Als hij haar hier een paar dagen had, dan...

Nee! Je weet dat het niet kan. Niet mag.

Maar dit was een nieuwe kans. Het kon misschien allemaal nog goed komen.

Je kunt de tijd niet terugdraaien.

Inderdaad. Wat gebeurd was, was gebeurd en hij moest zich nu focussen op het heden. Het liefst zou hij eerst haar spullen doorzoeken, maar er was niks te eten en drinken in huis en als ze hier inderdaad een paar dagen zouden verblijven, moest hij dat eerst regelen. Als hij nu niet naar een supermarkt reed, kwam hij misschien voor een gesloten deur te staan.

Hij keek nog een keer naar het slapende gezicht van het meisje, moest even slikken, en liep toen naar beneden. Haar rugzak lag nog in zijn kofferbak en hij besloot dat zo te laten. Ook al kon ze geen kant op als ze wakker werd voordat hij terug was, dan nog wilde hij niets aan het toeval overlaten. Gehaast stapte hij in zijn auto, opende de garage en verliet het omsloten privéterrein.

40

Olivia werd langzaam wakker. Haar mond was kurkdroog en haar hoofd bonkte. Was ze ziek? Haar hoofd voelde wazig, alsof ze koorts had, en de spieren in haar armen en benen deden pijn. Uitzieken dus maar en doorslapen op die zalige zachte matras.

Ze wilde zich op haar zij draaien, maar iets aan haar arm verhinderde dat. Ze zette meer kracht en probeerde haar arm mee te krijgen. Er sneed iets in haar pols. Met moeite opende ze haar ogen en probeerde rechtop te gaan zitten. Haar hoofd optillen lukte nog wel, maar dat was het dan ook. Ze keek naar links en naar rechts en liet haar ogen wennen aan de invallende schemering. Ze lag in een kamer op een bed en... haar polsen waren vastgebonden! Een poging haar benen op te trekken mislukte ook; waren ook haar enkels vastgebonden?

Wat was hier in godsnaam aan de hand? Waar was ze en hoe was ze hier beland?

Ze pijnigde haar geheugen en een pokdalig mannengezicht verscheen op haar netvlies. Ze zag zichzelf bij hem in de auto zitten met een beker koffie. Koffie die veel te zoet was geweest. Daarna kon ze zich niks meer herinneren. Er had iets in die koffie gezeten, dat moest wel. Die man, hoe heette hij ook alweer?

Jesper!

Jesper Larsen, directielid van dat mijnbouwbedrijf dat in Groenland robijnen wilde winnen tegen de wil van de bevolking in. Hij had zo keurig geleken met zijn maatpak en stropdas. Wat wilde die vent van haar? Was hij een verkrachter? Ze had hem af en toe wel naar haar zien staren, maar daar verder geen aanstoot aan genomen.

Ze tilde haar hoofd weer op. Recht voor het bed was een groot raam. De gordijnen waren open en ze zag de eerste sterren aan de hemel flonkeren. Geluiden hoorde ze niet. Niet in en niet buiten het huis. Was ze hier alleen achtergelaten?

'Hallo?' riep ze met schorre stem. Ze schraapte haar keel. 'Help! Is daar iemand?'

Geen enkele reactie. Ze schreeuwde nogmaals en nu leek ze iets te horen. Voetstappen op de trap? Ze rukte aan de touwen, verrekte een spier in haar lies. De kamerdeur zwaaide open en ze zette het op een krijsen toen er een lamp werd aangedaan en Jesper Larsen op haar af kwam lopen.

'Gillen heeft geen zin, niemand kan je horen.' Hij liep op haar af met een glas water waar een rietje in zat en duwde dat rietje in haar mond. 'Hier, drink op.'

Gulzig zoog ze het rietje bijna vacuüm tot een slurpend geluid aangaf dat het glas leeg was. Jesper zette het glas op het tafeltje naast het bed en ging op de matras zitten. Op zijn rode konen na was zijn huid bleek en zijn ogen stonden verwilderd. Er hing een sterke dranklucht om hem heen.

'Wat wil je van me? Waarom ben ik vastgebonden?' vroeg Olivia. Ergens beneden ging een telefoon. Ze herkende de ringtone als de hare. Jesper keek geschrokken op en ontspande pas weer een beetje toen het geluid ophield.

'Kom, je zult het wel warm hebben.'

'Blijf van me af!'

Zijn handen begonnen aan haar kleren te plukken. Hij ritste haar jas los en Olivia kronkelde met haar lijf in een poging om onder zijn handen uit te komen. Zijn blik bleef op haar borsten hangen en ze zag zweetdruppels ontstaan op zijn bovenlip. Langzaam schoven zijn handen haar trui omhoog en ze voelde zijn handpalmen over haar lichaam strijken. Het angstzweet brak haar uit en ze bewoog wild heen en weer binnen de beperkte bewegingsruimte die de touwen haar boden.

'Alsjeblieft,' smeekte ze hem. 'Alsjeblieft, niet doen.'

Ze probeerde oogcontact met hem te krijgen en dat lukte. Ze wist zijn blik vast te houden. 'Alsjeblieft,' fluisterde ze opnieuw.

De uitdrukking in zijn ogen veranderde. Abrupt stond hij op en begon heen en weer te lopen door de kamer. Met een ruk trok hij de gordijnen dicht. Hij bleef even met zijn rug naar haar toe staan, draaide zich toen weer om en liep met zijn armen slap langs zijn lijf hangend naar haar toe. Zijn starende ogen gaven haar kippenvel. Hij ging naast haar op het bed zitten en streelde haar gezicht. Toen hij begon te praten, leek hij in een roes te zijn. Zijn stem was vlak, zonder enige emotie. Maar wat nog veel schokkender was, was dat hij haar in het Nederlands aansprak.

'Dat had je niet gedacht, hè, Johanna? Dat je ooit nog eens bij mij in bed zou liggen?'

Olivia wist niet waar ze meer van in shock was: het feit dat deze man haar had aangesproken met de naam van haar tante, of het feit dat hij Nederlands had gesproken.

'*I'm Olivia. My name is Olivia!*' gilde ze van de weeromstuit in het Engels.

Hij schoot overeind en keek haar verschrikt aan.

'Ik ben Olivia, niet Johanna,' sprak ze nu in het Nederlands. 'Wie ben jij? Waarom noemde je me Johanna?'

Jesper deinsde met een rood hoofd achteruit en stootte een geluid uit dat op een snik leek.

'Olivia,' stamelde hij. 'Jij bent Olivia.'

'Ja. Johanna is mijn tante.'

'Je lijkt ook zoveel op haar.' Hij sprak nu zo zacht dat ze hem amper kon verstaan. 'Ik dacht even dat de tijd was teruggedraaid. Dat alles weer normaal zou worden. Dat alles toch nog goed zou komen.'

‘Je kende mijn tante Johanna?’

‘Het was een ongeluk. Het was een ongeluk.’ Jesper sloeg zijn handen voor zijn gezicht.

‘Wat was een ongeluk? Waar heb je het over? Weet jij wat er met mijn tante Johanna is gebeurd?’

‘Het was niet mijn bedoeling. Ik wilde haar alleen maar zoenen. Dat was alles. Eén enkele zoen. En toen… toen was ze ineens… dood.’

Olivia sperde haar ogen open. Wat?! Bekende deze man nou zojuist de moord op haar tante?

‘Heb jij Johanna vermoord?’ vroeg ze vol ongeloof.

‘Het was een ongeluk, dat zeg ik toch? Ik was smoorverliefd op haar en zij liep maar te dwepen met die Mette.’

Olivia zag Mettes gezicht voor zich. Haar dode gezicht. ‘Je kende Mette dus ook.’ Haar stem klonk kil.

Hij knikte. ‘Ik had alles achter me gelaten en toen kwam ze ineens mijn kantoor binnenlopen. Ze probeerde me nog te chanteren ook.’

‘Mette chanteerde jou?’

‘Ja! Toen kwam alles terug. De nachtmerries, de dromen…’

‘Over Mette?’

‘Nee, over Johanna.’

‘Wacht even, ik begrijp er niks van. Wat is er nou precies gebeurd?’

‘Het was een ongeluk.’

‘Nee, dat is niet genoeg! Vertel nou eens precies wat er vijfentwintig jaar geleden tijdens die oudjaarsnacht is gebeurd.’

41

'Ik kwam Johanna 's nachts tegen op straat en ze vertelde me dat ze op weg was naar het station. Ik had net mijn rijbewijs en bood aan haar te brengen. Ze stapte in en vertelde dat ze met de trein naar Denemarken zou vertrekken om bij Mette te gaan wonen, omdat ze het gezeik thuis zat was. Ik probeerde dat uit haar hoofd te praten, bekende dat ik verliefd op haar was. Alle jongens zaten achter haar aan, maar ik meende het echt. Ik wilde met haar trouwen. Ze lachte me uit en zei dat ze me nog niet wilde zoenen al was ik de laatste man op aarde. Ze zei dat ik de auto aan de kant moest zetten, dat ze bij nader inzien toch liever ging lopen. Ze had haar gordel al losgemaakt en wilde het portier openmaken. Ik wilde niet dat ze wegging en gaf gas bij. Ze schreeuwde dat ik haar eruit moest laten. Dat ze niet op puistenkoppen viel.'

Hij zweeg en staarde voor zich uit, alsof hij heel even weer helemaal terug in de tijd was. In die auto, toen het meisje op wie hij verliefd was hem zo meedogenloos afwees.

'En toen?' vroeg Olivia.

Hij keek haar aan met een gepijnigde blik en ze kreeg bijna medelijden met hem. 'Het was gewoon te veel voor me. Ik trapte vol op de rem en Johanna vloog met haar kin tegen het dashboard aan. Er knapte iets. In mijn hoofd, in haar nek, ik weet het niet meer, maar de auto begon te slingeren en toen hij eindelijk stilstond, hing Johanna slap tussen de stoel en het dashboard. Ze bewoog niet meer en haar ogen stonden zo raar. Ik wist niet wat ik moest doen en in paniek ben ik toen naar het Kralingse Bos gereden. Daar heb ik haar uit de auto gehaald. Ze ademde niet meer en ik voelde geen hartslag. Ik heb haar mond-op-mondbeademing gegeven, hartmassage, maar ze reageerde nergens op. Toen besefte ik dat ze dood was.'

Jespers woorden drongen nog niet helemaal tot Olivia door. Ze besefte nog niet dat deze bekentenis uit onverwachte hoek een einde maakte aan alle speculaties rond de verdwijning van Johanna. Wat ze wel besefte, was dat ze op de een of andere manier moest zien te ontsnappen, en wel zo snel mogelijk. Haar familie moest dit verhaal te horen krijgen. Maar hoe kwam ze hier weg? Ze kon geen kant op, kon zich niet verdedigen. Jesper kon alles met haar doen wat hij wilde. Ze keek naar de tupilaq om haar nek en dacht aan Malik. Hij geloofde in de kracht van de talisman, en misschien was het tijd voor haar om er ook in te geloven.

Doe je werk. Laat me hier niet doodgaan.

Nee! Ze moest haar leven niet in handen geven van… Ja, van wat, eigenlijk? Bijgeloof? Ze moest vechten in plaats van opgeven. Nooit opgeven. Misschien kon ze Jesper wel zover krijgen dat hij haar vrijliet. Als ze hem lang genoeg aan de praat wist te houden, dan…

'Wat heb je met haar lichaam gedaan?'

Hij keek verbaasd op, alsof hij was vergeten dat ze er nog was. 'Ik werkte in de weekenden bij het aannemersbedrijf van de vader van een vriend van mij, Chris. Achter de werkplaats van de timmerlieden was een oude waterput. Ik wist dat Chris nog in de stad moest zijn en dat zijn ouders oud en nieuw vierden bij familie in Limburg. Er was dus niemand op het terrein.'

'Je hebt haar in die put gegooid?' Olivia kon haar afschuw niet verbergen.

'Ik moest toch íéts met haar lichaam doen? Toen heb ik er ongebluste kalk overheen gegooid om het lichaam te laten verdwijnen. Dat had ik ooit eens gelezen. Het was het enige wat ik kon bedenken.'

'Maar voelde je je dan helemaal niet schuldig?'

'Hoe kun je je schuldig voelen als je ergens geen schuld aan hebt?'

'Jij hebt toch op de rem getrapt, waardoor ze met haar hoofd tegen het dashboard is geklapt en haar nek heeft gebroken?'

'Het was een ongeluk! Ze had zelf haar gordel losgemaakt! En wat had ik anders moeten doen? Ik moest toch ook aan mijn eigen toekomst denken? En ik kon haar niet terugbrengen uit de dood. Ze was dood en dat was dat. Het enige wat ik kon doen, was haar lichaam laten verdwijnen zodat niemand er ooit achter hoefde te komen wat er was gebeurd.'

'Heb je enig idee wat je mijn familie hebt aangedaan? Enig idee wat mijn grootouders en vader al die jaren hebben doorgemaakt? Het verdriet, de knagende hoop. Hoe heb je zo lang je mond kunnen houden?!'

Olivia schreeuwde de laatste woorden uit. De benarde situatie waar ze zich in bevond verdween naar de achtergrond en het enige wat ze wilde, was deze man net zoveel pijn doen als hij haar familie had gedaan. Als een bezetene probeerde ze los te komen van het bed, maar zonder enig resultaat. De touwen zat nog altijd even strak om haar polsen en enkels. Jesper liet haar begaan tot ze uitgeput en huilend op adem probeerde te komen. Toen kwam hij naast het bed staan en boog zich voorover tot zijn gezicht vlak boven het hare hing.

'De vraag is nu: wat ga ik met jou doen?' Zijn stem klonk plots weer krachtig. 'Ik was er in eerste instantie nog niet uit wat ik met je aan moest, maar nu jij de enige bent die mijn geheim kent… Moet ik met jou misschien hetzelfde doen als met Mette?'

Olivia keek hem vol afschuw aan. 'Ik had het kunnen weten,' siste ze. 'Natuurlijk heb jij Mette vermoord. Ze zat je dwars met mijn tante, en nu opnieuw in Groenland.'

Jesper gaf geen kik en aan de blik in zijn ogen kon ze zien dat hij weer helemaal in zichzelf gekeerd was.

'Maar het geeft zo'n bende. Al dat bloed...' fluisterde hij nu weer.

Hij ging rechtop staan en rende zonder iets te zeggen de kamer uit. Olivia hoorde zijn gehaaste voetstappen op de trap naar beneden. Wat ging hij doen? Een wapen pakken? Ze rukte als een idioot aan de touwen. Als ze niet lost wist te komen, dan maakte ze geen enkele kans. Ze gromde gefrustreerd toen de touwen alleen maar strakker kwamen te zitten, en hoorde Jesper alweer naar boven komen. Haar dood kwam stap voor stap dichterbij.

Met een verwilderde blik in zijn ogen kwam hij de kamer weer binnen. Hij droeg een groot oranje afdekzeil onder zijn arm en hij sleepte de kleine rolkoffer mee die hij op de terugreis uit Groenland bij zich had gehad. Hij liet de koffer op de grond bij het bed staan en liep met het afdekzeil naar haar toe. Olivia verzette zich hevig toen hij het zeil onder haar lichaam door probeerde te schuiven, maar ze kon er niks tegen doen. Toen focuste Jesper zich weer op de koffer. Hij legde hem op de grond en ritste hem open, en Olivia hoorde zijn handen tussen de spullen graaien. Een triomfantelijke kreet gaf aan dat hij gevonden had wat hij zocht, en plotseling stond hij weer naast haar en keek haar aan. Zijn ogen waren doods en ze zag nu pas hoe donker de irissen waren. Diepbruin, tegen het zwarte aan.

Langzaam hief hij zijn rechterarm op. En toen Olivia zag wat hij in zijn handen had, sloot ze haar ogen en begon te gillen.

42

'Jesper!' Een schrille vrouwenstem weergalmde door de kamer, terwijl een deur tegen de muur sloeg.

Olivia opende haar ogen. Het lamplicht weerkaatste op de vlijmscherpe gouden punt van een briefopener, maar de hand die hem vasthield hing stil in de lucht. Uit het niets kwam een vuist in beeld, die zo hard in contact kwam met Jespers rechterwang dat de man zijn evenwicht verloor en samen met zijn aanvaller schuin over Olivia heen viel. De aanvaller greep Jespers pols vast en wrikte de briefopener uit zijn samengeknepen hand. Smeet het ding zo ver mogelijk bij het bed vandaan en trok Jesper bij Olivia weg.

Hij schreeuwde iets in het Deens naar een vrouw met lang blond haar die op dat moment de kamer binnenkwam. Ze greep de rol nylontouw die Jesper had gebruikt om Olivia mee te knevelen en terwijl de man Jesper op de vloer in bedwang hield, bond zij met trillende handen zijn polsen samen. De man nam het van haar over en knoopte het touw driedubbel vast voordat hij van Jesper af stapte en opstond. Het uiteinde van het touw knoopte hij vast aan een poot van het bed en toen kwam hij hijgend overeind.

Nu pas zag Olivia dat het een al wat oudere man was.

De vrouw, die een stuk jonger was, liep snikkend op Olivia af en begon haar onhandig weer aan te kleden, zodat haar gedeeltelijk ontblote lichaam niet langer te zien was. Ondertussen haalde de man iets uit zijn broekzak en Olivia hoorde een klikgeluid. Met een Zwitsers zakmes sneed hij een voor een de touwen door. Zodra ze haar armen en benen weer vrij kon bewegen, hielp de vrouw haar overeind. Olivia's armen en benen begonnen pijnlijk te tintelen toen haar bloedsomloop weer op gang kwam.

Ze keek de man en vrouw aan en probeerde iets te zeggen, maar de woorden kwamen niet. Toen keek ze naar Jesper, die op de grond lag, en langzaam maar zeker drong tot haar door dat ze gered was. '*Thank you*,' was het enige wat ze toen kon uitbrengen.

De vrouw en de man keken elkaar aan. Kennelijk hadden ze zich niet gerealiseerd dat het meisje dat ze net vastgebonden op bed hadden aangetroffen geen Deense was.

'*Are you alright?*'

'Ja.'

'Heeft hij je verkracht?'

'Nee, maar hij wilde me vermoorden,' zei Olivia.

En toen barstte ze in snikken uit.

43

Olivia zat in een kamertje op het politiebureau in Kopenhagen. Ze was net verhoord over alles wat er de afgelopen dagen in Groenland en in het huis in Ishøy was gebeurd. De eindeloze vragen, het steeds opnieuw moeten herhalen van haar verhaal en alle spanning die ze de afgelopen dagen had moeten doorstaan, hadden haar uitgeput. Eigenlijk wilde ze alleen nog maar slapen. Terug naar Nederland en haar eigen bed in duiken met een warme kruik. Net als vroeger ingestopt worden door haar vader, met een aai en een zoen op haar bol. Veilig.

Ze had haar vader kort mogen bellen om hem te laten weten dat alles goed met haar was en dat Johanna naar alle waarschijnlijkheid dood was, net als Mette. Er was een verdachte opgepakt en details volgden later. De Deense politie had haar tijdens het verhoor ook verteld wie haar redders waren. Het bleek om de echtgenote en de schoonvader van Jesper Larsen te gaan, die die avond spontaan hadden besloten om een paar dagen naar het familiehuis te gaan. De man had net slecht nieuws te horen gekregen in het ziekenhuis, en vader en dochter wilden daarom wat qualitytime met elkaar doorbrengen. Jesper had laten weten dat hij later thuis zou komen dan hij had gepland, dus vandaar dat zijn vrouw zich vrij voelde om haar gang te gaan. Dat was Olivia's geluk geweest.

De rechercheurs die ze het afgelopen uur gesproken had en die haar verklaring hadden opgenomen, waren nu al zeker een kwartier geleden de kamer uit gelopen en ze begon een beetje ongeduldig te worden. Waarom moest ze hier blijven zitten en mocht ze niet terug naar haar hostel? Ze vouwde haar handen om de plastic beker met inmiddels koud geworden koffie en bracht hem naar haar mond. Op het moment dat ze een slok wilde nemen ging de deur achter haar open. Ze keek over haar schouder.

'Inspecteur De Groot,' zei ze verrast. 'Ik had u al bijna als vermist opgegeven.' Ze kon een cynische ondertoon in haar stem niet verbergen.

'Dag, Olivia,' zei hij kalm. 'Goed om je in volle gezondheid aan te treffen.'

Hij sloot de deur en ging tegenover haar zitten.

'Ik heb zo vaak geprobeerd om u te pakken te krijgen, maar u leek wel van de aardbodem verdwenen.'

'Ik kan van jou hetzelfde zeggen. Naar Groenland afreizen zonder mij daarvan vooraf in kennis te stellen. Dat was niet de afspraak, toch? En kijk waartoe het geleid heeft: je was bijna dood geweest. Je hebt geluk gehad dat je het allemaal nog kunt navertellen.'

'Ik ben naar Groenland gegaan om iets op te halen wat bij Mette thuis lag. Iets wat met Johanna's zaak te maken heeft. Mette wilde het per se niet per post sturen en ze nam me alleen mee als ik de politie er niet bij zou halen. Ik had dus echt geen keus.'

'Natuurlijk had je wel een keus, je hebt alleen besloten er niets mee te doen. Maar vertel eens over dat "iets" wat met de zaak te maken heeft. Daar heb je tegen mijn Deense collega's met geen woord over gerept.'

'Klopt. Ik wilde niet het risico lopen dat de Deense politie bewijsmateriaal in handen kreeg dat voor u bestemd was.'

'En over wat voor bewijsmateriaal hebben we het dan?' Hij begon wat ongeduldig te klinken.

'Twee brieven die Mette van Johanna zou hebben gekregen. Ze zijn verstuurd nadat ze al een paar weken als vermist was opgegeven.'

Olivia legde kort aan de politieman uit wat de inhoud van de brieven was.

'En jij hebt deze brieven?'

'Ja, in mijn rugzak. Op beide enveloppen zitten ouderwetse postzegels, dus misschien is er nog wat speeksel op te vinden waar iets van DNA uit gehaald kan worden. Of van de plakrand van de enveloppen.'

'Dat is zeker een poging waard,' zei Ben.

'Misschien heeft die Jesper Larsen ze verstuurd.'

'Dat zullen we hem zeker gaan vragen. Jesper Larsens werkelijke naam is trouwens Ruud Mulder. Hij was een van de jongens met wie je vader vroeger omging in de tijd dat Johanna verdween. Ik was al een tijdje naar hem op zoek, maar er was niets bekend over zijn huidige adres. Nu snap ik ook waarom. Na zijn studie bij de TU Delft is hij voor de Nederlandse tak van Mining & Gems in Spijkenisse gaan werken. Daar klom hij al snel op en hij begon steeds meer klussen voor het moederbedrijf in Denemarken te doen. Hij ontmoette Jytte, de dochter van zijn baas, in 2008 tijdens een bedrijfsfeestje en ze kregen een relatie. Ruud woonde toen nog in Spijkenisse. In 2010 vroeg hij Jytte ten huwelijk en is hij geëmigreerd naar Denemarken. Hij heeft toen de achternaam van zijn vrouw aangenomen. Als voornaam gebruikte hij vanaf dat moment zijn tweede naam, Jasper, die hij "verdeenste" naar Jesper.'

'Voordat hij een briefopener in mijn nek wilde steken, heeft hij aan me verteld wat er met Johanna is gebeurd. Hij bleef maar volhouden dat het een ongeluk was.'

'Hij beroept zich nu op zijn zwijgrecht. Elk bewijs dat we vinden om jouw getuigenis mee te staven is dus nodig. Als Larsen blijft zwijgen, moeten we de feiten laten spreken.'

'Hij heeft Mette vermoord met die briefopener.'

'Die hebben we voor sporenonderzoek in beslag genomen. Als hij Mette er inderdaad mee heeft vermoord, zullen we daar zeker sporen van vinden.'

'Wat gaat er nu gebeuren?'

'Jij en ik vliegen vanavond nog terug naar Nederland. De moord op Mette en de autopsie op haar lichaam zijn een zaak van de Deense politie. Uiteraard heb ik met hen afgesproken dat ze mij op de hoogte houden. Ik ga in Nederland het verhaal natrekken dat Ruud jou heeft verteld. Om te beginnen gaan we met een forensisch team een bezoekje brengen aan die put waar hij Johanna's lichaam in gegooid zou hebben.'

'Maar daar is toch niks meer te vinden? Met ongebluste kalk kun je een lichaam toch volledig laten verdwijnen? Het lost toch op in dat spul?'

'Nee hoor, dat is een hardnekkige mythe. Als hij haar daar daadwerkelijk heeft achtergelaten, zullen we hoogstwaarschijnlijk in elk geval gebitsresten terugvinden. We vinden zelfs nog tanden terug als iemand door een brand om het leven is gekomen, en bij een brand kunnen temperaturen van duizend graden worden bereikt en bij ongebluste kalk van nog geen honderd.'

'O, dat wist ik niet. En Jesper of Ruud of hoe ik hem ook moet noemen ook niet.'

'Dan heb je vandaag weer iets nieuws geleerd.'

'En die brieven?'

'Die zal ik inderdaad laten onderzoeken op DNA. Het is niet gegarandeerd dat we een bruikbaar profiel op die enveloppen of de postzegels zullen terugvinden, gezien de tijd die verstreken is, maar het is een poging waard. Alleen al om mijn nieuwsgierigheid te bevredigen. Want als Ruud die brieven niet verstuurd heeft, wie dan wel?'

'Ik denk mijn opa,' zei Olivia aarzelend. Nu duidelijk was wie de dood van Johanna op zijn geweten had, durfde ze dat wel te zeggen. 'De schrijfmachine waarmee de brieven zijn getypt heeft dezelfde afwijking in de letter a als de machine die in mijn opa's kamer staat.'

'Interessant. En hij heeft die machine dus nog?'

'Ja.'

'Dan gaan we die maar eens ophalen.'

Olivia zuchtte. Ze wilde eigenlijk niet weten hoe dit ging aflopen.

Ben had kennelijk door hoe ze zich voelde, want hij zei: 'Jij kunt er niks aan doen, Olivia. Iedereen moet zich voor zijn eigen acties verantwoorden: jij, Jesper Larsen, maar ook je grootvader.'

'Dat weet ik, maar dat maakt het nog niet eenvoudiger. Maar goed, wat ik me eigenlijk nog afvroeg: als blijkt dat het verhaal dat Jesper alias Ruud me heeft verteld klopt, wat gaat er dan met hem gebeuren? Wordt hij uitgeleverd aan Nederland?'

'Daar kan ik nu nog niets over zeggen. Als hij Mette heeft vermoord, dan denk ik dat de Denen hem graag zijn straf laten uitzitten op hun eigen grondgebied. Bovendien is hij volledig genaturaliseerd tot Deens staatsburger.'

'Maar hij komt toch niet weg met de moord op Johanna?'

'Als het verhaal dat hij jou verteld heeft klopt, dan zal de beschuldiging hooguit doodslag worden en geen moord. Hij had Johanna's dood niet van tevoren gepland. Het feit dat ze haar gordel niet omhad toen hij op de rem trapte, is haar noodlottig geworden. Een goede advocaat komt denk ik een heel eind met aannemelijk maken dat de ongelukkige samenloop van omstandigheden haar fataal is geworden.'

'Maar hij probeerde haar in die auto te houden, terwijl ze had aangegeven dat ze dat niet wilde. Ze probeerde aan hem te ontsnappen, en geef haar eens ongelijk. Misschien wilde hij haar wel verkrachten.'

'Die "ontvoering" valt hem ook zeker aan te rekenen, maar die zal moeilijk te bewijzen zijn als hij geen bekentenis aflegt. Dus of een rechter daarin meegaat... Twijfelachtig. En hoe zwaar dit dan wordt meegewogen in een eventuele straf weet ik niet. Johanna is in eerste instantie vrijwillig bij hem ingestapt. Pas later werd het vervelend en wilde ze die auto uit.'

'En het wegwerken van haar lichaam dan? Hij heeft vijfentwintig jaar lang gezwegen en mijn familie door een hel laten gaan!' Olivia begon nu echt boos te worden. 'Het is toch onverteerbaar als hij ermee weg zou komen!'

'Dat is weer meteen het andere uiterste. Ik ben ervan overtuigd dat hij zijn straf niet zal ontlopen. Daarvoor heeft hij, zoals het er nu naar uitziet, te veel op zijn kerfstok. Met wat hij jou heeft aangedaan komt hij in elk geval niet weg. Ontvoering, aanranding, poging tot moord... Daar komt een mooie straf op te staan, ga daar maar van uit.'

'Ik hoop het. Hij verdient het.'

Ben keek op zijn horloge. 'Ik stel voor dat we samen nog even een hapje gaan eten en dan naar het vliegveld gaan.'

'Ik vind alles best, als ik hier maar weg kan. Het was me allemaal iets te spannend, en als die twee mensen er niet waren geweest om me te hulp te schieten...' Ze legde haar hand op de tupilaq die ze nog steeds om haar nek had.

Ben zag het. 'Wat is dat voor eng mannetje dat je daar om je nek hebt hangen?'

'Een talisman die ik heb gekregen van iemand die bevriend was met Mette, een Inuit. Ik heb samen met hem haar lichaam gevonden en daarna heeft hij deze tupilaq voor me gemaakt. Volgens het geloof van de Inuit beschermt hij je tegen het kwaad.'

'En, werkt hij?'

'Je zou bijna denken van wel, dus ik hou hem in elk geval nog maar even om tot ik weer veilig in Nederland ben.'

'Gelijk heb je. Ga je mee?' Ben stond op en Olivia volgde zijn voorbeeld. 'Inspecteur?'

'Ja.'

'U hebt me nog steeds niet verteld waarom u niet bereikbaar was en niet reageerde op mijn berichtjes.'

Ben kreeg een rood gezicht. 'Eh, dat kwam door een ongelukje met mijn telefoon,' mompelde hij, terwijl hij haar blik ontweek.

'Wat voor ongelukje?'

'Als je het per se wilt weten: ik heb mijn telefoon in de wc laten vallen.'

'Dat is best suf.'

'Ja, heel suf. Kunnen we het daarbij laten?'

Olivia beet op haar wang om niet in lachen uit te barsten.

44

Er hing een gespannen sfeer in het huis van de familie Van Vliet. Jeroen en zijn vader zaten zwijgend in de woonkamer en Olivia was met haar oma in de keuken. Het koffieapparaat gaf een laatste reutel. Olivia pakte de pot van het warmhoudplaatje en snoof de vertrouwde geur op voordat ze de koffie in een thermoskan goot.

'Hoe laat is het?' vroeg haar oma met een afwezige blik in haar ogen.

'Tien voor zeven. Inspecteur De Groot zal zo wel komen.'

Olivia liep met de volle thermoskan naar de woonkamer en haar oma volgde met een schaal waar een zelfgebakken appeltaart op stond. Olivia wist nu al dat hij onaangeroerd zou blijven, omdat ze geen van allen een hap door hun keel zouden krijgen. Er waren inmiddels alweer een paar weken verstreken sinds Olivia uit Denemarken was teruggekeerd. In de tussentijd was het coldcaseteam onder aanvoering van Ben volop aan de slag gegaan om alle sporen en het verhaal dat Ruud aan Olivia had verteld na te trekken. Vanavond zou hij hun de uitkomsten van alle onderzoeken komen vertellen en zouden ze eindelijk met zekerheid weten wat er met Johanna was gebeurd. Dat ze niet meer leefde, was voor hen allemaal een uitgemaakte zaak, maar de behoefte om details te horen was bij hen allen groot.

'Iemand alvast een bakkie?'

'Nee dank je, Olijf, misschien straks,' antwoordde haar vader.

Olivia hoopte dat Bens verhaal hun eindelijk rust zou brengen. Het was tijd om na vijfentwintig jaar eindelijk te beginnen met het verwerken van Johanna's dood, om te accepteren dat ze echt nooit meer zou terugkomen. Die wetenschap had zelfs bij haar opa een ommekeer in zijn houding veroorzaakt. Hij was stil en teruggetrokken, maar niet meer zo rigide als het om Johanna ging. Haar naam was de afgelopen weken meer gevallen dan in de afgelopen jaren, zonder dat hij had geprobeerd de gesprekken te stoppen of te mijden. Hij had het zelfs goedgevonden dat haar oma weer een foto van hun dochter tussen de familiefoto's op het kastje had gezet. Olivia had de foto laten dupliceren en ook in haar slaapkamer gezet in de boekenkast tegenover haar bed. Elke avond voor ze ging slapen keek ze ernaar. Soms voerde ze kleine gesprekjes met Johanna in haar hoofd.

Het doordringende geluid van de deurbel klonk door het huis en iedereen schrok. Net als de eerste keer dat Ben de Groot voor de deur had gestaan, deed Olivia open. Net als toen had hij die idiote pomponmuts op zijn hoofd, die hij afdeed en in zijn jaszak propte toen hij naar binnen stapte.

'Goed u te zien, inspecteur De Groot.'

'Insgelijks, Olivia.'

Ben hing zijn jas aan de kapstok en volgde haar naar de woonkamer. Haar opa, oma en vader stonden alle drie op. Een voor een gaf Ben hun een hand. In tegenstelling tot de vorige keer accepteerde haar opa de handdruk nu wel.

'Koffie met gebak, inspecteur De Groot?' vroeg haar oma met trillende stem.

'Straks misschien. Ik ben niet zo'n voorstander van praten met volle mond.'

Haar vader schoof een stoel bij en Ben ging met een ernstig gezicht zitten. Hij legde zijn handen op zijn knieën en keek hen een voor een aan. 'Ik kan u na vijfentwintig jaar met zekerheid zeggen dat uw dochter, zus en tante Johanna van

Vliet niet meer leeft,' viel hij met de deur in huis. 'Gecondoleerd.'

Daarna liet hij een stilte vallen zodat ze zijn woorden konden verwerken. Haar oma begon te huilen, haar opa boog zijn hoofd en haar vader staarde met natte ogen voor zich uit.

'Hoewel de verdachte nog steeds zwijgt, hebben we het verhaal dat hij Olivia heeft verteld op veel punten kunnen staven met de uitkomsten van ons sporenonderzoek. We hebben voldoende bewijs gevonden dat hij het lichaam van Johanna inderdaad in de oude waterput van aannemersbedrijf Brouwer heeft gegooid.'

'Wat hebt u precies gevonden?' vroeg haar oma met trillende stem.

'Ik kan u enkele details geven, maar onder voorwaarde dat u aangeeft wanneer het u te veel wordt.'

Haar oma knikte.

'Goed dan. De put op het terrein van Brouwer was inmiddels gedempt, maar we zijn gaan graven op de desbetreffende plek. Met succes. Allereerst hebben we kledingresten gevonden. Onder andere stukjes van de blouse die ze aanhad in de nacht dat ze verdween. Verder hebben we kiezen, tanden en botten gevonden die overeenkomen met haar DNA-profiel. We hebben een gebroken nekwervel gevonden die het verhaal dat de verdachte aan Olivia heeft verteld over haar dood ondersteunt. We hebben verder geen aanwijzingen op haar skelet gevonden dat ze elders nog letsel had, dus het is zeer aannemelijk dat die gebroken nek de oorzaak van haar dood was en dat ze die heeft opgelopen zoals de verdachte aan Olivia heeft opgebiecht.'

'Maar die Mulder zwijgt dus nog steeds,' zei haar opa knarsetandend.

'De verdachte zwijgt inderdaad nog steeds, maar dat wil niet zeggen dat hij ermee wegkomt. De locatie die hij heeft genoemd als de plek waar hij Johanna's lichaam naartoe heeft gebracht en de klap van Johanna's kin op het dashboard van zijn auto waren zo specifiek dat hij heel wat uit te leggen heeft. In politietermen valt dat onder daderkennis. Uiteraard bewijst het nog geen honderd procent schuld, maar het geeft in elk geval aan dat hij er iets mee te maken had. In theorie zou het kunnen dat iemand de informatie met hem heeft gedeeld, waardoor hij op de hoogte was van het verhaal en de bijbehorende details, maar dat is niet aannemelijk. We zullen van hemzelf moeten horen hoe het echt zit, maar zoals ik al zei: hij heeft in elk geval heel wat uit te leggen.'

'Hij zit nog in een cel in Kopenhagen?'

'Ja. De autopsie van Mette Kristensen heeft uitgewezen dat ze om het leven is gebracht met de briefopener van dezelfde verdachte. Er zijn sporen van haar en van de verdachte op aangetroffen. Hoewel haar longen flink beschadigd waren door de kou en ze op verschillende plekken bloedingen had door kapotgevroren longblaasjes, is de steek in haar halsslagader haar fataal geworden.'

'Wordt hem moord ten laste gelegd?'

'Dat ligt wel in de lijn der verwachting. Zijn advocaat zal er natuurlijk doodslag van proberen te maken, dus we moeten afwachten hoe dat uitpakt. De verdachte is in elk geval de steun van zijn vrouw en schoonfamilie volledig verloren. Zijn vrouw is via een spoedprocedure van hem gescheiden en zijn schoonvader is een machtig zakenman met connecties op de juiste plekken. Ga er dus maar van uit dat hij het niet makkelijk gaat krijgen.'

'Is er iets bekend over het motief van de moord op Mette? Volgens Olivia zei Jesper dat Mette hem chanteerde.'

'De verdachte werd inderdaad gechanteerd, maar niet door mevrouw Kristensen. Dat is een verhaal apart waar ik u verder niet mee zal lastigvallen. Mevrouw Kristensen zat de verdachte natuurlijk zakelijk gezien dwars en hij koesterde een diepe haat jegens haar omdat uw dochter niet voor hem had gekozen maar voor haar.'

'Ik wil die klootzak hier in Nederland voor het hekje hebben voor wat hij mijn dochter en mijn kleindochter heeft aangedaan.'

Olivia zag het hoofd van haar opa steeds roder worden.

'Even rustig ademhalen, pa,' zei haar vader tegen hem. 'Denk aan je hart.'

'Reken maar dat hij zich zal moeten verantwoorden voor zijn betrokkenheid bij de dood van Johanna en de poging tot doodslag op Olivia. Maar hoe, waar en wat, dat zal op een later tijdstip pas duidelijk worden. Ik zou willen dat ik u daar vandaag ook uitsluitsel over kon geven, maar dat ligt niet in mijn handen, helaas. Uiteindelijk zal de Deense regering moeten meewerken aan een uitlevering. Ik beloof u dat ik een vinger aan de pols hou, tien vingers als het moet, en mocht een en ander nog spelen als ik met pensioen ga, dan zal ik het dossier zorgvuldig overdragen aan een collega. Hebt u verder nog vragen?'

'U hebt de belangrijkste vraag na vijfentwintig jaar voor ons beantwoord. We weten nu eindelijk wat er met onze Johanna is gebeurd en hoe ze aan haar einde is gekomen. Dat maakt het niet minder verschrikkelijk, maar het is tenminste een vaststaand feit. Nu kunnen we haar begraven en proberen het verlies een plekje te geven.'

Olivia's oma stond op en stak haar handen uit naar Ben. Hij pakte ze aan.

'Dank u wel, inspecteur De Groot. Zonder uw vasthoudendheid hadden we nooit zekerheid gekregen.'

'Vergeet de rol die uw kleindochter in het geheel heeft gespeeld ook niet. Ik heb haar af en toe weleens stevig vervl... door elkaar willen rammelen, dat zal ik eerlijk toegeven, maar ze heeft toch een aantal cruciale zaken naar boven weten te halen.'

'We zijn God dankbaar dat hij onze Olivia heeft beschermd en dat we haar weer in goede gezondheid in ons midden hebben,' sprak haar opa.

'Er is nog één ding dat ik met u wil bespreken. De brieven die Olivia van Mette heeft gekregen en die Johanna haar gestuurd zou hebben. Het is ons gelukt om een DNA-profiel uit de speekselresten op de postzegels te halen en we hebben ook een match gevonden.'

'U weet dus wie de brieven heeft geschreven?' vroeg Olivia.

'In elk geval wie de postzegels erop heeft geplakt. Daar komt nog bij dat de typemachine waar de brieven mee zijn geschreven in het bezit is van uw familie. Is er misschien iemand in deze kamer die hier iets over wil zeggen?'

Ben keek hen stuk voor stuk aan en liet toen zijn blik rusten op Olivia's vader.

'Ik, eh…'

'Pap?' vroeg Olivia.

Jeroen zuchtte diep. 'Ja… ik heb destijds die brieven geschreven en aan Mette gestuurd.'

'Je hebt wat?' vroeg haar opa. 'Waarom?'

'Omdat ik dacht dat jij iets met Johanna's verdwijning te maken had. Je was zo ongelooflijk woest toen je erachter kwam dat er iets gaande was tussen haar en Mette. Die keer dat je Mette bijna van de trap gooide en Johanna op je rug sprong om je tegen te houden… Die blik in je ogen toen, alsof je hen allebei ter plekke wilde vermoorden.'

'Eerder beweerde u nog dat u niet thuis was toen…' mengde Ben zich in het verhaal.

'Dat was een leugen, inspecteur De Groot. Het spijt me.'

'Maar hoe kun je nou denken dat ik…' Olivia's opa legde zijn hoofd in zijn handen en begon te huilen. 'Ja, ik was boos, ziedend, en ja, ik deed alsof ik haar wilde verstoten, maar mijn eigen kind vermoorden? Dat zou God me nooit vergeven en ikzelf ook niet. Ik hield van Johanna en ik hou nog steeds van haar. Ik kon niet stoppen met van haar houden, ook al was ze zondig.'

Olivia keek geschrokken toe terwijl het verdriet dat haar

opa al vijfentwintig jaar kwelde plotseling naar buiten kwam. Ze liep naar hem toe en klom bij hem op schoot, zoals ze vroeger altijd deed, en gaf hem een kus op zijn kalende hoofd. Hij huilde als een klein kind en het duurde even voordat hij zichzelf weer een beetje onder controle had. Ben bekeek het aandoenlijke tafereel en Olivia zag dat hij het ook bijna te kwaad kreeg.

'Nu begrijp ik ook waarom je die koffer van Johanna op zolder verborgen hield en niet wilde dat ik Mette ging zoeken,' zei Olivia tegen haar vader.

'Ik wilde onze familie beschermen. We konden niet nog meer klappen aan. Achteraf gezien heb ik de opsporing alleen maar bemoeilijkt met mijn gedrag. Het spijt me.'

'Als we dit allemaal eerder hadden geweten, dan hadden we Johanna evengoed niet meer kunnen redden,' zei Ben. 'Het heeft voor haar dus niks uitgemaakt. In die zin wil ik het verder ook laten rusten. Maar ik wil daar wel een voorwaarde aan verbinden.'

'En dat is?'

'Dat ik nu een kop koffie en een stuk van die heerlijke taart krijg.'

45

'Zo, Mick, daar ben ik weer.'

Mick van Wezel zat tegenover Ben de Groot en liet een voor een zijn vingers knakken. Daarna balde hij zijn handen een paar keer tot vuisten, strekte ze en inspecteerde zijn nagels. Onder de nagel van zijn linkerwijsvinger haalde hij een zwart randje weg. Toen pas keek hij Ben aan.

'Ik neem aan dat je je excuses komt aanbieden voor de vorige keer?'

'Verkeerd gedacht. Ik vrees dat ik hier ben om je plannen te dwarsbomen. We hebben de zaak van Johanna van Vliet opgelost, dus die zogenaamde gouden tip van je kun je daar steken waar het licht niet schijnt.'

Mick schoof wat naar voren op zijn stoel. Zijn priemende ogen schoten even heen en weer voordat hij ze weer strak op Ben richtte. Langzaam bracht hij zijn handen naar elkaar toe en begon in een traag tempo te klappen.

'Helemaal zelf gedaan, inspecteur? En dat op je oude dag? Knap hoor. Ik moet eerlijk bekennen dat ik dat niet achter je had gezocht. Maar hé, vertel me eens, wie heeft het nou gedaan?'

'Dat zul jij niet weten, hè, Mick?'

'Ik heb wel een heel donkerbruin vermoeden.'

'Ik heb ook een donkerbruin vermoeden. Sterker nog, ik heb een meer dan donkerbruin vermoeden dat jij de persoon die wij allebei in gedachten hebben hebt afgeperst.'

'Ik weet niet waar je het over hebt, inspecteur. Ik ben een

brave gevangene die hier keurig zijn straf uitzit en tot die tijd aan handjes en voetjes is gebonden.'

'Jij hebt samen met Kees Bakker jullie vroegere kompaan Ruud Mulder, alias Jesper Larsen, gechanteerd.'

'Wie zegt dat? Kees? Die probeert me natuurlijk weer te naaien. Kan het verleden niet laten rusten.'

'Ik heb inderdaad met Kees gesproken. Hij heeft me verteld dat hij in opdracht van jou twee brieven naar Ruud heeft gestuurd waarin hij werd gesommeerd om geld naar een bepaalde bankrekening over te maken. En toeval of niet, maar die rekening leidt via omwegen terug naar jou. Heb je daar iets over te zeggen?'

'Ik weet echt niet waar je het over hebt, inspecteur. Nogmaals, iemand probeert me erin te luizen.'

'Dan vind je het vast niet erg dat we die bewuste bankrekening, die niet van jou schijnt te zijn, hebben geblokkeerd. Er wordt nu onderzoek gedaan naar de geldstromen die erop zijn binnengekomen. Als die een criminele oorsprong hebben, zullen we er beslag op leggen. We gaan je plukken, Mick, tot er niet meer van je over is dan een kale kip. Zonder gouden eieren.'

'Lulkoek.'

Tot Bens genoegen zag hij dat er een spiertje begon te trillen bij Micks mondhoek. Hij maakte van zijn duim en wijsvinger een rondje en hield dat voor zijn rechteroog. 'Je ligt onder een vergrootglas, Mick. En zal ik je eens wat verklappen? Zo ben je nog lelijker.'

'Jullie kunnen me niks maken, man.'

'Blijf dat vooral denken als je je daar prettig bij voelt. Zolang het nog kan. O, en haal het niet in je hoofd om Kees of zijn gezin nog langer lastig te vallen. Staat niet goed op je toch al ellenlange gevangenis-cv.'

Ben stond op en liep langs Mick heen naar de deur.

'Hé, wacht eens effe. Wat gaat er nou gebeuren?'

‘Dat merk je vanzelf, Mick. Soms moet er iets te raden overblijven en een verrassing op zijn tijd, wie vindt dat nou niet leuk?’ Ben klopte op de deur en de bewaker die erachter stond liet hem naar buiten.

‘Hé, je kunt me zo niet achterlaten. Je hebt me nog niet eens verteld wat Ruud precies met die Johanna heeft gedaan.’

Ben draaide zich met een glimlach op zijn gezicht om. ‘Je kunt vast wel aan een krantje komen, Mick. Jij met je goede connecties.’ Hij gaf hem een knipoog en liep toen met een glimlach op zijn gezicht weg.

Buiten de zwaarbewaakte gevangenis sloeg de kou hem om de oren en hij zette vlug zijn muts op. De glimlach was van zijn gezicht verdwenen en zijn stemming paste bij de grauwheid van de lucht. Hij had nog één bezoekje af te leggen vandaag, een bezoekje dat hij al veel te lang had uitgesteld.

Hij stapte in zijn auto en als vanzelf reikte zijn hand naar de plastic zak die naast hem op de passagiersstoel lag en omsloot het voorwerp dat erin zat.

46

Olivia zat gehurkt bij het vers gedolven graf van Johanna en legde er een bos rode rozen op. Na vijfentwintig jaar had haar tante eindelijk haar laatste rustplaats gekregen. De begrafenis was mooi, maar uiterst verdrietig geweest. Haar oma had van begin tot eind gehuild en was niet in staat geweest het gedichtje voor te lezen dat ze voor haar dochter had uitgezocht. Snikkend had ze achter de katheder gestaan, steeds tevergeefs proberend de eerste zin voor te lezen. Olivia was opgestaan om haar oma te steunen en toen had ze het papier met het gedicht in haar handen geduwd gekregen. Met heldere stem had ze het namens haar oma voorgelezen, terwijl haar opa haar met betraande ogen had toegeknikt.

Er waren een man of vijftig aanwezig geweest bij de plechtigheid. Veel mensen van de kerk, maar ook Merel en haar moeder Vera waren gekomen. Na de plechtigheid waren ze meegegaan naar het huis van haar grootouders voor een kop soep met broodjes. De herinneringen aan vroeger, aan Johanna, waren al snel losgekomen en er werd zelfs wat gelachen. Merel had alle foto's die ze nog van Johanna had laten digitaliseren. Ze had er een mooi herinneringsboek van gemaakt dat ze voor Olivia, haar vader en haar grootouders had laten afdrukken. Olivia bladerde er sinds de begrafenis elke avond voor het slapengaan doorheen.

Haar nachtmerries over de gebeurtenissen in het huis van de familie Larsen begonnen langzaam in frequentie af te nemen. Wat wel bleef, wat zelfs steeds sterker werd, was die ene gedachte die continu ergens op de achtergrond door haar hoofd speelde: het leven kon je elk moment ontnomen worden, dus je moest geen tijd verspillen en elke seconde koesteren. Het had haar aan het denken gezet over wat nou echt belangrijk was, wat zíj nou echt belangrijk vond. Haar familie was met stip op nummer één komen te staan en haar studie was een paar plaatsen gezakt in de lijst. Bij familie hoorde ook haar moeder, en de behoefte om de band met haar moeder aan te halen was de afgelopen weken alleen maar gegroeid. De verloren jaren konden ze niet meer inhalen, maar er viel een hoop goed te maken in de toekomst.

Het begon zachtjes te sneeuwen en Olivia trok haar handschoenen uit. Met haar blote handen maakte ze een kleine en een iets grotere sneeuwbal en zette deze op elkaar. Ze brak een takje af van een struikje dat achter Johanna's graf stond en fabriceerde er een mond, een neus en ogen van. Daarna zette ze het miniatuursneeuwpopje boven aan Johanna's graf.

'Dit is mijn tupilaq voor jou, tante Johanna.'

Het deed haar terugdenken aan de gebeurtenissen in Groenland. Hoe zou het daar zijn afgelopen? Ze zou eigenlijk contact moeten opnemen met Malik, maar ze had moeite genoeg met de zaken thuis te verwerken. Misschien zou ze hem later nog eens bellen, dan zou ze wel horen of de plannen van Mining & Gems in Qeqertarsuatsiaat nog door zouden gaan. Ze hoopte van niet, dan zou Mettes dood misschien nog iets van betekenis krijgen.

Ze stond op, bleef nog even zwijgend bij het graf staan en slenterde toen met haar handen in haar zakken richting de uitgang van de begraafplaats. Halverwege haar route bleef ze staan. Een man in een lange, donkere jas stond met gebogen schouders voor een graf. De muts die hij ophad herkende ze uit duizenden. Langzaam liep ze op hem af.

'Inspecteur De Groot?'

Ze zag hem verstijven. Met betraande ogen draaide hij zich om.

'Dag… Olivia.'

Hij veegde met zijn mouw langs zijn ogen en snoot zijn neus in de grote zakdoek die hij uit zijn broekzak tevoorschijn toverde. Olivia keek langs hem heen en schrok toen ze de naam op de grafsteen zag staan. En nog meer toen ze de datum van overlijden zag.

HIER RUST MEVROUW DE GROOT
12-05-1955 – 23-07-2017

'Ik… eh… wist niet dat uw vrouw is overleden. Het spijt me.'

'Al bijna anderhalf jaar geleden, maar voor mij is het alsof ze gisteren nog bij me was.'

Olivia wist even niks meer te zeggen. Toen ze met Ben in het visrestaurant in Kopenhagen had gegeten, had hij over zijn vrouw gesproken alsof ze nog leefde. Ze had zelfs een foto van Ben gemaakt zodat hij die naar zijn vrouw kon sturen.

'Dit is de eerste keer dat ik aan haar graf sta. Ik kon het al die tijd niet, want dan zou ik het accepteren.'

'Accepteren?'

'Dat ze er echt niet meer is. Dan zou ik toegeven dat ik haar nooit meer zal zien, dat we nooit meer met elkaar zullen praten, lachen.'

Olivia wilde dat ze iets troostends kon zeggen, dat ze hem steun kon bieden, maar de woorden kwamen niet en ze kreeg een brok in haar keel.

'Ik denk dat ik gewoon niet wilde dat het waar was,' ging Ben verder, 'en als ik het maar hard genoeg niet wilde, als ik maar hard genoeg mijn best deed om te doen of het niet waar was, dan was het ook niet zo. Maar het lukt me niet meer om haar vast te houden. Soms word ik wakker en dan weet ik niet meer precies hoe haar stem klonk, hoe de warmte van haar lijf voelde. Ze ontglipt me elke dag een stukje meer en ik kan het niet tegenhouden. Ik kan het gewoon niet meer tegenhouden.'

Bens stem was schor en de tranen stroomden weer over zijn wangen. Deze keer deed hij niet eens de moeite om ze weg te vegen. 'Weet je, Olivia, de afgelopen tijd heb ik gezien hoe dapper jij en je familie zijn. En het wordt tijd dat ik ook eens dapper word. Ik moet net als jullie onder ogen zien dat de persoon van wie ik zo zielsveel heb gehouden nooit meer terugkomt. We zouden een cruise gaan maken als ik met pensioen was, mevrouw De Groot en ik. Ze wilde het zo graag, maar toen werd ze ziek. Het ging allemaal zo snel. Alvleesklierkanker. Binnen een paar maanden was ze dood.'

'Wat verschrikkelijk.'

Ben knikte. 'Ik kan nog steeds niet wennen aan dat lege huis als ik thuiskom. Ik zie vreselijk op tegen mijn pensioen. Wat moet ik de hele dag doen in mijn eentje?'

'Misschien moet u een hond nemen?'

Het was het eerste wat in haar opkwam, maar zodra de woorden uit haar mond waren kon ze zichzelf wel voor haar kop slaan. Een hond? De man rouwde om zijn grote liefde en zij kwam met een hond aanzetten? 'Ik bedoel, het is natuurlijk geen vervanging van uw overleden vrouw, maar misschien kan een hond de eenzaamheid een beetje wegnemen.'

'Misschien doe ik dat over een tijdje wel. Maar eerst ga ik een poosje weg. Ik heb besloten om die cruise die ik met mijn vrouw zou maken in mijn eentje te gaan maken. Wie weet wat voor interessante mensen ik tegenkom op zo'n schip, en gedobber op het water heb ik altijd rustgevend gevonden.'

Het klonk meer alsof hij zichzelf probeerde te overtuigen dan dat hij het meende. Hij haalde iets uit de plastic zak die hij in zijn hand had geklemd en zette het op de sobere grafsteen. Het was een blauw-witte kunststof speelgoedvariant uit de *Mein Schiff*-serie van TUI Cruises.

'Ik weet zeker dat uw vrouw het ontzettend stoer had gevonden dat u nu toch die cruise gaat maken.'

'In mijn hoofd en mijn hart reist ze met me mee. Ik denk niet dat ik ooit zal kunnen stoppen met tegen haar te praten. Ik word gewoon een murmelende oude man.'

Ben staarde voor zich uit.

'Weet u, ik praat ook regelmatig tegen Johanna. Of ze me nou kan horen of niet, ik vind het fijn en ik schaam me er ook niet voor. Op die manier blijven de doden toch een beetje bij ons. Dood betekent toch niet dat we iemand moeten vergeten?'

'Dat zijn wijze woorden, Olivia van Vliet.' Hij keek haar aan en glimlachte. 'Over wijze woorden gesproken, hoe gaat het eigenlijk met je scriptie?'

'Die heb ik even op een laag pitje gezet. Ik vertrek over een paar dagen voor twee maanden naar Amerika om wat tijd door te brengen met mijn moeder. Ze heeft tot nu toe nauwelijks deel uitgemaakt van mijn leven en daar wil ik verandering in brengen. En zij gelukkig ook. Als ik iets heb geleerd de afgelopen tijd, dan is het wel dat je je familie moet koesteren.'

'Heel goed dat je dat gaat doen. Ik hoop dat je een fantastische tijd tegemoet gaat.'

'En u ook. Ik zal u en wat u voor mijn familie hebt gedaan nooit vergeten, inspecteur De Groot.'

Ben wilde Olivia een hand geven, maar ze sloeg in een spontaan gebaar haar armen om hem heen en gaf hem een knuffel. Hij klopte wat onhandig op haar rug tot ze hem losliet.

'Het ga u goed, inspecteur De Groot.'

'Jou ook, Olivia. Jou ook.'

Even liepen ze samen op en toen kozen ze allebei weer hun eigen weg. En terwijl Olivia na thuiskomst verderging met het pakken van haar koffer, trok Ben zijn grijze pantoffels aan. Om vast een beetje te wennen. Die dingen zaten minder beroerd dan hij had gedacht, constateerde hij toen hij naar het drankenkabinet slofte. Voor het eerst sinds de dood van mevrouw De Groot schonk hij alleen voor zichzelf een glaasje port in. Haar glaasje bleef leeg op het kabinet staan. Hij tikte met zijn volle glas tegen het lege en proostte.

'Op jou, mevrouw De Groot.'

Want sommige dingen moest je in ere houden en een dronk uitbrengen op je meissie was er een van.